Deutsch
von Heidrun Adler

Felipe Alfau

Das Café der Verrückten

Eine Komödie der Gesten

Roman

Mit einem Nachwort von
Mary McCarthy

Rowohlt

Die Originalausgabe erschien 1936 unter dem Titel
«Locos: A Comedy of Gestures» bei Farrar & Rinehart, Inc.,
die Neuausgabe 1988 bei The Dalkey Archive Press, Elmwood Park, Ill.
Umschlaggestaltung Britta Lembke

1. Auflage Oktober 1991

Satz aus der Walbaum (Linotronic 500)
Gesamtherstellung Clausen & Bosse, Leck
Printed in Germany
ISBN 3 498 00032 2

Inhalt

Prolog

Dieser «Roman» ist in Geschichten geschrieben, denn ich habe vor, dem Leser die Arbeit zu erleichtern. Er muß nicht irgendwo vorne anfangen zu lesen und irgendwo weiter hinten damit aufhören. Jedes Kapitel ist eine Geschichte für sich, und so kann er am Ende beginnen und sich nach vorne durchlesen, oder mitten drin anfangen und mitten drin aufhören – je nachdem, in welcher Stimmung er ist. Kurz gesagt, er kann lesen, wie er will, außer vielleicht, wenn er das Buch verkehrt herum hält.

Trotzdem, es gibt Leute, denen die übliche Art, mit einem Buch umzugehen, so in Fleisch und Blut übergegangen ist, daß sie nur ungern davon ablassen, und ihnen zuliebe sind die Seiten in unmißverständlicher Weise durchnumeriert und die Geschichten weniger eindeutig angeordnet – wie es meinem Freund Dr. José de los Ríos und mir angemessen schien.

Von diesen Äußerlichkeiten abgesehen trage nicht ich allein Schuld an diesem Roman. Die Personen, die darin vorkommen, sind, wie ich glaube, sehr viel mehr dafür verantwortlich. Es wird mir inzwischen immer klarer, daß Romanfiguren ihr eigenes Leben führen, daß sie sich gegen ihren Autor auflehnen, daß sie ihm keineswegs gehorchen, sondern sich über ihn lustig machen, ihr Spiel mit ihm treiben, ihn auf unvorhersehbare und groteske Abwege lokken, die nur mit ihnen selbst etwas zu tun haben, überhaupt oft das genaue Gegenteil von dem beabsichtigen, was der Autor mit ihnen vorhatte. Diese Neigung ist bei den Figuren, mit denen ich es zu tun habe, so ausgeprägt, daß es meine Arbeit sehr schwierig macht und ich oft in eine mißliche Lage gerate.

Der rebellische Charakter dieser Personen, von denen ich spreche, zeigt sich in ihrer ausgeprägten Sehnsucht, wirklich zu werden. Oft schlüpfen sie nämlich in wirkliche Menschen, denen ich begegnet bin, und das äußert sich in einem höchst merkwürdigen Gebaren – sie verhalten sich, wie man sich ihrer Meinung nach im wirklichen Leben verhält. Sie geben vor, etwas anderes zu sein, als sie sind – in der Realität jedenfalls würde das so beurteilt –, und für mich hat ein solches Verhalten schon manche vielversprechende Freundschaft beendet. Für sie ist Realität, was für wirkliche Menschen Fiktion ist: Sie hängen zu sehr an ihr und haben, trotz meines nahezu heroischen Widerstands, nur eins im Kopf: wirklich zu werden. Wie einer von ihnen sagt: «Fiktive Personen haben Visionen vom wirklichen Leben – sie träumen die Realität, und damit sind sie verloren.»

Ich sollte hinzufügen: auch der Autor ist verloren.

Und noch während ich diesen Prolog schreibe, wird mir klar, wie wahr das ist, denn der individuelle und klar definierte Autor dieses Buches, was hat er zu schaffen mit dem, der eines Tages vor so langer Zeit in der verrückten, phantastischen Stadt Toledo mit seinem Freund Dr. José de los Ríos im Café de los Locos (dem Café der Verrückten) landete, Dinge erlebte und Menschen sah, die in seiner verspielten Imagination zu diesem Buch wurden; der, mit dem für Schriftsteller typischen Mangel an Verantwortungsbewußtsein, dort einem Freund riet, sein unbedeutendes, aber immerhin wirkliches Leben in dieser Welt für die noch unbedeutendere und überhaupt nicht reale Existenz auf diesen Seiten einzutauschen; der am Ende eines Kapitels ein Fenster aufstieß und das wirkliche Leben hereinließ, um das stickige und unechte Leben der Person zu beenden, die der Freund seiner Kindertage war und, wenn auch indirekt, am Anfang dieses Experiments steht, das im Lauf der vielen Gespräche mit den fiktiven Personen in jenem Café in Toledo Gestalt annahm.

Herausgekommen ist eine Handvoll widersprüchlicher Figuren, so inkonsequent wie ihr Autor und ebenso ungeschickt darin, sich auf der Bühne zu behaupten. Da ihre Persönlichkeit nicht fest umrissen und Veränderungen unterworfen ist und höchstens für die Länge eines Buches Bestand hat, haben sie den Respekt vor ihr verloren und ändern sich nach Lust und Laune, denn irgendwie glauben sie, das Leben an sich sei sprunghaft und unvorhersehbar.

Was sie über die Wirklichkeit wissen, ist vage und ungenau. Manchmal habe ich einer Figur die Rolle eines Bruders oder eines Sohnes gegeben, und mitten in der Handlung fängt sie an, mit ihrer Schwester oder ihrer Mutter zu schlafen, weil sie gehört hat, daß Männer gelegentlich mit Frauen schlafen. Eine andere Person ist in einer bestimmten Situation ein Kind, obwohl alles so angelegt ist, daß sie eigentlich ein erwachsener Mann sein sollte, aber sie interpretiert ihre völlige Unfähigkeit, das, was geschieht, zu verstehen, als typische kindliche Unreife. Und eine andere Figur, die als Huhn auftritt, fängt mitten im Text an zu bellen, weil sie einen Hund gesehen hat, den sie mag. Raum und Zeit existieren nicht für diese Leute, und das ruiniert meine Arbeit natürlich gründlich.

Gegen Ende des Buches sind meine Charaktere nicht mehr länger ein Werkzeug, mit dem ich etwas gestalte, vielmehr bin ich ein hilfloses Instrument ihrer Launen und absurden Mißgeschicke. Während ich daran denke, fällt mir ein, daß ich dort sage: «... jede meiner Gliedmaßen agierte unabhängig von meinem Willen...»

Gibt es ein besseres Beispiel für meine Hilflosigkeit? Kurz gesagt, meine Figuren haben den Ausspruch «Wahrheit ist seltsamer als Erfindung» ernst genommen, und es ist mir nicht gelungen, sie vom Gegenteil zu überzeugen.

Und nun möchte ich vor allem Dr. José de los Ríos für seinen unermüdlichen Beistand und seinen Rat danken, der immer zur rechten Zeit kam, und auch dafür, daß er mir das Manuskript meines Freundes García mit dem Titel «Schüler» gab, das mir überaus nützlich war. Ich möchte auch all meinen Figuren für ihre anarchische Mitarbeit danken, sie haben sich selten achselzuckend meinem Gebot unterworfen, sind häufig ihren eigenen Weg gegangen und haben, wie ich leider zugeben muß, ihre Sache viel besser gemacht, als ich sie hätte machen können.

Und da sich die Handlung dieses Buches vorwiegend in Spanien abspielt, einem Land, in dem weder der Gedanke noch das Wort, sondern die bedeutungsvolle Tat – die Geste – zur nationalen Spezialität geworden ist, muß ich den Leser bitten, nichts als das zu erwarten, was – in diesem Fall und der Unzuverlässigkeit der Charaktere und auch meiner eigenen wegen – keinerlei tiefere Bedeutung enthält, sondern allein aus der Situation heraus entsteht.

Der äußerst unhöflichen Lebhaftigkeit der Figuren sollte der Leser mit stummem Vorwurf und einem gewissen Maß an Gelassenheit begegnen, unter gar keinen Umständen sollte er sich auch nur im geringsten von dem, was geschieht, überraschen lassen.

Ab und zu wird der Leser feststellen, daß eine wichtige Figur ungenügend und zu schwach ausgeleuchtet ist, in einigen Fällen kann sie sogar verschwinden. An anderer Stelle erlangt eine scheinbar zweitrangige Figur entscheidende Bedeutung und agiert fast mit der ganzen Entschlossenheit eines erstklassigen Helden. Gelegentlich reißen die Fäden des Buches plötzlich ab und baumeln vor meinen Fingerspitzen über einem Abgrund von Vergeblichkeit; an anderer Stelle werden sie zusammengeknüpft und gespannt und in einer Art schicksalhafter und unausweichlicher Endgültigkeit um meine entkräfteten Hände geschlungen.

Man sollte nicht vergessen, daß diese Leute ihr eigenes Leben, ihre eigenen Maßstäbe erfinden und daß sie in diesem Spiel noch Anfänger sind. Mit anderen Worten, es wird vom Leser erwartet, daß er sich zurücklehnt und diese Prozession seltsamer Figuren und verdrehter Erscheinungen, ohne Kritik zu üben, betrachtet. Ich möchte dem Leser nicht raten, nach irgendeinem Sinn zu suchen oder diese Versammlung verantwortungsloser Puppen und die Inkonsequenz des Autors ernst zu nehmen, denn suchte er danach und stellte sich also Dinge vor, die nur zu Fehlinterpretationen führten, dann wären hinter einer mehr oder weniger unterhaltsamen Komödie ohne tiefere Bedeutung den Abgeschmacktheiten einer gewöhnlichen Tragödie Tür und Tor geöffnet.

New York, 1928

Identität

Ich schreibe diese Geschichte, um ein Versprechen einzulösen, das ich meinem armen Freund Fulano gegeben habe.

Mein Freund Fulano war der unbedeutendste aller Menschen, und das war die große Tragödie seines Lebens. Fulano war mit der verwegenen Absicht in die Welt gekommen, berühmt zu werden, und er war total gescheitert; er hatte sich zu einer absolut nichtssagenden Person entwickelt. Er hatte alles nur Mögliche versucht, um Bedeutung, Popularität, öffentliche Anerkennung etc. zu erlangen, und mit grimmiger Entschlossenheit weigerte sich die Welt, von seiner Existenz auch nur Kenntnis zu nehmen. Über Fulanos Persönlichkeit, sofern wir ihm eine Persönlichkeit zugestehen wollen, schien eine Wolke von Unsichtbarkeit zu hängen, die allen seinen geradezu heldenhaften Anläufen, sie zu durchstoßen, standhielt.

Fulano unternahm die größten Anstrengungen, um bemerkt zu werden, und die Menschen übersahen ihn stets. Ich habe beobachtet, wie Fulano, wenn man ihn vorstellte, die Hand des anderen heftig schüttelte, sein Gesicht mit wildem Blick der Person vor ihm näherte und schrie:

«Tanto gusto en conocerle.»

Und im nächsten Augenblick sprach sein Gegenüber mit irgend jemand anderem und hatte Fulano völlig vergessen.

Ich habe beobachtet, wie Fulano bei einer anderen Begrüßung sitzen blieb und auf höchst arrogante Weise zwei Finger ausstreckte. Nichts! Alles umsonst. Eine Sekunde später hatte die andere Person vollkommen vergessen, daß es ihn gab, und sah durch ihn hindurch.

Einmal stellte ich Fulano einem Freund vor und mußte dreimal wiederholen:

«Darf ich dir meinen Freund Fulano vorstellen.» In normaler Lautstärke.

«Darf ich dir meinen Freund Fulano vorstellen.» Etwas lauter.

«Darf ich dir meinen Freund Fulano vorstellen.» So laut ich konnte.

Der Freund sah sich ein paarmal um, und endlich bemerkte er Fulano, der drauf und dran war, sich auf ihn zu stürzen, und ihn, mit mörderischer Wut in den Augen, an den Schultern schüttelte.

Er machte seinen Mund auf und äußerte in höchst entmutigender Weise:

«Oh... guten Tag!»

Die Bedeutungslosigkeit des armen Fulano hatte einen Grad erreicht, der ihn nahezu unsichtbar und unhörbar machte. Sein Name war unbedeutend, sein Gesicht und seine Gestalt waren unbedeutend, seine Kleidung war unbedeutend, sein ganzes Leben war unbedeutend. Ich weiß nicht, wie es kam, daß ich selbst ihn je bemerkte. Und dabei hatte er mir, als ich ihn traf, die Hand zerquetscht, den Arm ausgerenkt und gegen das Schienbein getreten.

Fulano hatte alle Broschüren zum Thema: «Der Magnetismus der Persönlichkeit», «Wie werde ich erfolgreich» etc. gelesen. Er hatte alles, was es an persönlichkeitsstärkender Literatur gab, verschlungen, vergebens. Eines Tages stand er mitten auf der Puerta del Sol und schrie:

«Feuer... Feuer!»

Doch niemand schien ihn zu hören, und schließlich mußte er seinen Posten verlassen, weil ihn eine Straßenbahn beinahe überfahren hätte.

Ein anderes Mal warf er einen Stein in das Schaufenster eines bekannten Juweliers. Auf den Lärm des zersplitternden Glases hin kam der Besitzer heraus. Er schaute sich das Fenster an und, Fulano vollkommen übersehend, murmelte er:

«Also, wie ist denn das passiert?» und ging wieder hinein.

Nicht einmal Bettler näherten sich Fulano.

Das alles hätte ein praktisch veranlagter Mensch als reinen Segen gesehen, aber Fulano hatte in seinem Leben kein anderes Ziel, als bedeutend zu sein, die Aufmerksamkeit auf sich zu ziehen, und all diese Dinge ließen ihn nur noch mehr verzweifeln.

Einmal saß ich im Café de los Locos in Toledo. Schlechte Schriftsteller hatten die Angewohnheit, auf der Suche nach Romanfiguren in dieses Café zu kommen, und ich war hin und wieder auch darunter. Man konnte dort sehr gute Ware aus zweiter Hand und auch recht gutes billiges, unverbrauchtes Material finden. Da Mode sehr viel mit Marktwert zu tun hat, konnte man dort mehrere Charaktere finden, die zu ihrer Zeit glanzvoll gewesen waren und unter berühmten Genies gedient hatten, die aber, da der literarische Trend sich anderen Idealen zugewandt hatte, seit geraumer Zeit ohne Arbeit waren.

Ich erinnere mich, dort einen ärmlichen und schäbigen, mageren Kerl gesehen zu haben. Er behauptete, er hätte Cervantes gedient. Nun, für den armen Mann würde sich im Augenblick kein Autor interessieren. So fand sich dort eine Anzahl guter Charaktere, die zu ihrer Zeit großartig waren, aber nun keinen irdischen Verwendungszweck mehr hatten.

An diesem bestimmten Tag hatte ich eine Weile an einem Tisch gesessen und mit meinem Freund, Dr. José de los Ríos, geplaudert und mir die verschiedenen Gesichter und Typen um uns herum angesehen. Plötzlich hörte ich drei heftige Schläge auf meinen Tisch niederdonnern, und eine Hand packte mich beim Kragen. Gleichzeitig sagte eine Stimme laut:

«Hier bin ich.»

Ich drehte mich um und sah Fulano neben mir sitzen.

«Ah, wann bist du gekommen?»

«Vor ungefähr einer halben Stunde. Ich sitze hier schon die ganze Zeit und versuche, mit euch ins Gespräch zu kommen.»

Zu meiner Entschuldigung sagte ich, ich sei völlig damit beschäftigt gewesen, Personen zu beobachten, die ich in diesem Buch verwenden wolle. Danach gelang es mir unter nicht geringen Schwierigkeiten und mit Hilfe gewisser gewaltsamer Methoden, ihn Dr. de los Ríos vorzustellen. Dann bemerkte ich, daß Fulano noch niedergeschlagener aussah als gewöhnlich.

«Was ist los? Du siehst traurig aus, Fulano.»

«Was erwartest du? Mir ist klargeworden, daß ich niemals bedeutend sein werde, wie sehr ich mich auch bemühe. Es hat keinen Zweck, die Welt wird mich einfach übersehen.»

«Das ist sehr unangenehm», gab ich zu. «Aber es gibt eine Menge anderer Menschen in der gleichen mißlichen Lage. Es gibt zum Beispiel eine ganze Reihe von Ehemännern, Predigern, Diktatoren und...»

«Dies ist nicht der richtige Augenblick für abgeschmackte Witze. Was ich dir sage, ist ernst. Ich weiß, daß ich als Mensch niemals bedeutend sein werde, und deshalb habe ich mir überlegt, ob ich nicht vielleicht als literarische Person berühmt und bedeutend werden könnte.»

«...»

«Es ist mir egal, ob du es bist oder ein anderer. Du bist mein Freund. Du weißt, daß ich zu allem bereit bin, und vielleicht kannst du aus mir eine große literarische Figur machen.» Ich verneigte mich unter dem Gewicht des Kompliments.

«Wenn du keine Verwendung für mich hast, dann gib mich an einen anderen Schriftsteller weiter. Wenn du mich irgendwo in dieses Buch, das du schreiben willst, hineinschmuggeln könntest, würde meine Dankbarkeit keine Grenzen kennen. Es ist mir gleich, was ich tue, es muß nur dazu führen, daß ich bedeutend werde.»

«Und... welche Qualifikationen für eine Romanfigur kannst du vorweisen?»

«Verdammt noch mal! Meinen vollkommenen Mangel an Bedeutung. Ich werde in aller Augen die unbedeutendste literarische Figur sein. Du weißt, daß jeder literarische Charakter eine mehr oder minder auffallende Persönlichkeit besitzt, daß allen Charakteren außergewöhnliche Dinge geschehen. Erzähl mir nicht, daß du jemals wieder eine so flache und uninteressante Figur wie mich finden wirst.»

«Nun... davon kannst du in der heutigen Literatur viele finden... Wirklich, ich...»

Dr. José de los Ríos, der während dieses Gesprächs geschwiegen hatte, wandte sich an meinen Freund und sagte:

«Señor Fulano, obwohl ich Sie erst sehr kurze Zeit kenne, sehe ich nur einen Weg, der verspricht, Sie aus Ihrer gegenwärtigen Situation zu befreien. Señor Fulano, Sie müssen Selbstmord begehen.»

«Was?»

«Ich meine nicht, daß Sie sich wirklich umbringen sollen, ich meine einen fingierten Selbstmord nur für die Behörden.»

«Was heißt das?»

«Genau das, was ich sagte. Heute abend, sobald es dunkel wird, gehen Sie über die Alcántara-Brücke und lassen Ihren Mantel mit all Ihren Papieren, mit Ihrem ganzen Geld, Ihrem Sparbuch etc. und einem Brief auf dem Boden liegen, in dem steht, daß Sie sich in den Tajo gestürzt haben. Dann fahren Sie zurück nach Madrid, Ihre offizielle Identität sind Sie los, und dort werden wir versuchen, eine literarische Figur aus Ihnen zu machen.»

Fulano sah mich fragend an. Ich sagte:

«Ich halte den Vorschlag für sehr logisch.»

Dr. de los Ríos fuhr fort:

«Verstehen Sie? Dieser angebliche Selbstmord wird an sich schon ein kleiner Schritt zur Berühmtheit sein. Glücklicherweise geschieht er in dieser Stadt. Toledo, der Tajo und die Alcántara-Brücke sind von historischer Bedeutung, und das wird auf Ihre Tat abfärben.»

Tränen standen in Fulanos Augen, er dankte Dr. de los Ríos herzlich, und ich versprach, alles, was in meiner Macht stehe, zu tun, um ihm zu helfen, sobald er seinen Teil der Vereinbarung erfüllt habe.

Es war inzwischen recht spät am Nachmittag. Dr. de los Ríos mußte einen Krankenbesuch machen, er wünschte Fulano viel Erfolg bei seinem Unternehmen und ging. Wir blieben noch am Tisch sitzen, und da Fulano warten mußte, bis es dunkel war, und wir nichts zu tun hatten, beschloß ich, ihn damit zu unterhalten, daß ich ihm die Personen zeigte, die im Café versammelt waren.

«Siehst du den fetten, glatzköpfigen Polizisten da? Das ist Don Benito.»

Der Polizist bemühte sich ohne Erfolg, mit Streichhölzern, die immer wieder ausgingen, eine Zigarre anzuzünden. Dann bemerkte er, daß wir über ihn sprachen und nahm eine stolze Haltung an.

«Jetzt sieh zu dem Tisch am Fenster hinüber. Die Kellnerin, die gerade lacht, ist Lunarito. Man nennt sie so wegen eines Schönheitsflecks, den man von hier aus nicht sehen kann. Der gutaussehende junge Mann, der Pfeife raucht und sie ins Bein kneift, ist Pepe Bejarano.

Und jetzt schau dir den Mann mit dem offenen Kragen an. Der, der an der Bar steht und trinkt... da, jetzt..., der die Frau wegstößt und beschimpft... Das ist El Cogote.»

In diesem Augenblick betraten zwei Nonnen das Café und gingen von Tisch zu Tisch, um Almosen für ihr Kloster zu erbitten. Ich zeigte auf eine von ihnen:

«Siehst du die Nonne da? Die, die jetzt zwischen El Cogote und der Frau vermittelt. Für eine Nonne ist sie recht attraktiv. Sie wäre auch außerhalb des Klosters eine reizvolle Frau. Siehst du, wie fröhlich sie lächelt und wie weiß ihre Zähne sind? Das ist Schwester Carmela.»

Die beiden Nonnen waren jetzt an einen entfernteren Tisch getreten, an dem zwei Priester saßen, und redeten mit ihnen.

«Sieh dir den Priester an, der mit den exquisiten Manieren, der aufgestanden ist, um mit Schwester Carmela zu sprechen. Das ist Pater Inocencio. Er soll hier in der Gegend sehr viel Gutes tun.»

Die beiden Nonnen gingen hinaus, Pater Inocencio begleitete sie, hielt ihnen die Tür auf und sah ihnen nach, wie sie über den Platz gingen.

«Achte auf den Barkeeper. Sieh dir seinen herrlichen Apostelbart an und wie großspurig er mit El Cogote lacht. Das ist Don Laureano Baez, ein alter Halunke und sehr amüsant. Die alte Frau hinter ihm, die so traurig die Gläser poliert, ist seine Frau, Doña Felisa.

Jetzt sieh dir den Mann an dem Tisch dort an. Der mit der weißen Perücke und dem poetischen Gesichtsausdruck, der so zerstreut und distanziert aussieht. Er heißt García.»

Der Mann roch an einer Blume, die an seinem Aufschlag steckte.

In diesem Augenblick scharrte ein kleiner Hund, der schnüffelnd durch das Café gelaufen war, mit seiner Pfote am Bein des Mannes. García gab dem Hund einen bösen Tritt, dann warf er dem Barkeeper eine Münze hin und ging.

«Sieh dir die blasse Dame in Schwarz an, die mit einem Herrn dort am Tisch sitzt. Siehst du, wie sie gleich einschläft? Das ist Doña Micaela Valverde.»

Ihr Begleiter stand leise auf, nahm seinen Hut und verließ das Café auf Zehenspitzen. Doña Micaela, die jetzt fest schlief, bemerkte nicht, daß er ging.

Schon eine Weile hatte ich einen Mann beobachtet, der an einem Tisch stand, an dem vier Männer saßen. Er zeigte ihnen kleine Gegenstände, die er aus seiner Tasche zog und offensichtlich zu verkaufen suchte. Er drehte sich um, und da erkannte ich ihn. Wir grüßten uns, und er kam mit irgend etwas Kleinem in der Hand an unseren Tisch.

Ich sagte zu Fulano:

«Das ist Don Gil, ein alter Trödler, der mit seinem Kram in den Cafés hausieren geht.»

Don Gil trat zu uns. Mit einer Hand stützte er sich gegen die Wand, mit der anderen zeigte er uns eine kleine chinesische Porzellanfigur.

«Das ist eine echte Gelegenheit», sagte er und warf die Figur auf seiner Hand hin und her. «Das ist ein echtes altes Kunstwerk aus China. Was sagen Sie dazu?»

Ich besah mir die Figur, die sehr schön gearbeitet war. Sie stellte einen herkulischen Krieger dar mit hängendem Schnurrbart und wildem Gesichtsausdruck. Auf seiner Schulter saß ein Schmetterling. Die Gesichtsfarbe war nicht gelb, sondern dunkler, mehr wie Bronze, und da das Gewand nicht besonders typisch war, gab ich zu bedenken:

«Vielleicht ist sie nicht aus China, sondern aus Indien.»

Don Gil, dem China zweifellos besser gefiel als Indien, sah leicht verärgert aus.

«Nein, sie ist aus China», sagte er.

Dann konnte ich nicht umhin zu bemerken, daß die Hand, die die Figur hielt, ziemlich schmutzig war und schloß daraus, daß die andere wahrscheinlich genauso aussah.

Ich sagte:

«Don Gil, seien Sie vorsichtig. Don Laureano wird mit Ihnen schimpfen, wenn Sie seine Wände schmutzig machen.»

Don Gil zog seine Hand zurück und hinterließ eine dunkle Spur, die auf der weißgetünchten Wand ungewöhnlich klein wirkte, dann fuhr er fort, seine Ware anzupreisen.

«Doch, das ist ein echter chinesischer Mandarin oder Krieger, ich weiß nicht was von beiden, aber es ist eine wirkliche Gelegenheit. Vielleicht ist Ihr Freund interessiert...?»

Fulano fuhr hoch und stieß einen Schrei aus. Es war das erste Mal, daß ein Fremder ihn ganz von selbst bemerkt hatte.

Der arme Don Gil war so erschrocken, daß er die Porzellanfigur fallen ließ, und sie zersprang auf der Marmorplatte des Tisches in tausend Stücke. Mir schien, als hätte ich einen wütenden Blick in dem kleinen, jetzt vom Körper abgetrennten Porzellankopf bemerkt.

Don Gil wischte die Stücke vom Tisch und entfernte sich, enttäuscht auf die Scherben tretend.

«Nun», sagte ich, als Don Gil gegangen war, «ich denke, für heute hast du genug gesehen. Es ist schon ganz dunkel, und du solltest dich auf deinen Selbstmord vorbereiten.»

Fulano kritzelte folgende Nachricht: *Ich habe Selbstmord begangen, ich bin in den Tajo gesprungen*, und sagte:

«Ich setze meine ganze Hoffnung darauf.» Er stand auf, versprach, mich in Madrid zu besuchen und ging.

Nun kann ich, als Autor dieser Geschichte, alles sehen, was Fulano tat, nachdem er gegangen war, obwohl man sich vorstellen sollte, daß ich an dem Tisch im Café sitzen blieb.

Fulano ging in sein Zimmer. Er suchte all seine Dokumente und Ausweise zusammen und machte sich zu seiner verhängnisvollen Reise auf. Als er die Treppe zur Straße hinunterstieg, war es Nacht geworden, und mit jedem Schritt, den er tat, schien er ein Jahrhundert in die Vergangenheit zurückzugehen, bis er inmitten einer feindseligen Stadt wieder auftauchte, die in der Renaissance starb und dennoch eines der seltsamsten Leben weiterlebte. In Toledo herrschte Stille, aber Toledo schlief nicht. Als Fulano zögernd weiterging, spürte er, wie die ruhelosen, verfallenen Häuserreihen plötzlich von einem Wind der Vergangenheit aufgestört wurden, das Pflaster schien sich aufzuwölben, wieder einzufallen und sich in seiner steinigen Unebenheit aufzubäumen wie eine stürmische See; er ging durch Straßen, die so steil waren, daß er sich an der Mauer abstützen mußte, um nicht zu fallen, und er rannte durch Gassen, die sich von der Höhe der Stadt wie reißende Sturzbäche in die Tiefe ergossen, um sich dort unten in die Wasser des Tajo zu stürzen.

Toledo wird lebendig bei Nacht. Es ist eine Stadt des Schweigens, aber keine Stadt des Friedens; bei Nacht wächst ihr Einfluß und vervielfältigt sich, sie wird zu einer Stadt des Schreckens, der angstvollen Träume der Vergangenheit, der schrecklichen Alpträume der Geschichte. An einer Straßenecke traf Fulano diese Erkenntnis mit solcher Wucht, daß er wie angewurzelt stehenblieb, so als wäre er zu einem weiteren Gespenst aus Stein geworden. All die Schatten vergangener Dinge kamen aus den dunklen Gassen und traurigen Winkeln auf ihn zu, verdichteten sich, nahmen Gestalt an, und machten die Nacht noch schwärzer. Er konnte die Gestalt Don Pedros des Grausamen sehen, der mit klappernden Knien die vertraute Gasse entlang zu dem Haus des Juden zog, der ihm Geld lieh. Er spürte die drückende, vom tödlichen Atem der Inquisition erfüllte Atmosphäre.

Dieses Schweigen, dieses Gefühl, verlassen zu sein, eine Stadt mit den Toten zu teilen, brachte Fulano plötzlich auf einen Gedanken. Toledo war, was auch er bald zu sein hoffte, ein Mythos, Toledo existierte nicht. In der Nacht erwachte sie aus ihrer Geschichte und ihrer einstmaligen Schönheit zum Leben, verlassen in der Einsamkeit eines sterilen Kastiliens. Und mit diesem Gedanken stolperte Fulano weiter, wie ein verschreckter, einsamer Schatten seinem eigenen Körper hinterher. Die engen, krummen, gewundenen Straßen flohen vor ihm, verweigerten ihm den Zugang, trieben ihren Spott mit ihm und verknoteten sich wie Schlangen in einen Dschungel bizarrer Häuser; von dieser gewaltigen und unwiderstehlich suggestiven Kraft getragen, taumelte er von einer Überraschung zur anderen. Er ging an Häusern vorüber, deren Fundamente erschreckend verkommen waren, deren Steine zusammengebacken, deren Türen nie geöffnet worden waren und unter deren verrotteten Böden mittelalterliche Katzen hinein- und herausschlüpften. Er hörte die Wasser des Tajo rufen, und diese ganze vergangene Pracht löste sich in ein ewiges Echo auf, all der verblaßte Ruhm glitt hinunter und versank im Tajo.

Fulano wußte, daß er von diesem Mahlstrom der Vergangenheit verschluckt worden, daß er Jahrhunderte zurück in die Geschichte gesunken war und bereits die Identität seiner gegenwärtigen Existenz verloren hatte. Er erstickte an dem überwältigenden Gefühl zusammengedrängter Zeit, er war hoffnungslos verloren in diesem Dunkel von Tausenden übereinandergelagerter vergangener Nächte, in diesem Labyrinth von Straßen, die ihn hin und her stießen und drohten, ihn in ihren verhängnisvollen Strom zu zerren und in den Tajo hinunterzustürzen, in die Vergessenheit.

Fulano hatte jegliche Orientierung verloren und ließ sich von dieser kegelförmigen Stadt, die jetzt in seinem verwirrten Kopf kreiste, ausstoßen, zentrifugal der Schwerkraft folgend hinaustreiben. Er durchschritt eine nach der anderen alle Mauern Toledos, jede umfaßte eine Periode der Geschichte, jede einer erobernden Phalanx gleich, jede in der perspektivischen Sicht, zuerst größer, dann kleiner, Mauern, die wie Stufen den Hügel hinabstiegen und in den Tajo fielen.

Und auf diese Weise entledigte sich die Stadt Toledo auf der Alcántara-Brücke jenes unbedeutenden Individuums.

Auf der Mitte der Brücke zog Fulano seine Jacke aus und legte sie auf den Boden, die Nachricht befestigte er an der Außenseite.

Nachdem er das getan und sich vergewissert hatte, daß niemand ihn beobachtete, ging er in Hemdsärmeln zum Bahnhof.

Fulano sah nicht, was geschah, nachdem er die Brücke

verlassen hatte, aber natürlich sah ich es, und wenn ein Schriftsteller das Privileg hätte einzugreifen oder Ereignisse zu verhindern, deren Zeuge zu sein er das Unglück hat, hätte ich meinem armen Freund Fulano zuliebe verhindert, was nun geschah. Wenn ein Schriftsteller das allerdings könnte, endeten alle Geschichten glücklich, und überall in der Literatur siegte die Gerechtigkeit. Da das zu einer unerträglichen Monotonie führen müßte, ist eine solche Macht nicht vergeben worden. Darum mußte ich dabeistehen und in ohnmächtigem Zorn den Ereignissen zusehen.

Ein übel aussehender Mann ging über die Brücke. Im Mondlicht sah er die Jacke am Boden liegen, bückte sich und hob sie auf. Er durchsuchte die Taschen und zog alle Papiere heraus. Er zündete ein Streichholz an und untersuchte sie rasch. Dann sah er die am Aufschlag befestigte Nachricht, und ein teuflisches Grinsen verbreitete sich über sein Gesicht.

Hastig steckte er alle Papiere wieder in die Taschen, zog seine eigene Jacke aus, befestigte die Nachricht daran und zog Fulanos Jacke über.

Im Zug nach Madrid bemerkte Fulano den Mann mit der ins Gesicht gezogenen Kappe und einer Jacke, die perfekt zu Fulanos Hosen paßte, nicht. Fulano nieste hin und wieder heftig, doch seine Gedanken und sein Herz hüpften in Vorfreude und Glück.

Am nächsten Tag brachte ein Lokalblatt von Toledo folgende Meldung:

Gestern abend beging der aus dem Gefängnis ausgebrochene und von den Behörden gesuchte Soundso Selbstmord, indem er sich von der Alcántara-Brücke in den Tajo stürzte. Das geht aus einer Nachricht hervor, die an seiner Jacke befestigt war, und auf der Brücke gefunden wurde. Nach seinen vielen Verbrechen scheint ihn am Ende die Reue gepackt zu haben, so daß er beschloß, seinem sündhaften Leben ein Ende zu setzen. R. I. P.

Nachdem ich nach Madrid zurückgekehrt war, ging ich eines Tages durch die Sevilla-Straße, als mich jemand bei den Schultern packte und ich, direkt vor meiner Nase, ein vor Wut weißes Gesicht sah.

«Hallo, Fulano! Aber was ist denn mit dir los?»

«Was mit mir los ist, fragst du?»

«Ja. Wie hat der Selbstmordtrick funktioniert?» (Ich hatte natürlich total vergessen, was ich auf der Brücke gesehen hatte.)

«Wie er funktioniert hat...? Wie er funktioniert hat...? Höllisch!!»

«Was meinst du mit höllisch? Was ist denn passiert?»

Fulano trat zwei Schritte zurück, stand da und sah mich an:

«Siehst du mich hier stehen?»

«Ein bißchen verschwommen, aber ich sehe dich immerhin.»

«Nun, ich existiere nicht.»

«Wie bitte?»

«Ich existiere nicht.»

«Du existierst nicht?»

«Nein.»

«Aber wie ist das möglich?»

«Seit ich meinen Verstand einigermaßen gebrauchen kann, habe ich heftige Zweifel an meiner Existenz gehegt. Nein, sieh mich nicht so an, als wollte ich eine Diskussion über Metaphysik anfangen. Ich spreche jetzt vollkommen ernst. Jawohl, ich habe immer heftige Zweifel gehabt, was meine eigene Existenz angeht, aber seit eurem idiotischen

Vorschlag mit dem Selbstmord bin ich von diesen Zweifeln befreit. Jetzt bin ich sicher, daß ich nicht existiere.»

«Erklär mir das.» Fulano hatte inzwischen etwas Dampf abgelassen und konnte ruhiger sprechen.

«Nun, hier in Madrid gibt es jetzt jemand, der sich an meiner Persönlichkeit, meinem Namen, meinem Besitz, meinem Haus, meiner Frau erfreut... an allem, was mir gehörte. Und er ist außerordentlich berühmt, wohlgemerkt, einer der bekanntesten Politiker und Geschäftsleute, außerdem häuft er ein gewaltiges Vermögen an. Und ich bin nichts, ich bin vollkommen verloren, nur auf der Suche nach einer freien Identität, auf der Suche, mich selbst zu finden. Aber jede Identität hat ihren Besitzer, und ich bin nichts, nichts. Mich gibt es gar nicht...» Fulano verlor die Fassung und hielt sich ein Taschentuch an die Augen.

«Willst du damit etwa sagen, daß die Leute, die dich gekannt haben, keinen Unterschied feststellen? Daß sie nicht merken, daß der andere Fulano ein Betrüger ist?»

«Wie sollen sie einen Unterschied feststellen, wenn sie mich vorher nie wahrgenommen haben? Ich war immer so unbedeutend, so absolut unbedeutend!»

Zum ersten Mal erkannte ich die Lebenstragödie dieses unbedeutenden Mannes in ihrer ganzen Tragweite.

Fulano zog eine Zeitung heraus und deutete schweigend, aber vielsagend auf die dicken Schlagzeilen, die etwas sehr Schmeichelhaftes über Fulano sagten.

«Sieh dir an, was sie über ihn sagen. Was sie über mich sagen sollten. Er hat meinen Namen genommen, meine Identität, und damit den ganzen Ruhm und die ganze Bedeutung, die von Rechts wegen mir zustehen.»

«Nein, Fulano, mach dir nichts vor. Es ist nicht allein der Name, der ihn gemacht hat. Du hättest niemals diesen Erfolg gehabt, wenn du Fulano geblieben wärest. Der Mann muß die Persönlichkeit besitzen, die dir fehlt, und er hat den Namen berühmt gemacht. Irgendwie solltest du ihm sogar dankbar sein.»

«Ihm dankbar sein...! Das sagst du, nachdem du mich mit deinem idiotischen Vorschlag in diesen Schlamassel gebracht hast!»

«Dr. de los Ríos hat den Vorschlag gemacht, nicht ich.»

«Das ist dasselbe, du hast ihn unterstützt und bist genauso dafür verantwortlich, und jetzt rätst du mir, ein Nichts zu bleiben, während er meinen ganzen Besitz, mein Ansehen, meinen Ruhm genießt und alles, was die Welt einem Mann bieten kann. Ich soll geduldig zurückstehen, mich freuen, ein Niemand zu sein, und ihm obendrein noch dafür dankbar sein! Kannst du dir überhaupt vorstellen, wie schwer es ist, zu leben und nicht zu existieren?»

Ich mußte zugeben, daß eine so seltsame Situation in der Tat schwierig war:

«Ja, irgend etwas muß unternommen werden.»

«Sicher, irgend etwas muß unternommen werden, und du bist es, der etwas unternehmen muß, du, der mich da hineingebracht hat... Aber, mein Gott! Wie war es nur möglich, daß dieser Mann meinen Platz in der Welt einnehmen konnte?»

Ich spürte, daß ich es Fulano beichten mußte, daß die Situation mich zwang, das Geheimnis des Autors zu lüften. Schließlich muß der Verlust der Identität das unheimlichste Gefühl auf dieser Welt sein. Darum berichtete ich alles, was ich auf der Brücke gesehen hatte, und erwähnte auch die Meldung, die am Tag nach dem Ereignis in der Zeitung erschienen war.

Als ich zu Ende war, hatte Fulano Schaum vor dem Mund und war drauf und dran, sich auf mich zu stürzen, doch er wurde von jemandem fest gepackt. Es war Dr. José de los Ríos persönlich.

Fulano kämpfte, um sich zu befreien, und brüllte mich an:

«Du willst damit sagen, daß du dabeigestanden und nichts unternommen hast, um es zu verhindern, um mich vor dieser grauenhaften Tragödie zu bewahren?»

Dr. de los Ríos versuchte, ihn zu beruhigen. Ich senkte den Kopf.

«Fulano, mein Freund. Wenn ich irgend etwas hätte tun können, ich hätte nicht gezögert, es zu tun, aber es steht nicht in meiner Macht, in das Schicksal der Menschen einzugreifen.»

«Und ich soll mich mit dieser Antwort zufriedengeben, soll ein leerer Körper ohne Platz in der Gesellschaft bleiben, ein Überzähliger in dieser Welt... Zur Hölle mit euch Schriftstellern, die einen Menschen in eine solche Lage bringen und dann nicht wieder herausholen können!»

Ich senkte den Kopf noch tiefer.

«Vergib mir, Fulano, ich will sehen, was ich für dich tun kann...»

«Na, dann sieh mal zu. Ich denke, schlimmer, als du es gemacht hast, kann es nicht mehr werden. Etwas Schlimmeres gibt es nicht.»

Dr. de los Ríos, der zu sehr damit beschäftigt gewesen war, Fulano zu bändigen, sagte nun:

«Señor Fulano, der Vorschlag mit dem Selbstmord stammt ursprünglich von mir, und ich übernehme die volle Verantwortung dafür.»

«Es ist mir verdammt gleichgültig, wer dafür verantwortlich ist. Ich bin in Schwierigkeiten und will, daß man mir wieder heraushilft.»

«Sehr gut, Señor Fulano, ich gebe zu, daß Sie das zu

Recht fordern, aber ich sehe nur einen Ausweg. Es gibt keine freien Identitäten in dieser Welt, die Sie ergreifen könnten, um im Leben wieder Fuß zu fassen. Es gibt nur eine Identität, die so überzählig ist wie Sie selbst, und die liegt im Tajo. Jawohl, Señor Fulano, offiziell liegt diese Identität im Fluß, und in letzter Zeit haben Sie erkennen müssen, wie wichtig offizielle Dinge sind. Jene Seele im Flußbett des Tajo sehnt sich so sehr nach einem Körper, wie Sie sich nach einer Seele sehnen. Gehen Sie zu ihr und beenden Sie ihre beiderseitige Absurdität. Ich bin sicher, danach wird mein Freund versuchen, Sie in einer Geschichte wieder zum Leben zu erwecken und aus Ihnen eine literarische Figur machen.»

Wieder sah Fulano mich fragend an. Ich sagte:

«Ja, Fulano, ich verspreche zu tun, was Dr. de los Ríos sagt.»

Fulano drückte fest unsere Hände. In seinem Gesicht stand eine aus Verzweiflung geborene Entschlossenheit.

«Adieu, Fulano.»

«Adieu.»

In jener Nacht war Fulano wieder auf der Alcántara-Brücke. Er war auf der Suche nach einer Identität zu dem gleichen Platz gekommen, wohin er gegangen war, um sie zu verlieren. Er sah zu den dunklen Wassern des Tajo hinunter. Ja, da war sie, seine einzige Rettung.

Und noch einmal sah er Toledo wie einen versteinerten, jahrhundertealten Wald auf seinem Hügel. Es war absurd. Alles, was die Existenz dieser Stadt rechtfertigen konnte, war vergangen, und nun saß sie dort wie ein toter Herrscher auf seinem zerstörten Thron, dennoch größer in ihrem Verfall als in ihrer Herrlichkeit. Da lag der Leichnam einer Stadt über einem vergessenen Hügel ausgebreitet, in jede tiefe Furche ihres zerstörten Gesichts war Geschichte eingeschrieben, ihre Glieder hingen über die Ufer, und das Wasser eines unbarmherzigen Flusses begrub sie. Fulano sah hinunter und erkannte Schicksal und Größe; er zögerte nicht mehr; entschlossen sprang er.

Und um mein Versprechen diesem unglücklichsten und unbedeutendsten aller Männer gegenüber einzulösen, habe ich diese Geschichte geschrieben. Ob es mir gelungen ist, eine literarische Figur oder gar ein Symbol aus ihm zu machen, und ob ihm diese armselige Wiederbelebung gefällt, weiß ich nicht. Ich habe mein Bestes getan.

Eine Fiktion

I

Die Geschichte, die ich schreiben möchte, ist eine Geschichte, die ich schon eine Weile im Kopf hatte. Die Aufsässigkeit meiner Charaktere hat mich jedoch daran gehindert. Es sieht so aus, als hätte ich meine Figuren und das, was sie tun, sehr gut im Griff, während ich sie in meinem Kopf entwerfe, doch es genügt, sie zu Papier zu bringen, um sofort die Kontrolle zu verlieren. Sie gehen auf eigene Faust los, weichen mir aus, machen, was ihnen gefällt und lassen mich vollkommen hilflos zurück.

Es kommt noch hinzu, daß es mir ganz besonders widerstrebt, diese Geschichte zu schreiben, weil ich Gaston Bejarano, der einer der Aufsässigsten ist und alles auf seine eigene Art tun will, als Hauptfigur darin verwenden möchte. Er hat einen ziemlich schlechten Einfluß auf die anderen und hat bei mehr als einer Gelegenheit die gesamte Besetzung demoralisiert.

Wie dem auch sei, ich bin jetzt im Haus meines Freundes Don Laureano Baez. Er ist nicht daheim, und ich warte hier auf ihn. Da es nichts gibt, womit ich mich währenddessen beschäftigen kann, werde ich alle Bedenken beiseite schieben und meine Geschichte beginnen:

Gaston Bejarano war eines Nachts auf dem Heimweg, als er ein Mädchen traf...

Es hat an der Tür geläutet. Ich glaube, das ist mein Freund Don Laureano. Wenn Sie mich bitte entschuldigen, ich werde ein anderes Mal weiterschreiben.

Jetzt, da mein Autor mich zu Papier gebracht und mir einen Körper und einen Anfang gegeben hat, werde ich fortfahren und meine Geschichte mit meinen Worten erzählen. Von seiner Aufsicht befreit kann ich tun, was mir gefällt. Er meint, wenn er mich vergißt, höre ich auf zu existieren, doch ich liebe die Realität zu sehr und habe durchaus vor, weiterhin zu handeln und zu denken, auch wenn er seine Aufmerksamkeit von mir abgezogen hat.

Er hat recht. Ich war in jener Nacht auf dem Heimweg und ging durch die obere Alcalá-Straße am Retiro entlang. Ich erinnere mich nicht mehr genau, wie spät es war, aber ich weiß, daß es ziemlich spät war und daß es regnete.

Ich ging sehr schnell und war dabei, eine Gruppe von Leuten zu überholen. Als ich näher kam, bemerkte ich, daß zwei Männer auf sehr kurze Entfernung einer Frau folgten, die in dem schwachen Licht sehr jung wirkte. Ich verlangsamte meine Schritte und beobachtete sie.

Die beiden Männer näherten sich dem Mädchen (ich war jetzt ganz sicher, daß es ein Mädchen war). Es gab einen kurzen Wortwechsel zwischen ihnen, den ich nicht richtig verstehen konnte, und die beiden Männer überquerten die Straße und gingen parallel zu ihr weiter.

Aus Gründen, die zu erklären zu mühsam wäre, spürte ich den dringenden Wunsch, das Mädchen kennenzulernen, aber ich wollte keine Zeugen für das, was ich vorhatte. Schließlich war es mein erster Ausbruch in die Realität, und ich war ein wenig schüchtern. Darum folgte ich ihr in angemessenem Abstand und wartete auf den Augenblick, in dem die beiden anderen, die mich störten, verschwinden würden.

Doch ich werde ungeduldig, wenn ich warten muß, und da mein Autor nicht hier ist, werde ich mir die Freiheit nehmen, die Gesetze der Logik außer Kraft zu setzen und die beiden Männer einfach zu entfernen.

Als sie verschwunden waren, beschleunigte ich augenblicklich meine Schritte und begann das Mädchen zu überholen. Es regnete jetzt sehr heftig, sie ging rasch, ohne auf die Pfützen zu achten, am Eisengitter von El Retiro entlang und sah sich hin und wieder nach mir um. In der Dunkelheit und dem Regen war ihre Gestalt verschwommen und hatte etwas von einer Vision, die mich reizte und lockte, und ich fürchtete mich.

Ich winkte ihr, und sie blieb stehen.

Es war seltsam. Sie stand am Ende ihres eigenen Schattens gegen das ferne, verwischte Licht der Straßenlaterne an der Ecke, und irgend etwas Bedeutungsvolles lag darin. Einen Augenblick wußte ich nicht, ob sie stehengeblieben war, um einem Feind entgegenzutreten oder um einen Weggenossen zu begrüßen. Ich zögerte. Ihr Schatten wies den Weg zu ihr, und ich schritt über seine dunkle Bahn.

«Wohin gehen Sie um diese Zeit, bei diesem Wetter?»

Was sie sagte, war weniger wichtig als die Art, wie sie es sagte. Ich glaube, ich kann es nicht beschreiben. Ich war so überrascht von ihrer Stimme. Sie war ein sanfter Typ mit unschuldigen Augen, doch um ihren Mund lag eine Art Verworfenheit, und ihre Stimme war rauh und tief, ihr Tonfall zynisch.

«Ich gehe bis zur Ecke Alcalá und Velázquez, ich muß dort einen Mann treffen, ich will Geld von ihm.»

Ich weiß nicht mehr, ob ich darauf etwas gesagt habe. Sie fuhr fort: «Ich habe mich verspätet, wahrscheinlich ist er nicht mehr da. Aber ich gehe trotzdem hin und sehe nach.»

Wir waren jetzt noch zwei Blocks von der Velázquez-Straße entfernt. Wir gingen weiter.

Und, wohlgemerkt, es regnete die ganze Zeit, aber ich schien es nicht zu bemerken. Alles in mir und um mich herum hatte sich verändert. Ich hatte nicht mehr das Gefühl, eine literarische Figur zu sein. Ich fühlte mich, als sei ich real, so erschreckend wirklich wie jeder andere Mensch, der in einer Regennacht die Alcalá-Straße hinaufgeht und ein lebendiges Mädchen trifft. Ich redete auch so unbeholfen und simpel wie ein wirkliches menschliches Wesen.

«Wer sind die beiden Männer, die Sie angesprochen haben?»

«Ich kenne sie nicht. Sie wollten sich nur amüsieren, und ich habe ihnen gesagt, daß ich zu tun habe.»

«Oh, Sie haben zu tun?» Ich blieb stehen. Sie blieb ebenfalls stehen.

«Ich habe Ihnen gesagt, daß ich auf der Velázquez einen Mann treffen werde.» Sie lächelte auf eine Art, die uns bewegte weiterzugehen.

«Sie sind doch viel zu jung, um sich mitten in der Nacht mit einem Mann zu treffen und ihn um Geld anzugehen.»

«Jung? Für wie alt halten Sie mich?»

«Siebzehn oder achtzehn, nehme ich an...» Ich war ganz ehrlich.

«Dummkopf, ich bin gerade dreiundzwanzig geworden.»

Sie wollte nicht jung wirken, und einen Augenblick lang zweifelte ich fast an ihrer Realität. Mir gefiel die Art, wie sie Dummkopf sagte.

Zwei Dinge fielen mir bei all dem auf:

Erstens: Mir war schrecklich bewußt, daß ihre Stimme rauh und tief war, und niemand wird sich je vorstellen können, wie sehr mir das gefiel.

Zweitens: Unsere beiden Schatten schrumpften und holten uns ein, und als wir am Licht vorbeigingen, glitten sie unter unseren Füßen hindurch und zogen vor uns her, verschwammen zu einem, wurden länger, riesig.

Einen halben Block vor der Velázquez-Straße:

«Ich glaube, Sie gehen jetzt weiter und treffen Ihren Freund. Wenn er Sie mit jemandem kommen sieht, könnte er mißtrauisch werden. Ich warte hier auf Sie. Wenn er nicht da ist, kommen Sie zu mir zurück.»

Sie ging so gleichgültig darauf ein, daß ich spürte, daß der Regen, die Welt und ich für sie so ziemlich dasselbe waren. Einen Augenblick merkte ich, daß ich im Vergleich zu ihrer starken Realität wieder zu einer Fiktion geworden und alles um uns nur Kulisse war.

Als ich allein war, dachte ich:

Warum hatte ich dieses Mädchen angesprochen? Der Gewohnheiten wegen, die ich als Romanfigur angenommen hatte und die zu einer ausgeprägten Neigung führten, mir über Mädchen Gedanken zu machen, die spät abends ausgehen? Wenn sie zurückkam, war sie dem Mann nicht begegnet. Das hieße, sie würde ohne Geld zurückkommen. Nun, als fiktive Person, die ich bin und wie Sie aus allem entnehmen können, was mein Autor Ihnen über mich erzählen wird, sollte ich in einem solchen Fall nicht weiter an ihr interessiert sein. Wenn sie den Mann aber traf, würde sie wahrscheinlich das Geld bekommen. Doch in dem Fall hätte sie nicht vor, zurückzukommen. Ohne Zweifel war sie eine von uns. Ich dachte an ihre rauhe Stimme. Und doch, sie war ein wirkliches Wesen, und ich war nur eine Fiktion.

Hatte ich mich in ihre reale Welt gestohlen oder war sie in meine Vorstellungswelt gekommen? Vielleicht befanden wir uns zwischen diesen beiden Welten und gingen zusammen auf einer sinnverwirrenden Grenze entlang. Ich wußte eins: unsere Schicksale gehörten zusammen, und entweder würde sie mich vollkommen zu sich hinüberziehen müssen oder ich sie zu mir. Wer würde der Stärkere sein: sie als reales Wesen oder ich als fiktive Person?

Und natürlich kam sie zurück.

Ich wurde überschwenglich. Ich nahm ihren Arm und redete, mein Gesicht nah zu ihr geneigt. Ich sagte vieles, doch wieder fühlte ich mich als wirkliches Wesen, und die Beredsamkeit ließ mich natürlich im Stich. Zum ersten Mal bedauerte ich, aus meiner Rolle herausgetreten zu sein. Als Fiktion konnte ich mich stets brillant und überzeugend ausdrücken. Meine Rede war flüssig und wohl gesetzt. Aber jetzt war ich so langweilig wie ein gewöhnlicher Mann. Ich wollte ihre Phantasie ansprechen, ihr Interesse wecken, statt dessen sagte ich, meine Spezialität seien Mädchen mit rauher, tiefer Stimme, die spät in der Nacht ausgingen, um Männer zu treffen, die ihnen Geld gaben oder sie bezahlten. Ich fragte sie nach ihrem Namen, ihrer Arbeit und wo sie wohnte, und dann, weil ich es genau wissen wollte, sagte ich, daß ich pleite sei. Würde sie sich jetzt als die Stärkere erweisen, würde ich jetzt endgültig in ihre wirkliche Welt hineingezogen werden?

Sie hieß María Luisa Baez, wurde aber Lunarito genannt. Sie wohnte weit weg und arbeitete nicht. Sie hatte ebenfalls kein Geld. Doch alles, was sie sagte, wirkte leblos. Es verdichtete sich im Nebel und Regen und fiel auf den nassen Boden. Sie war tatsächlich Realität.

Dann wurde ich mir des Regens bewußt. Ich spürte, wie

feucht ihre Kleider waren. Wir mußten aus dem Regen heraus. Dennoch schienen weder das Wetter, die späte Stunde noch der Ort sie im geringsten zu stören. Doch ich war zum ersten Mal ein Mensch, und ich war durchnäßt. Es war dringend notwendig, sich besser kennenzulernen, denn in mir war noch ein anderes, unterschwelliges Verlangen. Ich schlug einen Hauseingang vor.

«Gut», sagte sie, und wir gingen hinein.

Bis zu diesem Moment war ich nur eine Beschreibung gewesen, und nun fühlte ich, daß ich wirklich war. Jenseits der Tür dieses schäbigen Hauseingangs, jenseits des wolkenverhangenen Himmels spürte ich die Sterne, das Leben, das mich zu ihr drängte. Ich hätte nie gedacht, daß Realität so intensiv, so körperlich sein könne, und als sie mich ansah, küßte ich sie.

Was dann geschah, geht über meinen Verstand. Es war so unerwartet, daß ich daran zweifelte, ob diese Realität nicht doch ein Traum war. Die dichte Hülle aus Gleichgültigkeit brach. Sie reagierte äußerst intensiv. Sie war tatsächlich ein menschliches Wesen, und menschliche Wesen sind manchmal wundervoll. Und dann diese außerordentliche Veränderung; was sie sagte, fiel nicht mehr tot in sich zusammen, sondern erblühte auf ihren Lippen.

Doch was sie sagte, paßte zu der Art, wie sie sprach. Sie sagte *Dummkopf*, ich holte das Wort aus ihr heraus, und es drang in mich ein und erschütterte die innersten Fasern des Mannes. Ihre Zunge gab es an meine weiter, es drang durch unsere eins werdenden Lippen.

Wenn es so etwas gibt wie einen langen Kuß, dann war dieser Kuß lang.

«Hast du eine Zigarette?»

Wieder war sie gleichgültig. Wir rauchten schweigend, und dann sagte sie, sie würde jetzt gehen.

Ich sagte: «Ich möchte dich wiedersehen, ich muß immer bei dir sein. Gib mir deine Adresse.»

«Das hat keinen Sinn. Du findest es nie.»

Und heute noch weiß ich nicht, was mich davon abhielt, darauf zu bestehen. Ich gab ihr meine Anschrift und sagte:

«Sehe ich dich bald wieder? Schreib mir, komm zu mir, sehr bald.»

«Gut.»

«Paß auf dich auf. Deine Kleider sind ganz naß. Paß gut auf dich auf, du gehörst jetzt mir.»

«Ich werde immer dir gehören.»

«Auf Wiedersehen, Lunarito.»

«Auf Wiedersehen.»

Als ich nach Hause kam, dachte ich, daß dies die zweite Frau war, die ich ohne Hintergedanken geliebt hatte. Die andere Frau war hier in meinem Hause, vielleicht blind gegenüber der Tatsache, daß ich ihr zum ersten Mal wirklich untreu gewesen war, daß unsere zukünftige Beziehung nun zu einer eher grotesken Pantomime würde, unser beider Absurdität noch vertiefend.

Und doch hatte ich das Gefühl, daß die Tragödie unseres Lebens in gewisser Weise an Macht über uns verloren hatte. Ja, diese Frau, die da auf mich wartete, die Frau, die ich liebte, war wie ich nur eine Fiktion. Hatte ich nicht aufgehört, eine Fiktion zu sein? Ich hegte große Zweifel, als ich in mein bisheriges Haus der Unwirklichkeit trat. Ja, diese Frau und ich gehörten vor allem der Welt der Marionetten an. Gehörte ich wirklich dazu? War ich in meine Welt zurückgefallen, nachdem ich Lunarito auf Wiedersehen gesagt hatte? Aber Carmen, meine Geliebte, erwartete mich. Wie konnte ich noch irgend etwas Gemeinsames finden, nachdem ich von der Realität gekostet hatte? Wie sollte ich den Abgrund, der uns jetzt trennte, überwinden, es sei denn, ich ließe mich auf romantische Schwärmereien ein. Nach meinem Seitensprung in die menschliche Welt fand ich daran keinen Geschmack mehr.

War ich ihr wirklich untreu gewesen? Meinen Fehltritt mit einem Wesen, das einer anderen Realität angehörte, einer anderen Welt mit anderen Werten, konnte sie nicht so schwer nehmen. Ein Schauspieler wird nicht eifersüchtig, wenn seine Bühnengeliebte zwischen den Akten aus der Rolle heraustritt und sich in einen Zuschauer verliebt. Aber war ich jetzt wieder hier, um den nächsten Akt unserer ewigen Komödie zu spielen? Eine bloße Marionette erlaubt sich nicht, aus der Rolle zu fallen und zwischen zwei Akten wie ein menschliches Wesen zu leben und zu lieben. Nein, sie muß ins Nichts zurück.

Carmen schlief diesen tiefen Schlaf, den ich so gut kannte. Ich erinnerte mich jener Erstarrung, in die ein Charakter fällt, wenn er nicht auf der Bühne ist, wenn seine Fäden losgelassen werden. Aber ich war vielleicht im Schlaf gewandelt, und was ich dabei begangen hatte, ging sie, wie sehr es auch in mein zukünftiges Leben hineinwirken mochte, gar nichts an.

Das alles dachte ich und noch mehr, aber als ich das Zimmer betrat, in dem Carmen schlief, empfand ich Reue.

Und das ist das Ende. Seit jener Nacht habe ich nichts mehr von Lunarito gehört, und jetzt denke ich, es war nur eine Vision. Alles, was in jener Nacht geschah, scheint dafür zu sprechen. Ihre übermäßige Gleichgültigkeit, die Tatsache, daß ihr der Regen nichts ausmachte, die lässige Art, mit der sie durch die Pfützen ging. Das alles hat es gar nicht gegeben. Es war eine Halluzination, und vielleicht hat darum an der Ecke der Velázquez-Straße kein Mann auf sie gewartet, denn in so einer Nacht konnte kein menschliches Wesen auf etwas warten, das es gar nicht gibt. Ohne Zweifel war es eine Vision. Denn was für menschliche Wesen Realität ist, ist für eine fiktive Person eine Halluzination. Fiktive Personen haben Visionen vom wirklichen Leben – sie träumen die Realität, und damit sind sie verloren.

Und in dieser mißlichen Lage befinde ich mich. Hier bin ich: ein Charakter, der über den Papierrand gestiegen und in den Abgrund der Realität gestürzt ist, und nun nicht mehr in seine eigene Welt zurückkehren kann. Meine Komödie hat sich über das Rampenlicht hinweg ausgedehnt, ich habe mich in eine Frau im Zuschauerraum verliebt. Kann sie auf die Bühne gebracht werden, oder sollen wir, die Marionetten, in das Theater ausschwärmen, uns unter die Menschen mischen, daß ein allgemeines Drama daraus wird?

Was soll ich tun? In meine Welt zurückzugehen, während mein Hauptinteresse in der Realität liegt, scheint kaum möglich zu sein. In die Realität einzutreten, die ich kaum kenne, ist ein ungeheures Wagnis, denn ich habe keine reale Vergangenheit. Was soll ich tun? Ich flehe meinen Autor an, mich ganz zu zerstören oder umzuschreiben. Aus Lunarito eine Romanfigur zu machen, damit sie für mich erreichbar wird... Doch nein, ich möchte sie real. Das Reale war es, was ich an ihr liebte. Dann soll er mir eine Vergangenheit geben, mich ein Mensch sein lassen. Aber kann ein Autor einem realen Wesen eine Vergangenheit geben? Ich beschwöre den Autor, mir aus diesem Problem herauszuhelfen, das mir über den Kopf wächst.

II

Dieser Gaston Bejarano, meine Fiktion, ist in einer ziemlich schwierigen Situation. Natürlich ist er ganz allein daran schuld. Ich hatte meine Geschichte unterbrochen, und er hat meine Abwesenheit ausgenutzt, um sie auf seine Weise weiterzuentwickeln, mit dem Ergebnis, daß er alles durcheinandergebracht hat. Die ganze Sache hat kein richtiges Ende; in Ermangelung einer angemessenen Einflußnahme hat sie sich aufgelöst, statt sich zu lösen.

Was jedoch mit Gaston passierte, soll meinen Figuren eine Lehre sein. Jetzt kommt er unterwürfig an und bittet mich, ihm zu helfen.

Um Gastons Problem lösen oder wenigstens erklären zu können, muß ich als Autor zwei grundsätzliche Dinge darlegen:

Zum einen muß ich erklären, wie ich, der Autor, Gaston, der Figur, begegnet bin, und zum zweiten, wie Gaston, die Figur, eine reale Person wie Lunarito treffen konnte, was schließlich nicht ganz und gar ungewöhnlich ist, wenn wir bedenken, daß ich ihn ja auch getroffen habe. Allerdings ist es wirklich ganz außergewöhnlich, daß eine Person aus einem Roman eine reale Person so ernst nimmt, während im allgemeinen die Leute Romanfiguren so ernst nehmen, daß es an Tragik heranreicht (dieses Buch ist ein Beweis dafür).

Ich könnte aus Lunarito eine literarische Figur machen, aber ich möchte im Augenblick keine weiteren Figuren, sie machen so viel Mühe. Außerdem hat Gaston selbst gesagt, sie solle real bleiben, und das ist sehr bedeutsam.

Es muß festgehalten werden, daß der fiktive Gaston manchmal recht romantisch ist, obwohl er davon keine Ahnung hat. Nun, wenn ein romantisches menschliches Wesen sich in eine Vision verliebt hätte, was kaum je vorkommt, würde es, den romantischen Regeln entsprechend, wünschen, daß diese Vision eine Vision bleibt, niemals eine Form annimt, niemals konkret und menschlich wird, denn das würde sein Ideal zerstören. Aber eine Romanfigur ist das genaue Gegenteil eines wirklichen Wesens, obwohl es manchmal unsere Aufgabe ist zu versuchen, den Leser vom Gegenteil zu überzeugen, und für sie ist eine Vision Wirklichkeit. Darum möchte der fiktive Gaston, daß Lunarito real bleibt, denn wenn sie zur Fiktion würde, beträte sie seine Welt, würde ein Teil davon, und sein Ideal wäre zerstört. Darum ist in dieser Hinsicht nichts zu machen, und wir müssen Lunarito für den Augenblick verlassen.

Die fiktionale Seite Gastons, die bereits schwach zu werden beginnt, muß gestärkt werden. Er muß in seine fiktive Welt zurückgedrängt werden.

Sollte Gaston dann immer noch darauf bestehen, ein wirkliches Wesen zu werden, um an seinem Ideal über die Grenzen seiner eigenen Welt hinaus festzuhalten, kann ich ihm leider nicht helfen. Es liegt nicht in meiner Macht als Schriftsteller, wirkliche Wesen zu erschaffen, nur fiktive, und das ziemlich mangelhaft. Allein sein Wille, wirklich zu sein, und die geheimnisvollen und seltsamen Wege des Lebens können ihm helfen. Aber ich möchte ihm nicht dazu raten, selbst wenn er es fertigbrächte. Er müßte eine gewaltige Verantwortung auf sich nehmen, es würde bedeuten, daß eine Romanfigur, die im Traum oder im Zustand des Schlafwandelns eine reale Person trifft, ein menschliches Wesen wird und die Verantwortung für ein bewußtes vorsätzliches Leben und all die unbewußten Taten seiner Vergangenheit auf sich nimmt: was all diesen Taten eine tiefe und ernste Bedeutung gäbe. All das, was einmal nichts als

Spiel war, wäre dann wirklich und würde sich auf sein Leben und auf das der anderen tatsächlich auswirken. Er wäre eine Marionette, die sich in eine Person aus dem Zuschauerraum verliebt hätte, und damit das wirkliche Leben auf die Bühne brächte, sich von allen Fäden, die ihn einst bewegten, löste und eine Komödie in eine Tragödie verwandelte.

III

Aber lassen Sie mich nun erzählen, wie ich Gaston, der Romanfigur, überhaupt begegnet bin.

Zu der Zeit, als ich ihn kennenlernte, nannte man ihn allgemein El Cogote, und diesen Namen werde ich ihm für den Augenblick geben.

Ich lernte El Cogote durch Dr. José de los Ríos kennen, doch bevor ich ihm persönlich begegnete, hatte ich bereits von dieser mehr oder weniger stadtbekannten Persönlichkeit gehört.

El Cogote war in Madrid als wohlhabender *chulo* bekannt. Mehr noch, er war aus dieser Position zu der respektableren und einträglicheren Stellung eines *empresario* aufgestiegen. Ihm gehörte eines der besten Freudenhäuser von Madrid, und er war eine recht einflußreiche Persönlichkeit in der Lebewelt. Wie El Cogote seine Karriere begann und wie er zu dem wurde, was er war, weiß ich nicht genau. Den widersprüchlichen Meinungen und Äußerungen der Leute, die sich damit brüsten, enge Freunde von ihm zu sein, oder die sogar Kredit bei ihm hatten, habe ich vage entnommen, daß er als Protegé einer bekannten Kaffeehaussängerin namens La Pelos angefangen hat.

Ich erinnere mich, La Pelos vor recht langer Zeit in

einem Café gesehen und gehört zu haben. Sie war ein prächtiges Weib mit wilden, schwarzen Augen, einer sehr rauhen Stimme – noch eine Meile weit roch sie nach *chinchón* –, und auffallendem Haarwuchs auf der Oberlippe.

Selbst in der schwachen Erinnerung, die ich an sie habe, beeindruckt mich La Pelos als eine Frau von stürmischem Temperament, und es ist nicht verwunderlich, daß sie sich in El Cogote verliebte, der damals (ich habe ein Foto von ihm in *La Gaceta* gesehen) ein vollippiger, schmachtäugiger junger Kerl war. Man hat mir erzählt, wie sich ihre erste Begegnung abspielte, obwohl, wie ich bereits sagte, nicht angenommen werden sollte, daß es stimmt.

El Cogote (damals hatte er diesen ruhmreichen Namen noch nicht) soll allein an einem Tisch in dem Café gesessen haben, in dem La Pelos sang. Als sie an seinem Tisch vorbeiging, beugte sie sich nach vorn und sagte ziemlich laut:

«Du brauchst Gesellschaft, *chiquillo*. Möchtest du fünfzig Peseten ausgeben?»

Und El Cogote soll noch lauter erwidert haben:

«Sicher, hast du sie?»

Diese Antwort brachte sie zum Lachen, und er hatte sie. Sie setzte sich zu ihm und legte ihm ihren fetten Arm um den Hals.

In diesem Augenblick näherte sich ein beleibter Herr in mittleren Jahren mit einem großen Brillantring und einer goldenen Uhrkette langsam und drohend dem Tisch. Er spielte mit einem nicht eben kleinen Messer.

Er schob seinen Cordobeser über das rechte Auge und sah El Cogote sehr direkt an:

«Es sieht so aus, als ob du eben deinen eigenen Totenschein ausstellst.»

El Cogote sah den Mann von der Seite an. Eine Zigarette hing ihm im Mundwinkel und wippte im Rhythmus seiner Worte, als er schlicht sagte:

«Das glaube ich nicht.»

Die beiden Männer sahen sich lange und schweigend an. Dann zuckte der Herr mit dem Brillantring und der goldenen Uhrkette mit den Schultern, lächelte seltsam und entfernte sich majestätisch. Sein Bluff hatte nicht funktioniert, und El Cogote hatte einen neuen Stil kreiert.

Von diesem Tag an gehörte La Pelos mit Leib und Seele El Cogote und ging für ihn vor die Hunde. Der Freund, der mir den obigen Vorfall berichtete, meint, daß El Cogote sich nie etwas aus La Pelos gemacht und sie nur benutzt habe. Sie schenkte ihm ein Appartement, Geld, Seidenhemden, die modischsten Anzüge mit kurzen Jacken und engen, unten ausgestellten Hosen und Lackschuhe mit braunem Lederbesatz. Sie nahm ihn in ihrer Kutsche zu jeder *verbena* mit, und bei jedem Stierkampf waren stets die besten Plätze für ihn reserviert.

Trotzdem war er ständig hinter anderen Frauen her und behandelte La Pelos schändlich. Sie war eine sehr eifersüchtige Frau, und sie hatten eine überaus stürmische Affäre. Oft war ihr Verhalten so skandalös und artete ihr Streit derart aus, daß die Polizei eingreifen mußte, aber es heißt, El Cogote habe Einfluß beim Polizeipräfekten, er kam immer ohne Scherereien davon.

Wie auch immer, seine Popularität war gestiegen und damit seine Möglichkeiten. Er fand bald immer mehr Bewunderer und Beschützerinnen, und seine Karriere nahm einen raschen und strahlenden Verlauf.

Doch dann ereignete sich ein romantischer Zwischenfall in El Cogotes Leben, den ich ebenfalls mehreren Quellen entnommen habe.

El Cogote liebte schon lange eine bestimmte junge Dame in Madrid. Eine Schande kam über die Familie. Der Vater wurde eines Verbrechens beschuldigt und mußte ins Gefängnis. Manche sagen, daß es eine Intrige war. Andere meinen, er sei schuldig gewesen. Wie dem auch sei, die Tatsache bleibt, daß er ins Gefängnis ging.

Manche Leute in Spanien nehmen solche Skandale viel zu ernst und suchen dann oft Trost in der Religion. Wie immer, ob dies der einzige Grund war, was unwahrscheinlich ist, oder ob es noch andere Gründe dafür gab, was der Freund, der es mir erzählt hat, vermutet, Carmen – so hieß die junge Dame – wurde in ein Kloster im Norden Spaniens gebracht, um Nonne zu werden.

Es heißt, daß ein Priester aus einem Kloster in der Nähe sich in sie verliebte und später Selbstmord beging. Dies sei, meint mein Freund, ein fiktives Detail, das die Phantasie der Leute beigesteuert habe. Doch als authentisch berichtet er, daß El Cogote und Carmen, seine Liebste, über die ihnen von der Familie auferlegte Trennung untröstlich waren.

El Cogote begab sich schließlich in die Stadt, in der das Kloster lag, und eines Nachts entfloh die Nonne mit ihm. Er brachte sie als seine Geliebte zurück nach Madrid.

Offensichtlich als Reaktion auf ihre restriktive Vergangenheit und die noch restriktivere Umgebung im Kloster verfiel sie ins andere Extrem. Unter dem verderblichen Einfluß ihres Geliebten und aus einem wilden Freiheitsdrang heraus führte sie ein äußerst ungezügeltes und freizügiges Leben. Bald nach ihrer Ankunft in Madrid eröffnete El Cogote, der auf seiner Reise in den Norden eine beachtliche Summe Geldes aus unbekannten Quellen zusammengebracht hatte, ein luxuriöses Freudenhaus, in dem die ehemalige Nonne die Hauptattraktion war.

Nachrichten über ihre Flucht aus dem Kloster und ihre Romanze mit dem Priester, die mit dessen Selbstmord endete, verbreiteten sich in Madrid und nahmen bald die Formen eines richtigen Romans an. Daher war ihre Klientel groß und ausgewählt, viele hohe Staatsbeamte und Kirchenfürsten gehörten dazu, was diesem Gewerbe ein hohes Maß an Sicherheit und Erfolg garantierte.

Das ist alles, was ich von El Cogote aus der Zeit weiß, die vor unserer Begegnung lag. Folglich war ich recht neugierig, ihn persönlich kennenzulernen, und als mein Freund, Dr. José de los Ríos, mir sagte, er sei sein Freund und Patient, daß er einen Besuch bei ihm machen wolle und daß ich ihn begleiten könne, nahm ich sofort an.

Auf unserem Weg zu El Cogotes Haus fragte ich Dr. de los Ríos über seinen Patienten aus; ob El Cogote krank sei.

«Ja», sagte Dr. de los Ríos. «Sehr krank. Er ist außerdem schon lange krank. Er hat die Behandlung stets vernachlässigt und statt dessen alles, was er hätte lassen sollen, im Exzeß getan.»

Dr. de los Ríos fuhr fort:

«Wissen Sie, El Cogote ist eine recht ungewöhnliche Persönlichkeit. Er wird Sie interessieren. Er ist keineswegs ein gewöhnlicher *chulo*, er spricht selten wie einer, wenn er nicht gerade mit ihnen zusammen ist. Etwas Seltsames ist ihm passiert, es hat ihn furchtbar durcheinander gebracht... Seine Nerven sind natürlich in keinem guten Zustand, und ich fürchte, seine Krankheit hat bereits sein Gehirn angegriffen...»

Ich erinnerte Dr. de los Ríos daran, daß er mir nicht das erzähle, womit er eigentlich begonnen hatte.

«Nun, er sagte mir, er sei neulich nachts nach Hause gegangen... Hier, den gleichen Weg, den wir jetzt gehen. Es hat heftig geregnet. Verstehen Sie? Ich habe ihm immer wieder gesagt, daß er sich in seinem Zustand niemals Kälte oder Nässe aussetzen dürfe, aber er will nicht auf mich hören...»

«Ja, aber was ist passiert?»

«Nun, er traf ein Mädchen... Er sagt, bis zu dem Augenblick sei er davon überzeugt gewesen, daß ihn, außer seiner Geliebten, keine Frau als solche reizen könne, aber in dem Augenblick, als er das Mädchen traf, sei diese Überzeugung vollkommen verflogen. Er sagt, das Mädchen verkörperte in dem Augenblick alle Ideale seines Lebens, und er wisse, er würde sie immer lieben und nicht mehr ohne sie leben können. Nun, ich habe El Cogote nie zuvor so sentimental daherreden hören.»

«Ja, das ist bei einem Mann wie ihm ungewöhnlich, aber ich sehe nichts so Überraschendes in seiner Begegnung mit einem Mädchen.»

«Hören Sie zu... am nächsten Morgen schlug er die Zeitung auf und sah ein Bild des Mädchens und eine Meldung, in der es hieß, daß María Luisa Baez, bekannt als Lunarito, der Name, den sie ihm genannt hatte, am vergangenen Nachmittag von einem eifersüchtigen Liebhaber umgebracht worden war. Begreifen Sie, am Nachmittag vor der Nacht, in der er sie traf... Natürlich hat das eine schreckliche Wirkung auf ihn gehabt. So etwas ist in seinem augenblicklichen Geisteszustand gefährlich.»

«Aber das glauben Sie doch nicht.»

«Natürlich nicht. Ich glaube nicht an Gespenster, aber das alles ist seltsam. Ich stellte Nachforschungen an und fand heraus, daß die Autopsie ihrer Leiche um 3 Uhr nachmittags stattgefunden hatte... Aber, nebenbei bemerkt, haben Sie die Meldung in der Zeitung nicht gesehen?»

«Nein, Sie wissen, daß ich nicht viel Zeitung lese.»

«Gleichviel. Ich sagte El Cogote, daß er in seinem

schwachen Zustand wahrscheinlich zwei Tage durchgeschlafen und das Mädchen in der Nacht, bevor sie umgebracht worden ist, getroffen habe. Ich wollte ihm irgendeine Erklärung liefern.»

«Das klingt in jedem Fall logischer.»

«Ja, aber es ist nicht wahr, das hat Carmen mir gesagt, und sie muß es wissen, und außerdem hat El Cogote die Zeit überprüft, was er gemacht hat, mit wem er zusammen war, und alles spricht dafür.»

«Aber glauben Sie das nun, oder glauben Sie es nicht?»

«Nein, ich glaube es nicht.»

Und dann kamen Dr. de los Ríos und ich zu El Cogotes Haus. Als wir die Treppen hinaufstiegen, hörten wir Gebrüll.

«Da tobt er wieder», sagte Dr. de los Ríos. «Seit zwei Tagen ruft er nach Lunarito. Er sagt, er könne nicht ohne sie leben, ihr Bild käme ihm nicht mehr aus dem Sinn.»

Eine Frau in einem roten Kimono öffnete uns die Tür. Sie hielt ein Taschentuch in der Hand und zeigte offen, daß sie geweint hatte.

«Das ist Carmen», sagte Dr. de los Ríos zu mir.

Eine sehr alt aussehende Frau in einer Schürze, offensichtlich eine Dienerin, kam auf uns zu und blieb vor Dr. de los Ríos stehen. Sie sah ihn abwesend an und sagte in einem Singsang:

«Wenn der arme Gil den Kopf höbe... Wenn der arme Gil den Kopf höbe...»

Carmen schob sie sanft fort:

«Geh wieder in deine Küche.»

Und die arme Frau ging gehorsam davon und wiederholte: «Wenn der arme Gil den Kopf höbe... Wenn der arme Gil den Kopf höbe.»

Wir folgten ihr mit den Blicken, und mir wurde das respektvolle Schweigen bewußt. Dann wandte sich Dr. de los Ríos an Carmen:

«Nehmen Sie die Dinge nicht so schwer. Ich werde sehen, was ich für ihn tun kann. Kommen Sie mit uns hinein?»

«O nein, ich ertrage es nicht, ihn so zu sehen. Er hat so einen Gesichtsausdruck! Außerdem will er mich nicht sehen... Ich habe schreckliche Angst, Don José...» Sie schloß die Tür hinter uns und ließ die kleine Diele in dichtem Schatten versinken. Wir schwiegen wieder und hörten sie im Dunkeln schluchzen.

Seit Carmen uns die Tür geöffnet hatte, wurde ich das Gefühl nicht los, diese Szene schon einmal erlebt zu haben. Dr. de los Ríos' Anwesenheit, der kranke Mann im Haus, die alte, irre Frau und diese andere Frau, die schweigend die Tür schloß. Alles überzeugte mich davon, daß ich mich früher schon einmal in der gleichen Situation befunden hatte, und alles, was jetzt folgte, kannte und erwartete ich. Es war das höchst seltsame Gefühl, der Zeit voraus zu leben. Ich folgte Dr. de los Ríos durch einen kurzen Korridor und trat in ein Schlafzimmer.

El Cogote lag auf einem Bett, die Decke war zur Seite geworfen, die Pyjamajacke von den Schultern gezerrt. Er keuchte mühsam nach seinem letzten Anfall.

Dr. de los Ríos sagte: «Ich habe einen Freund mitgebracht, um Sie aufzumuntern. Wie fühlen Sie sich heute?»

Mit einem obszönen Wort teilte El Cogote uns mit, daß er am Ende sei.

Dr. de los Ríos schob mich zu einem Stuhl, setzte sich dann auf den Bettrand und griff nach dem Handgelenk des kranken Mannes. Er zog eine Uhr heraus und schwieg eine Weile.

«Aha», sagte er schließlich. «Und wie haben Sie letzte Nacht geschlafen?»

«Sehr schlecht, Don José, schlechter denn je. Ich hatte einen schrecklichen Alptraum.»

«Nun, erzählen Sie uns Ihren Alptraum», sagte Dr. de los Ríos scherzhaft. «Mein Freund hier kann Ihnen Ihre Vergangenheit, Ihre Zukunft und Ihr Glück aus einem Traum deuten.»

Ein leichtes Erröten lief über El Cogotes Gesicht. Und dann erzählte er uns seinen Traum.*

In seinem Traum befand er sich wieder in dem Haus, in dem er als junger Mann mit seiner Familie gelebt hatte.

Am Ende des Korridors war ein Raum, vor dem die ganze Familie eine irrationale Furcht hegte. Niemand mochte ihn, alle mieden ihn.

An jenem Tag nun hatte er mit Späßen versucht, sie von der Absurdität ihrer Angst zu überzeugen. Er sagte ihnen, man müsse den Gespenstern entgegentreten, dann würden sie verschwinden. Er sagte ihnen, es reiche aus, in den Raum hineinzugehen, und die Angst würde verschwinden. Damals war er der einzige Mann im Haus. Sein Vater war gestorben, und sein jüngerer Bruder war noch ein Kind.

El Cogote spricht:

«In meinem Traum spielte ich mit meiner Schwester. Nicht der jüngeren, der anderen... Sie wissen schon, Don José?»

Und Dr. de los Ríos nickte.

«Aber in meinem Traum hatte meine Schwester Lunaritos Gesicht, verstehen Sie? Vielleicht war in meinem Traum Lunarito meine Schwester... Lunarito ist in allen

* *Ich muß gestehen, daß ich, als ich den Bericht von El Cogotes Traum hörte, den ich hier frei wiedergebe, begriff, daß Dr. de los Ríos recht hatte, als er sagte, dieser Mann sei eine außergewöhnliche Person.*

meinen Träumen gewesen. Ich habe sie seit jener Nacht nicht aus dem Kopf bekommen.»

In seinem Traum fing er an, mit ihr zu scherzen und zu spielen und zog sie dabei durch den Korridor und, trotz des wilden Widerstands, den sie ihm entgegensetzte, nahm er sie lachend in die Arme und schob sie in das Zimmer. «Nein…! Nein…!» schrie sie, und die Tür schloß sich und löschte ihre Stimme aus, wie ein Grabstein. Er hörte sie nicht mehr. Zweifellos fürchtete sie in ihrer Panik, die Schrecken dieses Zimmers mit ihrer Stimme zu wecken.

Er maß dem keine Bedeutung bei. Er kehrte zu den anderen zurück, und keiner dachte mehr an den Zwischenfall. Einige Zeit verstrich, sie setzten sich zum Abendessen, und durch irgendeinen Umstand, unerklärlich in Träumen, vermißte niemand sie bei Tisch. Sie hatten sie vergessen. Aber es lag eine bedrückte Stimmung über ihnen, und alle schienen besorgt zu sein. Sie ließen ihre Köpfe über den Tellern hängen, und niemand sprach. Ich glaube, sie aßen auch nichts, und wenn man im Traum besser sehen könnte, hätte man Tränen in ihren Augen gesehen.

Nach einer Weile hörte man etwas an der Tür reiben. Das Geräusch war unendlich leise, aber sie hörten es alle.

El Cogote spricht:

«Jemand sagte, und ich erinnere die Worte genau: Vielleicht ist es ein Freund der Kinder, der schüchtern ist und nicht zu klingeln wagt, und weil sie vor dem leeren Korridor mit dem Zimmer am Ende Angst haben, wagen sie nicht, die Tür zu öffnen.»

Der Korridor war von einem so schwachen und traurigen Licht beleuchtet, daß sie dies alle verstanden, und es entstand ein langes Schweigen.

Dann war er es, der mit gezwungen fröhlichen Worten, die schrill klangen, sagte:

«Wenn das ein schwerwiegender Grund ist, der euch hindert hinzugehen, dann gehe ich.» Und er stand ruhig auf, und seine Schritte hallten laut. Doch als er die Tür öffnete, sah er nichts als das leere Treppenhaus. In dem Augenblick erinnerte er sich und ging an das Ende des Korridors und stand einen Augenblick vor der Tür.

El Cogote spricht:

«Ich legte meine Hand auf den kalten Türknopf, und als ob jemand von innen dagegen gestoßen hätte, flog die Tür auf, und ein Körper huschte an mir vorbei und lehnte sich an die Wand. Sie war das... Don José... Sie war das... verändert, wie eine Leiche. Ihr Haar war weiß. Sie sah mich nicht einmal an.»

Ihre erstarrten Augen waren auf eine Vision des Grauens gerichtet. Sie traten ihr aus den Höhlen, sie flohen vor dem Phantom, das sie in sich trug und das sie bannte.

«Du hast mich getötet... Du hast mich getötet...» waren ihre einzigen Worte. Leere, mechanische Worte, als hätte sie ihnen ihre Bedeutung genommen, indem sie sie ständig im Geiste wiederholte.

Was er in jenem Augenblick fühlte, ist unmöglich zu beschreiben. Es war ein brutaler, zerreißender Kummer. In einem Augenblick sah er sein ganzes mit ihr verbundenes Leben. Sie war so gut, so sanft...! Und er hatte das Entsetzliche getan... All die vertraute Liebe, die er für sie empfand, durchströmte ihn, traf sein ganzes Sein wie ein Windstoß, und er haßte sich so sehr, wie niemand auf dieser Welt jemals jemanden gehaßt hat.

Dann änderte sich die Szene. Da war nur noch ein Korridor, lang und geschlossen, ohne eine andere Tür, und da war dieses für Träume typische, unheimliche, dämmerige Licht. Im nächsten Augenblick lag er auf den Knien, streichelte sie, bat sie um Verzeihung. Doch sie sah ihn nicht, ihre Augen starrten ins Unendliche, und er spürte in seinen Armen ihren von Entsetzen gepeitschten armen Leib, der bis in die letzte seiner Fasern von qualvollem Keuchen geschüttelt wurde.

Er sagte:

«Meine Schwester… meine arme Schwester…»

Sie sagte:

«Du hast mich getötet… Du hast mich getötet…»

Und am Ende des Korridors stand die Tür immer noch offen.

Gegen Ende dieses Berichtes war El Cogote sichtlich bewegt. Eine glühende Röte stand in seinem verzückten Gesicht. Ich weiß nicht, was Dr. de los Ríos fühlte oder dachte, aber ich weiß, daß die Erzählung dieses Traums mich tief beeindruckte. Ich war in der Tat so beeindruckt, daß ich mich nicht mehr genau erinnere, was danach geschah. Die Erinnerungen an diese letzte, außerordentliche Szene jagen ungeordnet durch meinen Kopf. Aber aus dieser Verwirrung habe ich noch das starke Gefühl einer tiefgehenden Wahrnehmung von Wahrheit, die in meinem Gehirn aufstieg wie ein Windstoß im Nebel, ein Gefühl, daß ich einen Augenblick erlebte, der weit über die Realität hinausreichte und das sich, von Dr. de los Ríos ausgehend, auf mich übertrug.

Ich erinnere mich, daß Dr. de los Ríos mit seinen tiefen, klaren Augen ins Weite sah. Dann kann ich, ohne irgend etwas zu sehen, die rauhe Stimme von El Cogote hören:

«Lunarito, komm zu mir. Auch wenn du umgebracht worden bist, bevor ich dich traf. Selbst wenn ich dich in meinem Traum noch einmal umgebracht habe. Verlaß mich nicht. Komm, selbst wenn es ein Wunder ist… Komm, bevor ich sterbe!»

Und dann ging hinter uns langsam die Tür auf, und ich hörte eine Stimme sagen:

«Hier bin ich.»

Dr. de los Ríos rührte sich nicht. Ich stand auf und drehte mich um.

Im Türrahmen stand Lunarito, seine Geliebte, in ihrem roten Kimono.

IV

Und nun kommen wir zum zweiten Punkt: Wie ist El Cogote, oder Gaston, die fiktive Person, der realen Person Lunarito begegnet?

Gaston glaubt, er habe Lunarito in einer Regennacht in der Alcalá-Straße getroffen, aber er täuscht sich. Gaston ist Lunarito im Haus meines Freundes Don Laureano Baez begegnet, und alles andere hat er sich ausgedacht.

Das war ungefähr so:

Eines Tages suchte ich Don Laureano Baez auf.

Übrigens war Don Laureano Baez eine jener außerordentlichen Personen, die es gelegentlich in Spanien gibt. Er war Bettler von Beruf, und er lebte davon recht komfortabel. Mehr noch, er hatte eine Schule für Bettler gegründet, in der er und andere von ihm ausgewählte Trainer alle erdenklichen Tricks lehrten, von der Kunst des Klagens bis zu der der Verrenkung, die menschliches Mitgefühl wekken sollte.

Wie dem auch sei, Don Laureano war kein gewöhnlicher Bettler. Er war ein Künstler in seinem Beruf und liebte ihn. Selbst nachdem Erfolge sich häuften, hatte er sich geweigert, in den Ruhestand zu treten, und zur Zeit dieser Ereignisse war er noch immer ein aktives Mitglied der bettelnden Bevölkerung mit einer zentral gelegenen Ecke im Geschäftsviertel von Madrid. Doch das tut hier nichts zur Sache.

Don Laureano Baez lebte mit einem Mädchen zusammen, die ihm alles war. Dieses Mädchen war zu einem Viertel Tochter, einem Viertel Frau, einem Viertel Dienstmädchen und einem Viertel Sekretärin für Don Laureano. Sie hieß María Luísa und bedeutete Herrn Baez wirklich sehr viel. Er, ein ehemaliger Meister in der Kunst, menschliche Schwächen für sich zu nutzen, hatte sie sorgfältig in allen Dingen des Lebens unterwiesen, und sie war eine vielversprechende Schülerin.

Da sie ein Mädchen war, hatte Don Laureano ihr eingeprägt, daß ihre Arbeit nicht auf das Erbetteln von Almosen ausgerichtet sein dürfe, wie sie in ihrer unschuldigen Bewunderung für ihn geglaubt hatte, vielmehr darauf, Geschenke zu bekommen.

Don Laureano hatte ihre Aufmerksamkeit auf einen aufreizenden Schönheitsfleck gelenkt, den die Natur an einer bestimmten Stelle ihres Körpers plaziert hatte. Dieser Schönheitsfleck, der ihr, nebenbei gesagt, den Spitznamen Lunarito eingebracht hatte, würde große Taten vollbringen, hatte sich Don Laureano in seiner tiefen Weisheit gedacht und sogar folgende Preisliste aufgestellt:

Für eine Pesete konnte der Schönheitsfleck angesehen werden. Für zwei Peseten konnte er berührt werden.

Und so weiter. Es wäre unnötig, die ganze Liste durchzugehen, die Don Laureano Baez gemacht hatte. Es wird ausreichen zu sagen, daß er nicht eine einzige Möglichkeit, den Schönheitsfleck einzusetzen, ausgelassen hatte und daß Don Laureano in seiner Liste einen erstaunlichen Sinn für Werte und eine tiefe Kenntnis der menschlichen Natur zeigte.

Don Laureano hatte recht. Der Schönheitsfleck brachte dem gemeinsamen Vermögen bald großen Zuwachs. Lunarito wurde noch etwas weiteres: Don Laureanos Partnerin, und sie half ihm als solche in vielen seiner Geschäfte innerhalb und außerhalb seiner offiziellen Bettlerrolle, bis Don Laureano eines Tages etwas tat, was das Gesetz zwang, ihm die Wahl zwischen der Todesstrafe und lebenslanger Haft anzubieten. Don Laureano, der damals schon sehr alt war, wählte die lebenslange Haft, und Lunarito blieb allein, um zu trauern und die Erinnerung an ihr Idol wachzuhalten und sich nach einem anderen Meister umzusehen.

An dem Tag, an dem ich zu Don Laureano Baez kam, war er nicht zu Hause, und ich beschloß, auf ihn zu warten. Ich plauderte eine Weile mit Lunarito, die geschäftig herumging und das Haus in Ordnung brachte, und dann, da ich nichts Besseres zu tun hatte und keine einzige Pesete in meinen Taschen finden konnte, beschloß ich eine Geschichte anzufangen, die ich schon seit ein paar Tagen im Kopf hatte.

Ich setzte mich an den Schreibtisch meines Freundes, nahm Papier und Bleistift und begann zu schreiben:

«Gaston Bejarano war eines Nachts auf dem Heimweg, als er ein Mädchen traf...»

Lunarito, die sehr schlechte Manieren hatte, trat zu mir und sah mir über die Schulter. In dem Augenblick läutete es an der Tür. Da ich glaubte, es wäre mein Freund, stand ich auf und ging, um ihm zu öffnen.

Es war tatsächlich Don Laureano, und als ich mit ihm wieder ins Arbeitszimmer kam, sah ich Lunarito neben dem Schreibtisch stehen, das Blatt Papier in den Händen und einen träumerischen Ausdruck in den Augen.

Don Laureano rief:

«Lunarito, war irgend etwas während meiner Abwesenheit?»

Lunarito antwortete nicht, sie hatte ihn nicht gehört. Sie war nicht da. In dem Augenblick lebte sie in der Zukunft, sie ging mit Gaston Bejarano in einer Regennacht durch die obere Alcalá-Straße.

Der Bettler

Seit langem wird in Spanien in alarmierendem Ausmaß gebettelt. Inzwischen hat sich das auf einer sicheren und soliden Basis etabliert und ist tief in der spanischen Erde verwurzelt. Es besteht jetzt eine ausgedehnte, stabile Organisation, die stetig wächst. Betteln ist in Spanien nicht nur eine ehrenwerte Beschäftigung, es ist auch ein einträgliches Geschäft und ein beneidenswerter Beruf.

Über korrupte Machenschaften beim Betteln in Spanien ist viel geredet worden, das Problem gehört zu den allgemeinen Themen bei Gesprächen und Diskussionen in allen sozialen Schichten, außer in denen, die sich aus der Crème de la crème dieses Berufstyps zusammensetzen. Viel ist über die ehrliche Art des Bettelns in Spanien gesagt worden, besonders seit das Gesetz die offene Ausübung dieses Berufs in seiner reinsten Form, das heißt, ohne die Hilfe irgendeiner kleinen Ware wie etwa Bleistifte oder Schuhbänder, verboten hat. Ich weiß nicht, ob das Gesetz noch in Kraft ist.

In den Tagen nach der Verkündung dieses Gesetzes, das sowohl auf den Bettler wie auf den Angebettelten angewendet werden sollte, schlenderte ein gewisser García ohne rechtes Ziel umher und sah jedem Passanten sorgfältig forschend ins Gesicht. Er suchte nach einem Freund oder Bekannten, sei er auch noch so entfernt, oder auch nach einer schwachen Familienähnlichkeit mit jemandem, den er kannte, damit er die Person ansprechen könne, um sich etwas Geld für Kost und Logis zu leihen.

García war kein Bettler. Er trug nicht die Uniform. Mit anderen Worten, er war gut gekleidet. García gehörte einem anderen Berufsstand an, der, obwohl er mit dem oben erwähnten viele grundsätzliche Gemeinsamkeiten besaß, nicht eigentlich Betteln genannt werden kann. Garcías Beruf mag auf den ersten Blick weit gehobener wirken als das Betteln, denn er konnte auf einen Streich und mit ein wenig Glück so viel einbringen, wie ein einfacher Bettler, der auf die mühsame, ehrliche Art und Weise arbeitet, im Laufe einer ganzen Woche verdient. Doch bei genauerer Prüfung zeigte sich, daß er auf lange Sicht weniger gewinnbringend und daß das Betteln im Prinzip einträglicher war, weil das Arbeitsfeld nicht so begrenzt ist.

García gehörte zu einer Berufsgruppe, die ebenso populär ist wie die der Bettler und über genauso geschickte Praktiker verfügt. García brüstete sich, einer der Besten seines Faches zu sein, doch nun fühlte er sich enttäuscht und hatte es satt. Der Beruf erforderte zu viel Spitzfindigkeit, zu viel Phantasie und zu viel Vorsicht. García war bereit aufzugeben. Wenn man bedenkt, daß García einer der Besten seiner Klasse war, ist dies ein Beweis dafür, daß der Beruf nicht so solide war wie das Betteln, denn ich habe noch niemals von einem Bettler gehört, der aufgeben will.

Ja, García hatte beschlossen aufzuhören. Einer seiner Freunde, ein gewisser Don Gil Bejarano, hatte ihm eine Stelle im Büro des Polizeipräfekten, seines Schwagers, als Fingerabdruckexperte angeboten. Fingerabdrücke waren Don Gils Leidenschaft, und er hatte García alles beigebracht, was er darüber wußte, vielleicht noch mehr. Don

Gil hatte García die Stelle unter der Voraussetzung angeboten, daß García bereit war, Don Gil einen Teil seines Gehalts abzutreten, und García hatte angenommen. Selbstverständlich war das eine geheime Abmachung, aus der García freizukommen hoffte, sobald ihm dazu der richtige Plan einfallen würde.

Seine Arbeit fing jedoch nicht vor dem nächsten Monat an, und García wußte, daß er sein Gehalt nicht vor Ende des Monats bekommen würde. Wie die meisten Menschen seines Gewerbes und seines Kalibers wandte García außerordentliches Feingefühl an, als es um das Geld ging, das er mit einem so konventionellen Beruf, wie er ihn demnächst ausüben wollte, verdienen würde. Als Don Gil ihm das Angebot machte, hatte er aus Angst, die Stelle nicht zu bekommen, keinerlei Eile oder Ungeduld gezeigt. Er hatte sich ganz im Gegenteil nonchalant gegeben und sorgfältig die Bitte vermieden, eher anfangen zu dürfen. García wollte nicht den Eindruck erwecken, er sei in Geldnot, damit Don Gil ihm nicht schlechtere Bedingungen anbieten würde.

Die Unterhaltung verlief ungefähr so:

García: «Oh, jederzeit.»

Don Gil: «Paßt es nächsten Monat?»

García: «Sicher, wann immer Sie wollen; es besteht keine Eile.»

Don Gil: «Gut, nächsten Monat also.»

García: «Könnten Sie mir nicht vielleicht fünf vorschießen?»

Und Don Gil hatte abgelehnt.

Im Hinblick auf diesen letzten Schlag hatte García beschlossen, seinen Beruf aufzugeben und endgültig Don Gils Angebot anzunehmen. Die Sache war für den nächsten Monat ausgemacht, und es würde noch sechs Wochen dauern, bis García sein Geld bekam. Deshalb hielt er im Augenblick nach einem Opfer Ausschau, dem er den letzten Streich jenes Berufs versetzen könne, dem er nun entsagen würde.

Doch das Glück war nicht mit García, und er hatte bisher kein einziges Gesicht entdeckt, das ihm auch nur einen winzigen Anlaß für eine Annäherung geboten hätte. García war recht niedergeschlagen. Seit dem Vorabend hatte er nichts gegessen, in seiner Tasche hatte er genau einen Kupfercentimo und ein Fünfundzwanzig-Peseten-Stück in Gold. Letzteres zählte natürlich nicht, denn von diesem, glaubte García, hing ein großer Teil seiner gesellschaftlichen Wirkung ab.

In Spanien ist es durchaus en vogue, eine sentimentale Geschichte zu erzählen, wenn man im Café oder spät in der Nacht auf einer Bank im Prado sitzt oder wenn man Vertraulichkeiten austauscht. Die sentimentale Einstellung *Der Mutter* gegenüber gibt hier häufig den Ausschlag, wenn man einem unverbesserlichen Kerl verzeiht. Oft hört man die Leute sagen:

«Er mag ein Lump sein oder ein Verbrecher, aber er liebt seine Mutter», und damit hat es sich dann.

Also, irgendwann, als es ihm blendend ging, entschloß sich García, eine Investition zu machen. Er kaufte ein Fünfundzwanzig-Peseten-Stück in Gold, das er immer bei sich trug, und wann immer ihn jemand darauf ansprach, sagte er: «Ja», es folgte ein wirkungsvoller Seufzer, «das hat mir meine Mutter am Tag meiner ersten Kommunion geschenkt.» An dieser Stelle ein skeptisches Lächeln: «Ich werde es immer bei mir tragen. Egal, wie schlecht es mir auch manchmal gegangen ist, nicht im Traum habe ich daran gedacht, es zu wechseln. Manch einer wird das albern finden, aber ich bitte Sie! Eine Mutter ist eine Mutter, wir haben nur eine Mutter» (ein tiefes Schweigen und ein träumerischer Gesichtsausdruck): García hatte es stets als großen Nachteil in seinem Beruf empfunden, daß er nicht willkürlich in Tränen ausbrechen konnte.

Und nun stand García vor der Entscheidung, das Goldstück zu wechseln und ohne seine sentimentale Geschichte auszukommen, denn jetzt hatte er eine Anstellung und würde beides wohl nicht mehr brauchen.

Während er noch mit diesen Gedanken beschäftigt war, wurde er seinerseits von einem Bettler angesprochen.

Garcías erste Reaktion war, ihn lauthals auszulachen, doch da er wußte, daß ein Herr sich niemals einem Bettler gegenüber dergleichen Freiheit herausnehmen würde, unterdrückte er diese Regung. Auch fürchtete er, man würde seine finanzielle Lage erraten, wenn er ablehnte. Unter gewissen Umständen ist sogar die Meinung eines unbekannten Bettlers von Bedeutung. Darum zog García den Mann in einen Hauseingang (es war verboten, in der Öffentlichkeit Almosen zu geben) und gab ihm das Fünfcentimostück.

Dann ging er in ein Café auf der anderen Straßenseite, um das Goldstück zu wechseln.

Mit entschlossener, heldenhafter Geste, die den Schlußstrich unter seine Vergangenheit setzen sollte, knallte García die Münze auf den Tresen.

«Bitte wechseln.»

Der Mann auf der anderen Seite des Tresens sah die Münze an und dann García.

«Wechseln, in was?» rief er laut, brutal, grausam...

García sah die Münze an und begriff, daß er dem Bettler das Goldstück * gegeben hatte. Ohne sich um den Hohn

* *García hatte andere Pläne für diese Geschichte, doch da-*

des anderen zu kümmern, griff García nach der Münze und rannte wie ein Verrückter aus dem Café.

«Das nächste Mal putz ihn besser, den *perro chico*!» rief der Mann hinter ihm her.

In zwei Sätzen war García wieder an der Unfallstelle, doch der Bettler war fort. Er fragte andere Bettler nach einem Mann aus, der so und so aussah.

«Er macht immer um sechs Uhr Schluß», entgegnete ihm ein Kerl ohne Beine vom Boden aus. «Tagsüber hat er diesen Platz, nachts hab ich ihn.»

Ein anderer Bettler nannte ihm den Namen und die Adresse und wies ihm mit seiner einzigen Hand den Weg.

«Una limosnita por amor de Dios», sagte der Kerl ohne Beine.

«Perdone, hermano», antwortete García und rannte fort. Er wollte nicht auch noch sein letztes Geldstück verlieren. García ging in die angegebene Richtung, und das Herz wurde ihm mit jedem Schritt schwerer. Nach einer Weile war er erstaunt, sich in einem wohlhabenden Teil der Stadt wiederzufinden, weit wohlhabender als der, in dem er selbst wohnte. Er fand die Adresse in einem modernen Gebäude. García zögerte vor dem Portier, und hätte der ihn nicht bemerkt, hätte er wohl auf dem Absatz kehrtgemacht.

Doch der Portier hatte ihn gesehen und sprach ihn an:

«Qué desea, caballero?»

Es war zu spät. García fragte nur der Form halber, er war sich der Antwort ganz sicher:

durch, daß ich die beiden Münzen vertauschte, so daß für ihn eine unerwartete Situation entstand, habe ich ihn in meiner Gewalt. Er hat jetzt keine Zeit, einen neuen Schlachtplan zu entwerfen, und ich kann ihn zwingen, das zu tun, was mir gefällt, ich kann die Geschichte so verlaufen lassen, wie ich es will.

«Zu Don Laureano Baez?»

«Principal derecha», war die lakonische Antwort.

García war verblüfft. Er stieg zwei Treppen hinauf und stellte bei jeder Stufe eine neue Überlegung an. Er läutete an der rechten Tür, und bevor er Zeit hatte, darüber nachzudenken, was er sagen sollte, wenn dieser Laureano Baez nicht der Laureano Baez war, öffnete ihm ein Mädchen die Tür.

«Zu Don Laureano Baez?»

«Si, señor, pase usted.»

García ging durch einen mit Teppich ausgelegten Flur und kam sich vor wie ein Eindringling, er war sich seiner unmöglichen Lage bewußt, wenn er nun dem angesehenen und ehrbaren Bürger Don Laureano Baez mit seiner albernen Frage kommen würde.

«Würden Sie bitte ins Eßzimmer kommen? Er nimmt gerade sein Abendessen ein und wird Sie dort empfangen.»

García sah eine Ausflucht:

«Oh, dabei möchte ich ihn wirklich nicht stören. Ich werde ein anderes Mal wiederkommen. Ich wußte nicht, daß ich jetzt störe. Wenn ich gewußt hätte, daß...»

Doch das Mädchen ließ ihn nicht gehen. Er bestand darauf, doch sie blieb dabei, auf eine geradezu diabolische Weise, dachte García.

Und dann wurde er in das Eßzimmer geschoben, und da saß sein Mann.

So geübt García war, sich die Gesichter der Menschen einzuprägen, konnte er doch im ersten Augenblick die beiden Individuen nicht in Zusammenhang bringen, so verwirrend war die unterschiedliche Aufmachung. Er stand vor einem respektablen und ehrbaren Herrn in vorgerücktem Alter, der sehr geschmackvoll gekleidet war und vor einem üppigen Abendessen saß, und Garcías flinke Augen entdeckten eine Flasche exzellenten Riojas, eine andere Flasche mit Ojen und ein Stück genau richtig gebratenen Huhns.

Gelinde gesagt war García völlig verwirrt. Er war sicher, vor keinem Geringeren als dem Finanzminister zu stehen.

Auch der Mann erkannte ihn und erhob sich in bester Manier.

«Nun, wie geht es Ihnen? Setzen Sie sich, möchten Sie auch etwas? Ein Kunde», erklärte er dem Mädchen.

«Oh, ja?» sagte sie fürsorglich.

Das alles hätte die letzten Zweifel aus Garcías Gemüt verscheuchen müssen, doch nun fühlte er sich klein und immer kleiner, wie ein armer Mann, der gekommen war, um einen Gefallen oder einen Rat zu erbitten und nicht eine Rückerstattung. Er wußte nicht, wie er anfangen sollte und fiel auf den Stuhl, den das Mädchen ihm von hinten gegen die Beine schob. Seit er dem Mann, der dort vor ihm saß, das Geldstück gegeben hatte, war alles, was er unternommen hatte, wie unter Zwang geschehen. Er sah sich einer ihm überlegenen Person gegenüberstehen, die seit ungefähr einer Stunde mit ihm spielte.*

Im Wirrwarr der Gedanken, was in seiner Situation nur zu verständlich war, schrieb García die rein zufälligen Ereignisse dem kraftvollen Willen zu, der von dieser starken Persönlichkeit ausging, in deren Behausung er geraten

* *Das war Garcías Eindruck, doch, obwohl er es nicht weiß, bin ich derjenige, der seine Handlungen bestimmt. Seit ich auf die Idee mit der Vertauschung der Münzen gekommen bin, habe ich ihn in meiner Gewalt und kann ihn jetzt beruhigt den kundigen Händen des zuverlässigen alten Herrn, Don Laureano Baez, überlassen.*

war. Der Mann betrachtete ihn jetzt ganz unverhohlen mit einem fröhlichen Lächeln. Doch García hustete nicht und schluckte auch nicht, er fing einfach an:

«Ich vertraue darauf, daß Sie mich nicht für unverschämt halten, wenn ich...»

«Aber keineswegs!» rief der Bettler aus, ohne abzuwarten, um welche Unverschämtheit es sich handeln würde, füllte ein kleines Glas mit Ojen und reichte es García und schob ihm auch ein goldenes Zigarettenetui zu.

García schlürfte den Ojen und lehnte die Zigaretten höflich ab. Nach den letzten Ereignissen brauchte er etwas Aufbauendes und etwas, was ihm den Mut gab fortzufahren. Der Ojen muß sehr stark gewesen sein, denn García zögerte nicht länger und legte seine Seele offen dar:

«Ich bin froh, daß Sie mich wiedererkennen. Heute nachmittag habe ich Ihnen ein Geldstück gegeben.»

Der Bettler nickte zustimmend. García goß etwas Ojen in das Glas des Bettlers und füllte dann sein eigenes.

«Es tut mir leid, daß ich gezwungen bin, diesen Schritt zu tun, aber heute nachmittag habe ich Ihnen aus Versehen ein Fünfundzwanzig-Peseten-Stück in Gold gegeben.»

Der Bettler hob die Brauen und öffnete den Mund, doch García ließ ihn nicht zu Wort kommen.

«Natürlich geht es mir nicht um das Geld. Ich würde nicht im Traum daran denken, zurückzufordern, was ich gegeben habe, selbst wenn es ein Irrtum war.» García leerte sein Glas, der Bettler tat es ihm gleich und ließ die Bewegung in eine Geste auslaufen, die bedeuten sollte, daß er in keiner Weise an seinem Gast zweifle.

«Ein ausgezeichneter Ojen!» rief García.

«Ojen Morales», war die bestätigende Antwort.

«Was ich sagen wollte, es geht nicht um das Geld; natürlich, das wissen Sie. Aber es ist nicht irgendeine Münze...»

Der Bettler erhob sich:

«Lieber Mann, Sie müssen mir nichts erklären. Ein Irrtum, das genügt vollauf. Wir alle machen Fehler.» Er wandte sich an das Mädchen. «Lunarito, bring mir den Bettelanzug.» Und an García gewandt: «Ich habe die Taschen noch nicht geleert. Ihre Münze muß noch drin sein...»

García erhob sich ebenfalls.

«Selbstverständlich ist es nicht das Geld, Don Laureano», freundliche Gefühle für seinen Gastgeber überkamen ihn, «und nicht im Traum würde ich daran denken, sie zurückzunehmen, ohne es Ihnen zu erklären. Diese Münze bedeutet mir sehr viel.»

«Das bezweifle ich nicht», sagte der Bettler entschieden, füllte Garcías Glas noch einmal und danach sein eigenes.

Lunarito brachte mühsam ein unerwartet schweres Lumpenbündel herein, ohne Zweifel der Bettelanzug, und hängte es wie ein Meßdiener, der seinem Priester ein Meßgewand in die Hände legt, über die halbausgestreckten Arme des Bettlers. Der machte einen Teil des Tisches frei und leerte eine nach der anderen die Taschen.

Bald lag ein Haufen Münzen auf dem Tisch, ein so großer Haufen, daß es kaum möglich war, sich vorzustellen, wie er aus diesen Lumpen, die jetzt schlaff herunterhingen, hervorkommen konnte.

Unter dem vielen Kupfer entdeckte García seine Münze, doch er war zu feinfühlig, danach zu greifen. Er trank statt dessen sein drittes Glas Ojen aus und beäugte heimlich sein Geldstück.

Auch der Bettler sah es.

«Aha, hier nehmen Sie es, mein Herr. Wie Sie sehen, bekommen wir fast immer Kupfer.» Er reichte García die Münze. «Es tut mir leid, daß Sie den weiten Weg hierher machen mußten, andererseits ist es mir ein Vergnügen, Sie bei uns zu sehen.»

Die Güte seines Gastgebers überwältigte García. Er spürte, wie die Münze an Wert verlor. Er war voller Bewunderung für den Mann ihm gegenüber und spürte, wie sich in seinem Innern bemerkenswerte Veränderungen abspielten. In seinem Gehirn fand eine Revolution statt, und plötzlich wurde er gefühlvoll. Er meinte nun, der wichtigste Fund dieses Tages sei nicht seine goldene Münze gewesen, sondern diese große Persönlichkeit, deren Existenz er in dieser Welt nicht vermutet hatte. Die breite, ehrliche Gestalt des Bettlers lehnte ihm gegenüber an dem mit Münzen überladenen Tisch. García hatte noch nie so viel Geld auf einmal gesehen. Er sank in seinen Stuhl zurück, sah den Bettler mit offenem Mund an und schüttelte mit verzücktem Lächeln den Kopf.

«Lunarito, nimm das Geld und wirf es in die Schublade.»

«Ich hätte sie nie von Ihnen zurückgenommen... aber diese Münze...»

«Lassen Sie uns bitte von etwas anderem reden.» Der Bettler setzte sich wieder.

García drehte die Münze in seiner Hand und beharrte darauf: «Nein, ich muß es Ihnen erzählen... Ja, Ihre Großzügigkeit...» Er fühlte sich beredt, doch die Gedanken schienen ihm irgendwie zu entwischen, sie waren wie Gedanken, die einen eigenen Willen und eigene Worte besaßen, die ohne Rücksicht auf seinen Verstand, der sehr schwach zu sein schien, aus seinem Mund herauszufließen drohten. Der Bettler sah ihn mit nachsichtigem Lächeln an. García nahm sich zusammen. Er füllte sein Glas und leerte es.

«Ja... meine Mutter», García versuchte einen Seufzer.

Etwas in seinem Hals zog sich zusammen und verhinderte, daß er seufzte... «Meine Mutter hat sie mir am Tag meiner ersten Kommunion geschenkt...» Er versuchte das skeptische Lächeln, doch er merkte, es wurde nur eine Grimasse daraus. «Ich werde sie immer bei mir tragen...» Er konnte sich nicht mehr auf die Rede besinnen, die er so oft gehalten hatte; da war noch etwas, was er sagen wollte. «Manch einer findet das albern... ja, man hat nur eine Mutter, wissen Sie... man hat nur eine Mutter... Oh! Man hat nur...» Die Stimme versagte ihm, zum ersten Mal kamen ihm Tränen zu Hilfe. Nein, sie verdarben seine Vorführung, sie verrieten ihn. Er hatte nicht geglaubt, er könne willkürlich in Tränen ausbrechen, und jetzt wünschte er... Von der anderen Seite des Tisches sah ihn der Bettler mit seinem tiefgründigen, weisen Lächeln an, und Größe lag in seiner Haltung. Vor diesem Mann fühlte García sich klein und gemein. Er wußte, daß der Bettler ihn durchschaute, daß er über ihn lachte, über seine Anstrengungen und fehlgeschlagenen Versuche von Heuchelei, und es ihm übelnahm, daß er seinen Verstand so gröblich beleidigte. García wußte, er stand als kläglicher Anfänger vor einem großen Meister in einem Beruf, der ehrwürdiger war als der seine, ein großartiger Beruf; vor einem Mann, dessen Haar weiß geworden war, während er mit dem Mitgefühl der Menschen spielte; vor einem Mann, der verstand, vor dem diese ganze Farce nicht notwendig und sinnlos war.

Und der Bettler sah ihn an und lächelte nachsichtig, fast wie ein Vater seinen Sohn anlächelt. Er durchschaute ihn und erkannte hinter diesem elenden García unendlich viele andere Garcías, denen er in seinem langen, tatkräftigen Leben begegnet war, enttäuscht darüber, daß die Menschen immer falsch und schwach sind, daß ihnen der Mut fehlt, offen zu sein, daß ein Mann sich so weit erniedrigt, wegen einer goldenen Münze einen Meister zu beschwindeln und zu täuschen. Und García konnte den lächelnden Augen des Bettlers nicht länger standhalten, er spürte, wie ihm das Blut in die Wangen stieg; er schämte sich, das war auch ein neues Gefühl, das er diesem außerordentlichen Mann verdankte, und es überkam ihn der überschwengliche Wunsch, aufrichtig zu sein, dieser alles verstehenden Seele zu beichten; er war reumütig, und die Tränen bahnten sich heftig ihren Weg nach draußen...

Und dann brach das Weinen aus ihm heraus, und García griff über den Tisch und drückte dem Bettler die Hand.

«Diese Geschichte über meine Mutter, die mir die Münze gegeben hat, ist nicht wahr... sie ist nicht wahr... ich bin nur ein dreckiger Lügner... Ich habe Ihre Großzügigkeit mit einer Lüge bezahlt... Meine Mutter hat mir nie eine solche Münze gegeben, ich habe sie mir selbst gekauft.» García sah jetzt recht komisch aus, seine weit aufgerissenen Augen versuchten bittend auszusehen, und aus dem Mundwinkel lief ihm der Speichel. «Meine Mutter hat sie mir nicht geschenkt. Ich habe das nur der Wirkung wegen gesagt, und alles, was ich erzählt habe, war einfach gelogen... vergeben Sie mir; Sie sind ein großer Mann und können mir vergeben, Sie haben Verständnis... Ich bewundere Sie, Don Laureano. Ich bin stolz, Ihr Freund zu sein... Ich...»

Der Bettler machte ein Gesicht, das so weit als möglich dem entsprach, was, seiner Meinung nach, García von ihm erwartete. Mit seiner freien Hand tätschelte er Garcías Hand:

«Du mußt mir nichts erklären, mein Junge.» García war beglückt über dieses *mein Junge*. «Ich hab dir doch gesagt, du mußt mir nichts erklären. Natürlich habe ich Verständnis dafür, mach dir doch keine Gedanken. Mir ist das ganz egal. Es geht mich überhaupt nichts an. Die Münze gehört dir, du hast sie mir aus Versehen gegeben... das alles ist... völlig unnötig...» Er füllte sein Glas und trank es aus.

«Ich hätte sie nie von Ihnen zurückgenommen... aber ich will jetzt ehrlich zu Ihnen sein. Sie ist alles, was ich habe. Ich bin pleite. Ich habe seit gestern abend nichts gegessen, weil ich in meiner Dummheit dachte, die Münze wäre in meiner Tasche einträglicher. Ich hatte wirklich nur noch diese Münze und ein Fünfcentimostück, das ich Ihnen geben wollte.»

García holte die Kupfermünze aus der Tasche. «Hier ist sie... Nehmen Sie sie, sie war für Sie gedacht.»

Der Bettler schob die Münze zurück.

«Du brauchst sie dringender als ich. Nach dem, was du sagst, könnte ich sie nicht mehr annehmen.»

«Das ist doch Ihr Beruf, es geht um eine geschäftliche Angelegenheit. Sie können mir das Vergnügen nicht abschlagen, lassen Sie mir wenigstens das Gefühl...»

«Unmöglich, das wäre ein Verbrechen; das macht mir klar, wie oft Menschen, die das Geld nötiger brauchen als wir, uns zu Hilfe kommen und unser Geschäft in Gang halten... Unmöglich, unmöglich, behalte sie; das wäre ein Verbrechen.»

Der Ojen tat seine Wirkung bei beiden Männern. Der Bettler empfand nun für den Fremden ihm gegenüber eine Sympathie, wie er sie nie zuvor jemandem entgegengebracht hatte. Er war dem jungen Mann freundlich gesonnen, der gekommen war, ihn zu belügen, und dann in bitterer Ehrlichkeit vor seiner offenkundigen Überlegenheit weinend zusammengebrochen war. Eine große Zuneigung überkam ihn diesem aufrichtigen Jungen gegenüber, der seine unbezweifelbare Größe anerkannte, ein unendlicher Kummer um dieses arme Wesen, das seit gestern abend nichts gegessen hatte, das ihm ein Almosen gegeben hatte, als dies für ihn bedeutete, sein letztes Geld für Wohltätigkeit hinzugeben. Er hatte Mitleid mit diesem Mann, den die Not zwang, eine Münze zu wechseln, auf die er früher alle Geschäfte seines Lebens aufgebaut hatte... Und er empfand auch Bewunderung für diesen jungen Mann, der mit leerem Magen genug Charakter besaß, seine Heuchelei zu gestehen, sich selbst preiszugeben, weil er mit erstaunlichem Feingefühl in ihm einen großen Mann erkannt hatte. Und Tränen rollten aus den Augen des Bettlers.

«Du sagst, du hast seit gestern abend nichts gegessen?»

«Ja... Wissen Sie, ich habe eine Stelle angenommen, aber ich fange erst im nächsten Monat mit der Arbeit an. Jetzt habe ich kein Geld, und diese Münze wollte ich nicht wechseln, weil ich die gefühlvolle Geschichte, die dazu gehört, gebraucht habe, um mir von meinen Freunden Geld zu borgen. Aber Ihr großes Vorbild hat mich erleuchtet. Jetzt werde ich die Münze einwechseln, ich werde nie wieder borgen. Ich habe eine Stelle angenommen, und ich werde für mein Geld anständig arbeiten... Sie haben mich gerettet...!»

«Ja, mein Freund, du hast recht; du mußt einer anständigen Arbeit nachgehen; folge meinem Beispiel; es ist schwer, ich weiß das. Ich arbeite gewöhnlich von sechs Uhr morgens bis sechs Uhr abends, doch es ist befriedigend zu wissen, daß du dir einen bescheidenen Unterhalt erarbeitest, daß du niemand etwas schuldig bist...»

Die beiden Männer sahen sich an und weinten wieder still und ausgiebig. Schließlich wiederholte der Bettler:

«Du sagst, du hast seit gestern abend nichts gegessen?»

García schüttelte den Kopf.

«Lunarito!» rief der Bettler plötzlich mit gebrochener Stimme.

Lunarito erschien in der Tür und sah die beiden äußerst überrascht an. Sie hielten sich an den Händen, ihre Wangen waren tränenüberströmt.

«Lunarito, bring noch ein Gedeck. Dieser Herr will mir die Ehre erweisen, mit mir zu Abend zu essen. Und bring noch eine Flasche Ojen.»

Lunarito brachte das Gedeck und die Flasche, und schweigend begann García zu essen. Er war furchtbar hungrig. Der Ojen hatte seinen Appetit geweckt, der aus Mangel an Beachtung lange eingeschlafen gewesen war. Mit zärtlichem Blick sah der Bettler ihm beim Essen zu. Immer wenn García von seinem Teller aufsah, lächelte er ihn mütterlich an und füllte ihre Gläser mit Ojen. Schließlich rief er wieder:

«Lunarito, Lunarito, bring noch ein Glas.»

Lunarito erschien mit einem Glas in der Hand und ausdruckslosem Gesicht. García sah von seinem Teller auf. Der Bettler lächelte.

«Ein Toast, ein Toast... Endlich ist die Stunde gekommen, in der zwei gesellschaftliche Klassen sich anerkennen.» Er füllte die drei Gläser und prostete García zu, der taumelnd aufstand.

«Auf dich, mein Freund, mein Bruder...» Alle tranken, Lunarito tat es gehorsam.

García fühlte sich bemüßigt, auf Politik zu sprechen zu kommen, wie er es immer tat, wenn jemand das Wort Klassen erwähnte:

«Wenn die Regierung nur wüßte...!»

Der Bettler kam vertraulich um den Tisch herum auf García zu. Lunarito verschwand wieder.

«Vergiß die Regierung, mein Junge... Du sagst, du bist pleite?» flüsterte er.

«Was haben Sie gesagt?»

«Daß du kein Geld hast», erklärte der Bettler.

«O ja, ich bin pleite, aber jetzt werde ich die Münze einwechseln, und das reicht bis...»

«Die Münze einwechseln? Nein, mein Junge, das darfst du nicht einmal denken. Dein Vater hat sie dir zum Geburtstag geschenkt, sagst du?»

«Ja, aber ich sagte Ihnen doch... meine Arbeit fängt erst...»

«Mach dir darüber keine Gedanken, junger Mann; schließlich haben wir nur einen Vater...»

García gab einen zweifelnden Laut von sich.

«Selbst wenn es keinerlei Gewißheit über die besonderen Umstände gibt, haben wir doch nur einen echten Vater, mein Junge... Du mußt die Münze behalten.» Der Bettler zog eine Brieftasche heraus. «Wann, sagst du, fängt deine Arbeit an?»

«Nächsten Monat... aber...»

Der Bettler entnahm der Brieftasche eine Handvoll Scheine und reichte sie García, ohne sie zu zählen.

«Hier, mein Junge, das wird dir weiterhelfen, und wenn du irgend etwas brauchst...»

Wenn es je einen dankbaren Blick in dieser Welt gegeben hat, dann war es der, mit dem García den Bettler ansah. Er taumelte, seine Lippen zitterten, er fiel seinem Wohltäter um den Hals und bedeckte ihm die Schulter mit frischen Tränen. Er schluchzte laut und rief Worte des Dankes. Schließlich fiel er auf die Knie und bestand darauf, dem Bettler die Hand zu küssen.

Lunarito erschien wieder in der Tür und betrachtete sie mit äußerst komischer Überraschung. Dann erhob sich García, und sie sah beide Männer den Flur hinunterwanken, hörte ihre Stimmen und wie die Tür geöffnet wurde:

«Ich hätte sie niemals von Ihnen zurückgenommen...»

«Wann immer du irgend etwas brauchst, komm zu mir, als wäre ich dein Vater.»

«Sie sind der größte Mann, dem ich je begegnet bin.»

«Die Stunde der Anerkennung ist gekommen.»

«Wenn die Regierung wüßte ...»

«Vergiß die Regierung, mein Junge; schließlich haben wir nur einen Vater.»

Und dann hörte Lunarito die Tür zufallen.

Fingerabdrücke

Mehrere Länder beanspruchen für sich, die Theorie der Fingerabdrücke entdeckt zu haben. Auch Spanien gehört dazu, und der dafür verantwortliche Mann war ein gewisser, in allen Feinarbeiten mit der Feder sehr geschickter Zeichner, der auch für eine Serie von Briefmarken mit dem Bild des Königs verantwortlich ist.

Der Sohn des spanischen Initiators der Fingerabdruck-Theorie war sehr stolz auf seinen Vater. Er war stolz darauf, der Nachkomme eines so großen Mannes zu sein. Kurz gesagt, er war stolz darauf, Don Gil Bejarano y Roca, Sohn von Don Esteban Bejarano y Ulloa zu sein, dem spanischen Entdecker der Fingerabdruck-Theorie.

Es ist nicht bekannt, ob Don Esteban Bejarano y Ulloa die Bedeutung seiner Entdeckung für die Kriminologie ermessen oder auch nur ahnen konnte. Sein Hauptziel scheint allein die Identifizierung eines bestimmten Individuums, beziehungsweise die fehlerfreie Unterscheidung verschiedener Individuen gewesen zu sein. Und es gibt ernsthafte und schwerwiegende Gründe gegen die Annahme, daß in seinem Unterbewußtsein bereits das subtile Netz aus Verbrechen und Unglück gesponnen wurde, das sich um kommende Generationen der Familie Bejarano knüpfte, wie es einige abergläubische und mißgünstige Personen behauptet haben.

Die Familie Bejarano ist immer recht unauffällig und unbedeutend gewesen. Sie gehörte der Mittelschicht an, ein Terminus, der in Spanien, wegen der dort schicksalhaften, ewigwährenden Klasseneigenschaften, eine sehr viel traurigere Bedeutung hat als anderswo. In Spanien ist es schwer für einen Namen aufzusteigen, da dem Faktor Geld noch bis vor kurzer Zeit kein großes gesellschaftliches Gewicht zuerkannt wurde und Heirat eine der wenigen verläßlichen Möglichkeiten für eine Familie war emporzukommen.

Es ist daher durchaus nicht verwunderlich, daß Don Gil Bejarano so stolz auf seinen Vater war, daß für ihn Fingerabdrücke mehr bedeuteten als für jeden anderen, daß er diese Entdeckung als Fundament für seine gesellschaftlichen Aufstiegschancen betrachtete. Für Don Gil waren Fingerabdrücke das, was seinen Namen ein wenig über den verhaßten Durchschnitt emporhob, der allen verhaßt ist, die dazugehören. Für Don Gil war die Entdeckung seines Vaters der erste Schritt auf all diese Hoffnungen zu, sie war ein unschätzbarer Besitz. Fingerabdrücke unterschieden seinen Namen von den unendlich vielen anderen Namen, die so gewöhnlich waren wie Bejarano, ohne sie wäre er im Meer der Mittelmäßigkeit versunken. Gil Bejarano selbst war ein Fall, an dem Fingerabdrücke nur allzu deutlich ihren Wert bewiesen hatten. Auf sie gründete er seine Identität. Fingerabdrücke waren für Don Gil alles, seine ganze Existenz hatte er auf diese Entdeckung seines Vaters gebaut.

Don Gil liebte Fingerabdrücke, er dachte an nichts anderes; sie waren sein hauptsächliches Gesprächsthema. Zehn Jahre lang hatte er alles getan, was in seiner Macht stand, damit seines Vaters Abhandlung zu diesem Thema, die er stets bei sich trug, in alle Sprachen übersetzt würde.

Er hatte einen jungen Deutschen angesprochen, den er im Prado-Museum entdeckte, wo dieser einen Velázquez kopierte, und ihm vorgeschlagen, die Abhandlung zu übersetzen. Der Mann war davon nicht besonders angetan, doch Don Gil war in allem, was mit diesem Thema zu tun hatte, blind und fest davon überzeugt, daß ein Schulterzucken für einen Deutschen eine beredte Art sei, seiner überschäumenden Begeisterung Ausdruck zu verleihen. Don Gil hatte zahllose Artikel geschrieben, in denen er den schlüssigen Beweis lieferte, daß sein Vater der ursprüngliche und einzige Entdecker der Fingerabdrücke sei und all die anderen Schaumschläger und Hochstapler. Don Gil hatte in Cafés herumgebrüllt und auf den Tisch geschlagen. Als echter spanischer Patriot, dem nichts über sein eigenes Land ging, hatte er Spanien beleidigt. Er sagte, die Spanier seien nachlässig und faul, niemals leisteten sie etwas zum Ruhme der Nation, und niemals behaupteten sie sich anderen Nationen gegenüber. Don Gil war sich sicher, daß die ganze Welt seinen Vater als großen Entdecker der Fingerabdrücke anerkennen würde, wäre er ein Franzose oder ein Engländer gewesen. Patriotismus und Fingerabdruckmanie hatten sich in Don Gil vereint, und was dabei herauskam, war äußerst beklagenswert. Die meisten Spanier der älteren Generation begründen fast alles, was sie tun, mit ihrem Patriotismus. Und Don Gil schlug auf die Tische, brüllte und beleidigte Spanien. Glücklicherweise sind Spanier gleichgültig und Kaffeehaustische stabil.

Don Gil hatte jetzt fünf Jahre an einer Kampagne gearbeitet, die jeden dazu zwingen sollte, seine Fingerabdrücke im Büro des Präfekten – zu dieser Zeit sein Schwager – registrieren zu lassen. Er bestand darauf, daß es eine notwendige Maßnahme sei, ging selbst mit gutem Beispiel voran und ließ seine eigenen Fingerabdrücke dort registrieren. Spaniern widerstrebt alles, was den Beigeschmack von Zwang oder gemeinsamem Vorgehen hat. Die Leute haben einen Horror vor allem, was mit dem Gesetz, was mit der Polizei zu tun hat. Damals hatten Fingerabdrücke bereits eine restriktive Bedeutung und standen in dem üblen Ruf, zur Welt des Verbrechens zu gehören. Jeder, der seine Fingerabdrücke registrieren lassen sollte, fühlte sich als potentieller Verbrecher verdächtigt, und das Ergebnis war, daß die einzigen Fingerabdrücke im Büro des Präfekten, außer denen der Verbrecher, von Don Gil stammten. Darin sah Don Gil einen unwiderlegbaren Beweis für die Tatsache, daß es nur einen ehrlichen Bürger und Patrioten in Spanien gab – von dem jungen König einmal abgesehen, dessen Fingerabdrücke allerdings nicht registriert waren –, ihn.

Don Gil hatte nicht enden wollende Auseinandersetzungen mit seinem Schwager über das Thema, doch mit der ihm eigenen Hartnäckigkeit überzeugte Don Gil schließlich den Präfekten von der Unfehlbarkeit der Fingerabdrücke. Am Ende ihres letzten Gesprächs klopfte der Präfekt seinem Schwager auf die Schulter und sagte:

«Wenn ich deine Sturheit besäße, würden mir nur wenige Verbrecher entkommen.»

Und Don Gil zeigte sich wohlwollend wie stets, wenn er einen widrigen Fall gewonnen hatte.

«Benito, Fingerabdrücke sind unfehlbar», sagte Don Gil. «Ein Mann ist in China», wie für die meisten Spanier war für Don Gil China das beste Beispiel für das Ferne schlechthin, «und während er dort ist – nicht vorher und nicht nachher –, tauchen seine Fingerabdrücke irgendwo hier in Madrid auf, dann muß er und niemand anderes diese Abdrücke hinterlassen haben, und ich würde zu ihm sagen: Das sind Ihre Fingerabdrücke.»

Der Präfekt verstummte dieser verhängnisvollen Aussage gegenüber in tiefem Staunen. Er neigte den Kopf als Zeichen bewundernder Zustimmung. Er fühlte die Last seiner Verantwortung in einem Fall wie dem des Mannes in China. Wie sollte er einen Mann in China für ein Verbrechen verurteilen, das in Madrid begangen worden war? Don Benito sank weiter in sich zusammen.

Besessen von wilder Grausamkeit gegen den Mann aus China, setzte Don Gil ihm zu:

«Ich nehme an, du würdest in einem solchen Fall zögern. Also, laß dir sagen, daß man vor einem Urteil nicht zu zögern braucht, wenn es sich auf Fingerabdrücke stützt. Ich würde nicht zögern, ich würde dem Mann aus China sagen...»

Don Benito war bereits überzeugt. Als echter Präfekt ließ er sich durch Ausdauer, nicht durch Argumente gewinnen. Er spürte, daß Fingerabdrücke eine enorme Bereicherung waren, zwar nicht für die Gerechtigkeit, aber für die, die sie verwalteten. Er spürte, daß Fingerabdrücke in einem zweifelhaften Fall das Gewissen vollkommen erleichtern, ihm die Bürde der Befangenheit abnehmen würden. Don Benito konnte nicht noch weiter in sich zusammensinken. Sein Schwager hatte sich über ihn gebeugt und gestikulierte wie eine furchterregende Personifizierung göttlicher Gerechtigkeit, schrie ihm ins Gesicht und wies mit anklagendem Zeigefinger auf ihn, als sähe er in ihm den Mann aus China. Don Benito konnte nur noch murmeln:

«Ich begreife nicht, in welcher Eigenschaft du dich in die Angelegenheiten dieses Mannes aus China einmischen willst.»

Doch Don Gil wußte, daß er bereits gesiegt hatte und beachtete diese letzte, sinnlose Erwiderung, die überhaupt keine Beziehung zur Sache hatte, keineswegs.

«Benito, komm Mittwoch abend bei uns vorbei; du weißt doch, wir spielen jeden Mittwoch Karten. Pater Inocencio wird auch da sein. Ihr beide habt etwas gemein. Du drohst Fehltritten mit dem Gefängnis, er mit der Hölle.» Don Gil lachte, da ihm eine ganze Reihe von Vergleichen einfiel, die er sowohl tiefsinnig als auch witzig fand. «Übrigens, Felisa sagt, dafür, daß du ihr Bruder bist, besuchst du sie zu selten.»

«Sie weiß so gut wie du, wieviel ich zu tun habe. Wirklich, Gil, manchmal komme ich nicht vor zwölf oder ein Uhr nachts aus dem Büro. Aber sag ihr, ich werde tun, was ich kann, um am Mittwoch zu kommen.»

Don Gil schob seine Hand sehr langsam in die Tasche, und Don Benito machte eine Geste der Großmut:

«Laß nur. Ich bezahle den Kaffee.»

Das war ein übliches Ritual, wenn der Präfekt und sein Schwager zusammen ins Café gingen, und Don Gil fuhr mit einem weiteren Ritual fort:

«Übrigens, Benito ...»

«Wieviel brauchst du, Gil?»

«Fünfundzwanzig Peseten reichen. Du weißt, das ist ein Fall ...»

«Erklär mir nichts, bitte Gil, so eine Kleinigkeit», und Don Benito zog seine Brieftasche hervor und gab fünfundzwanzig Peseten heraus wie jemand, der sie in einen bodenlosen Brunnen wirft.

«Danke, Benito; ich gebe sie dir Mittwoch zurück.»

«Wenn du sie nicht beim Kartenspiel verlierst, bevor ich da bin.»

«Aber du weißt doch, daß wir nur mit *garbanzos* spielen.»

Beide lachten und gingen.

Auf dem Heimweg kaufte Don Gil eine Zeitung. Er sah

sie rasch durch. Gegen Ende fand er seinen Artikel, den letzten einer Serie, in der er die Rechtmäßigkeit der Entdeckung seines Vaters, ihre Bedeutung und ihre Unfehlbarkeit bewies. Es war der Schlußartikel. Jetzt wollte er sie sammeln und zusammen mit der Abhandlung seines Vaters als Buch veröffentlichen. Er war überzeugt, daß Don Benito ihm das Geld für den Verlag leihen würde. Er hatte nicht umsonst den ganzen Nachmittag geredet, argumentiert und überzeugt. Schließlich wäre das Geld dieses Mal für die Sache. Benito hatte ihm so oft Geld für Dinge geliehen, die damit nicht zu vergleichen waren! Dieses Mal war es für die Sache, für die große Sache seines Lebens. Sein Vater war nie anerkannt worden, doch jetzt würde das anders werden. Der Name Bejarano würde herausragen. Die Bejaranos würden eine bedeutende Familie Spaniens werden. Er konnte nicht zulassen, daß die Erinnerung an seinen Vater im dunkeln verschwand. Spanien hatte zu viele vergessene Größen hervorgebracht, zu viele unerkannte Genies. Er würde nicht zulassen, daß sein Vater den Perales und Losadas in der Vergessenheit Gesellschaft leistete. Don Gil setzte alles auf die Veröffentlichung dieses Buches, das den Titel *Fingerabdrücke* tragen sollte, ein einfacher, kurzer, packender Titel, wie er oft sagte, der sich gut einprägte. Wenn sein Vater seine moderne Weltsicht gehabt hätte, wäre er nicht noch immer unbekannt. Don Gil war jetzt ganz sicher, daß der Präfekt ihm das Geld leihen würde. Er streichelte die fünfundzwanzig Peseten in seiner Tasche. Ja, er hatte ihm das Geld ohne jede Erklärung geliehen; warum sollte er ihm das Geld für die große Sache nicht leihen, für etwas, das ihn stolz machen würde, eine Schwester zu haben, die mit einem Bejarano verheiratet war. Und Don Gil entschied, er habe nun genug darüber nachgedacht und begann, den letzten Artikel seiner Reihe

Fingerabdrücke, ein sicheres Mittel gegen jedes Alibi zu lesen.

Am Mittwochabend war Don Gil zu Hause. Er lebte dort mit seiner Frau, Felisa, und vier Kindern, zwei Jungen, Gaston und Pepe, und zwei Mädchen, Mignon und Carmen. Nun, Don Gil verabscheute alles, was französisch klang. Als echter Patriot gab er für diese Abneigung keine Gründe an – er haßte die Franzosen einfach, weil sie Franzosen waren. Seine Frau dagegen hegte eine ehrliche Bewunderung für die Nachbarn jenseits der Pyrenäen, doch als echte Frau gab auch sie keine Gründe für ihre Vorliebe an. Sie liebte die Franzosen einfach, weil sie Franzosen waren.

Diese Meinungsverschiedenheit war Ausgangspunkt der meisten ihrer Auseinandersetzungen und auch der Grund für die wenigen Wolken, die den sonst reinen Himmel ihres Ehelebens überschatteten. Als ihr erstes Kind geboren wurde, stritten sie lange über den Namen, den sie ihm geben wollten, und einigten sich schließlich darauf, abwechselnd die Namen der Kinder auszusuchen (Madame Bejarano imitierte die Franzosen nicht in allen Dingen). Felisa hatte als Frau die erste Wahl. Das Kind war ein Junge, dann kamen zwei Mädchen und noch ein Junge. Das erklärt die oben genannten Namen. Felisa wählte zwei Namen, die ihr angenehm französisch klangen. Don Gil suchte zwei normale spanische Namen aus. Doch seither pflegte Don Gil stets zu sagen: «Felisa, dein Sohn Gaston oder deine Tochter Mignon hat das und das angestellt.» Und seine Frau versäumte keine Gelegenheit zu sagen: «Gil, deine Tochter Carmen oder dein Sohn Pepe hat das und das getan.» Und es bestand stets eine unterschwellige Eifersucht, was die Erziehung der Kinder anging, die zum

Glück nie die Grenzen des Humors überschritt, bis zu dem Augenblick jedenfalls, als Onkel Benito, der die Franzosen ebenfalls nicht leiden konnte, anbot, Pepe (El Españolito, wie er auch genannt wurde) nach England auf die Schule zu schicken. Daraus entstand ein ernsthafter Familienstreit, der über Jahre wieder aufgewärmt wurde, wenn die geringste Unstimmigkeit auftauchte.

Am Mittwochabend war Don Gil zu Hause. Er saß mit zwei Gästen, der eine ein Priester, Pater Inocencio, und Felisa an der *camilla*. Sie spielten Karten, wie Don Gil angekündigt hatte. Hin und wieder beugte Don Gil sich hinunter, hob den Deckel der *camilla* und stocherte in der Glut:

«Die Winter von Madrid werden immer unzuverlässiger.»

«Die Januarhöhe, wie man diese Jahreszeit nennt, ist immer schlimm. Es kommt dieser leichte Wind vom Guadarrama herunter, der zwar keine Kerze ausblasen, aber einen Mann umbringen kann.»

«Das ist alles Aberglaube; das Beste ist eine alte Zeitung unter dem Hemd, die schützt gegen die Winde aller Guadarramas.»

Don Gil richtete sich auf:

«Was das angeht, nichts ist so gut wie das klassische spanische Cape, das bei der derzeitigen Überfremdung leider immer weniger getragen wird. Das spanische Cape bildet eine warme Hülle für den Körper, die...»

«Wir haben das schon tausendmal gehört, Gil. Laß uns weiterspielen», unterbrach ihn Felisa.

Schweigend spielten sie eine Weile. Pater Inocencio steckte einen Gewinn ein und sagte in Gedanken:

«Ja, diese Winter von Madrid werden jährlich härter...»

«Pater Inocencio, Sie gewinnen wie immer.»

«Der Herr behütet die Unschuldigen, meine Tochter.»

«Wer gibt als Nächster?»

«Ich bin dran.» Der andere Mann nahm die Karten auf und begann, sie zu mischen.

«Haben Sie meinen letzten Artikel in *La Gaceta* gelesen?»

«Ja, habe ich. Er kommt mir recht fatalistisch vor, meinen Sie nicht?»

(Man hörte Carmens Stimme, die von männlichem Gelächter unterbrochen wurde, aus dem Nebenzimmer.*)

«Ich habe den Eindruck, Gil nimmt diese Angelegenheit viel zu ernst. Ich habe ihm gesagt, er soll sich nicht so abmühen, er wird doch keinen Erfolg haben. Die spanische Öffentlichkeit ist zu apathisch. Wenn er in Frankreich lebte…»

«Aber er hat doch Erfolg, Doña Felisa. Das Archiv im Büro Ihres Bruders ist jetzt voll, und vor einem Jahr hatte man dort noch keine drei Fingerabdrücke.»

«Wenn er wenigstens etwas davon hätte, aber er ist einfach zu weltfremd. Er hat diesen García als Experten für einen Posten empfohlen, den er für sich selbst hätte behalten sollen. Du bist zu unpraktisch, Gil.»

Don Gil wandte sich an Pater Inocencio als die bedeutendste Person unter ihnen:

«Ich hätte die Stelle nicht gut annehmen können, obwohl ich mehr über Fingerabdrücke weiß als irgend jemand in Spanien. Die Leute vermuten heutzutage überall Korruption, man würde glauben, ich nutzte Benitos Einfluß aus. Das wäre auch für Benito nicht gut. García ist ein guter

* *Der Leser möge dieses Auftauchen zweier Charaktere, die ich nicht für die Geschichte vorgesehen hatte, die sich jedoch bemühen, die Dinge auf der Bühne zu komplizieren, indem sie hinter den Kulissen lärmen, nicht beachten.*

Mann, er kennt seine Arbeit, und das ist mehr, als man von den meisten Spaniern sagen kann.»

«Was ich bedauere», sagte Pater Inocencio, «ist die Wendung, die die Dinge genommen haben. Sie haben sich zu sehr auf den Nutzen konzentriert, den die Kriminologie aus der Entdeckung Ihres Vaters zieht, Don Gil. Meiner Meinung nach ist es von Übel, die Menschen ständig an die Sünden zu erinnern, die in dieser Welt begangen werden.» Pater Inocencio wandte sich an den anderen Gast. «Selbst was Sie gerade sagten, daß das Archiv im Laufe eines Jahres voll geworden ist, trägt nur dazu bei, die Zahl der Übeltäter, die es gibt, an die Öffentlichkeit zu bringen. Eine traurige Erkenntnis, meine Kinder, eine sehr traurige Erkenntnis.»

«Sicher, Sie glauben, Unwissenheit sei Glückseligkeit.»

«Ich sehe nicht, daß Wissen sehr viel Gutes bewirkt. Und schließlich sind nur die Fingerabdrücke registriert, die dazu gehörenden Menschen sind frei. Es scheint mir, Don Gil, die Bedeutung der Erfindung Ihres Vaters war zu weitreichend, um sie auf die Kriminologie zu beschränken.»

«Ich weiß, Pater Inocencio, ich weiß es nur zu gut. Doch was geschieht? Noch vor gar nicht langer Zeit habe ich eine Kampagne geführt, um die Fingerabdrücke jedes Bürgers registrieren zu lassen. Ich wollte die Erfindung meines Vaters nicht ausschließlich zur Kriminologie in Beziehung setzen. Das war im Grunde eine zu schäbige Verbindung für eine so großartige Entdeckung. Doch die Sache hat im Ausland bereits zu viel Boden gewonnen, und diese Beziehung wurde schon hergestellt. Unsere Öffentlichkeit ist nicht nur apathisch, sie ist abergläubisch, das wissen Sie besser als ich, Pater Inocencio. Das Ergebnis all meiner Bemühungen ist, daß meine Fingerabdrücke die einzigen in der Kartei sind, die von einer unschuldigen Person stammen.»

«Ja, die Leute glauben, daß sie Ärger bekommen, wenn

ihre Fingerabdrücke abgenommen werden; daß sie verdächtig sind. Also, ich bin sicher, sie halten sich für potentielle Verbrecher, sie fürchten, Verbrecher zu werden, wenn ihre Fingerabdrücke in der Kartei sind.»

«So ist es. Als ich meine abgenommen hatte, sagte mir ein Freund, ich werde ganz bestimmt Ärger bekommen. Die Leute sind einfach zu abergläubisch.»

Der andere Mann, der die ganze Zeit die Karten gemischt hatte, begann auszuteilen.

«Es sieht so aus, als käme Benito doch nicht mehr. Der arme Mann arbeitet zuviel. Das habe ich ihm schon so oft gesagt.»

«Nun, er muß wohl, nachdem du ihm das Büro mit Fingerabdrücken überfüllt hast.»

Wieder hörte man Carmens Stimme:

«Papa, sag Gaston, er soll mich in Ruhe lassen.»*

Don Gil besah seine Karten.

«Felisa, sprich mit deinem Sohn, ständig ärgert er die arme Carmencita. Ich glaube, er braucht eine Frau. Er ist alt genug, um auszugehen und sich etwas zu suchen, statt seine jüngere Schwester zu belästigen.»

Doña Felisa senkte ihre Karten.

«Natürlich, Carmencita ist ein Engel. Sie ist ja so unschuldig...! Du weißt, daß dieses Mädchen zu frühreif und dreist ist. Außerdem spielen sie wahrscheinlich nur. Du soll-

* *Zum zweiten Mal drängen sich diese beiden Personen gegen meinen Willen in die Erzählung. Ich hatte sie absichtlich in ein anderes Zimmer als das abgeschoben, in dem sich diese Szene abspielt, doch da sie nicht gesehen werden können, sorgen sie dafür, daß man sie hört, und ich fürchte, wir können sie nicht länger außer acht lassen, da die anderen Personen bereits auf sie aufmerksam geworden sind.*

test auf bestimmte Dinge nicht einmal von weitem anspielen, aber wenn es um Gaston geht, hegst du nur zu gern den niedrigsten Verdacht, was seinen Charakter angeht. Auf den Gedanken wäre ich nie gekommen, aber jetzt, wo du ihn so freimütig äußerst, sag ich dir, daß du auf deinen Liebling Carmencita aufpassen solltest.»

Pater Inocencio runzelte die Brauen. Wahrscheinlich hatte er gute Karten und war über die Unterbrechung des Spiels verärgert.

«Kinder, Kinder, zankt euch nicht, laßt uns ...»

«Nein, Pater Inocencio, Sie müssen selbst bemerkt haben, wie dieser Mann auf dem armen Jungen herumhackt. Neulich wollte ich ein Stärkungsmittel besorgen, weil der Junge etwas blaß und dünn ist, und er sagte sofort, daß es nicht Stärkungsmittel seien, die er brauche, und dann redete er von schlechten Angewohnheiten. Nie läßt man den armen Jungen in Ruhe. Wissen Sie, das geht einfach zu weit, Pater Inocencio.»

«Verstehen Sie das nicht falsch, Doña Felisa, Sie wissen doch, jeder Vater macht sich Sorgen um seine Kinder, lassen Sie uns ...»

«Das sind keine Sorgen, Pater Inocencio; wären es Sorgen, würde er dem Jungen nicht sagen, er solle sich auf der Straße eine Frau suchen. Ich habe tatsächlich gehört, wie er das zu Gaston gesagt hat. Er stößt ihn buchstäblich in die Gosse. Und überhaupt sollte sich ein Vater nicht solche Freiheiten mit seinem Sohn erlauben. Halten Sie es für richtig, Pater Inocencio, daß ein Vater seinem Sohn sagt, er solle gehen und sündigen? Ganz zu schweigen von den Krankheiten, die er sich holen könnte. Erzählen Sie mir nicht, das sei Fürsorge, Pater Inocencio. Finden Sie es richtig, einem jungen Mann solche Ratschläge zu geben?»

«Ich halte das nicht für notwendig, aber lassen Sie uns...»

«Natürlich ist es nicht richtig. Aber vielleicht gilt das für die Sorte junger Männer, zu denen Gil zu seiner Zeit gehört hat. Aber Gaston ist ein guter Junge, der mehr an seine Hausaufgaben denkt statt daran, hinter gewöhnlichen Frauen herzurennen. Jedenfalls wäre er nicht so blaß und dünn, wenn man ihm die gleiche Chance geboten hätte wie dem kleinen Pepe, dem Españolito, statt ihn in diesem Haus eingesperrt zu halten.» Das alles war mit leiser Stimme gesagt worden. Jetzt wandte sich Doña Felisa mit konzentrierter Wut an Don Gil. «Du solltest dich für deine schmutzigen Gedanken schämen.»

Gaston und Carmen im anderen Zimmer waren jetzt still; Don Gil hatte in der Glut gestochert und den Vorwürfen seiner Frau mit gesenktem Kopf und einem nachsichtigen Lächeln zugehört. Nun lehnte er sich in seinem Stuhl zurück.

«Pater Inocencio, ich glaube nicht, daß es falsch ist, wenn ein moderner Vater seinen Sohn ins Leben einführen will. Früher oder später wird er sich dem allem stellen müssen, und es ist besser, ihn rechtzeitig darauf vorzubereiten. Ich stoße den Jungen nicht in die Gosse, ich versuche lediglich, sie ihm zu zeigen, damit er, wenn die Zeit reif ist, hindurchgehen kann, ohne dabei zu schmutzig zu werden. Außerdem habe ich mit Gaston nur offen darüber gesprochen. Und zum Teufel, ich sage ihm nicht, daß er sündigen soll! Für einen jungen Mann ist es keine Sünde, hin und wieder mit einer Frau zusammenzusein. Schließlich sind wir alle einmal jung gewesen, und Sie wissen sehr gut, Pater Inocencio, daß Männer bestimmte Bedürfnisse haben, auf die sie nicht verzichten können. Sie wissen doch, ein Instinkt degeneriert, wenn er unterdrückt wird.»

«Ich bin nicht Ihrer Meinung, Don Gil, in diesem Punkt kann ich Ihnen nicht zustimmen. Denken Sie nur an die Männer meines Berufs. Wir unterdrücken unsere Instinkte, und am Ende sind wir von dem, was Sie Bedürfnisse nennen, nicht mehr abhängig. Sie kennen unser Sprichwort: Laß das Fleisch einen Monat in Ruhe, und das Fleisch wird dich drei Monate in Ruhe lassen.»

«Wahrscheinlich haben darum so viele Freudenhäuser eine Hintertür, und man sieht so viele Herren in Soutane durch diese Hintertür hereinkommen.» Don Gil lachte und stieß Pater Inocencio in die Rippen. «Sicher sind da die drei Monate gerade vorbei, denn ich sehe keinen Grund dafür, die Hintertür zu benutzen, wenn man zum Predigen kommt.»

Auch Pater Inocencio lachte.

«Es gibt immer einige, die ihre Gelübde nicht ernst nehmen, aber spielen wir weiter.»

«Ja, spielen wir weiter.»

Der Friede war wieder eingekehrt, und Don Gil wandte sich seiner Frau zu und neckte sie.

«Das ist die letzte Runde, Felisa, wo bleibt die Schokolade. Ich glaube, es hat keinen Sinn, auf Benito zu warten, er kommt so spät bestimmt nicht mehr.»

Doña Felisa erhob sich und ließ die Männer die Runde allein zu Ende spielen.

«Sie gewinnen, Pater Inocencio, ich habe heute abend schreckliches Pech gehabt, kein einziges Spiel. Sie sind ein zu guter Spieler für uns.»

Plötzlich hörte man Doña Felisas Stimme schrill und gebrochen aus dem anderen Zimmer, auch die Stimmen von Gaston und Carmen waren zu hören. Man konnte nur Bruchstücke verstehen:

«Mein Gott, ihr beiden...»

«Sei nicht albern, Mama, du siehst das falsch...»

«Das ist der schlimmste Fluch, der auf eine Familie fallen kann... Carmen, du kleine *puta*, komm her.»

Schweigen. Don Gil fragte laut:

«Was ist los?» Man beachtete ihn nicht.

Wieder hörte man Doña Felisas Stimme:

«Gott sei Dank bin ich noch rechtzeitig gekommen.» Ihre Stimme klang gebrochen und gedämpft, wie von Tränen erstickt.

«Aber ich sage dir doch, wir haben nur gespielt...»

«In meinem eigenen Haus, wer hätte das gedacht...»

Don Gil wollte aufstehen, doch Pater Inocencio hielt ihn zurück. Don Gil rief wieder:

«Felisa, was ist los?»

Es kam aber keine Antwort.

Wieder war Stille, eine längere Stille. Don Gil stocherte in der Glut. Pater Inocencio spielte mit dem Kruzifix, das auf seiner Brust hing, der andere Mann sah in seine Karten, als wären sie von allergrößtem Interesse. Man hörte Schritte den Korridor hinuntergehen, und die Haustür wurde zugeschlagen.

Und dann kam Doña Felisa herein und brachte ein Tablett mit der Schokolade. Sie war totenblaß, und ihre Augen waren stark gerötet.

«Was war los, Felisa? Warum der ganze Lärm?»

«Nichts, Gil, die übliche Schelte für die Kinder.» Sie wandte sich an Pater Inocencio und an den anderen Mann: «Sie erleben das häusliche Leben in seiner ganzen Herrlichkeit, eine Mutter ist immer hinter den Kindern her. Sie lassen mir keinen Augenblick Ruhe.» Sie lächelte, doch als sie die Tassen auf die *camilla* stellte, zitterte ihre Hand.

«Aber ich habe die Haustür zuschlagen hören, Felisa. Wer ist weggegangen?»

Doña Felisa warf ihrem Mann einen vorwurfsvollen Blick zu, weil er auf der Angelegenheit beharrte. Dann lächelte sie wieder:

«Oh, das war Gaston. Er ist weggegangen, um etwas zu holen.»

Pater Inocencio war taktvoll. Er tauchte einen Keks in die Schokolade und rief aus:

«Oh, das köstliche *socunuco*...! *Gaudemus*.»

Alle tauchten sie jetzt ihre Kekse ein, und keiner sagte ein Wort. Es läutete an der Tür.

Don Gil machte eine Bewegung, doch seine Frau kam ihm zuvor. Sie ging den Korridor hinunter, und einen Augenblick später hörte man ihre Stimme:

«Ah, Benito! Wir dachten, du schaffst es nicht mehr, du kommst gerade richtig zur Schokolade.»

Als sie ins Zimmer traten, sagte sie:

«Aber natürlich hast du Zeit für eine Tasse.»

Der Präfekt erschien bekümmert und nervös. Alle begrüßten ihn, und Don Gil eilte, einen Stuhl zu holen.

«Bitte, keine Umstände, ich sage doch, ich kann nicht bleiben. Ich wollte nur Gil abholen. Es geht um etwas sehr Wichtiges, das meine unmittelbare Aufmerksamkeit erfordert. Gil, kannst du Hut und Mantel nehmen und sofort mit mir kommen?»

«Ja... gewiß.» Don Gil ging, seinen Hut und Mantel zu holen.

«Was ist los, Benito? Ich hoffe, nichts Schlimmes.»

«Natürlich nicht, Felisa. Es tut mir leid, daß ich Gil hier herausholen muß und damit eure Gesellschaft auflöse.» Der Präfekt lächelte den anderen höflich zu.

Pater Inocencio und die anderen machten ein Geräusch, wie es der Meßdiener während der Messe macht, was bedeuten sollte, alles sei in Ordnung, und aus diesem Geräusch erhob sich Pater Inocencios Stimme wie in einer Litanei:

«Ich denke, wir sollten jetzt auch gehen, es ist schon recht spät.»

«Bitte noch nicht, Pater Inocencio, warten Sie, bis Gil zurück ist. Ich habe Angst allein. Außerdem möchte ich noch mit Ihnen sprechen.»

«Sie sind nicht allein, Doña Felisa», sagte der andere Mann. «Sie haben Ihre Kinder.»

«Ja... aber lassen Sie Pater Inocencio noch eine Weile bleiben.»

Don Gil, in Hut und Mantel, schlürfte seine Schokolade hinunter: «Ich bin fertig, Benito, wir können gehen», und dann fügte er flüsternd hinzu: «Hast du den anderen schon?» Don Gil war überzeugt, daß sein Schwager ein Duell vor sich hatte.

Don Benito sah ihn traurig an, sagte Pater Inocencio gute Nacht und umarmte seine Schwester mit übertriebener Herzlichkeit. Auch der andere Mann verabschiedete sich, und die drei gingen den Korridor hinunter. Von der Tür rief Don Gil zurück:

«Mach dir keine Gedanken, Felisa, ich bin bald zurück. Unterhalten Sie sie gut, Pater Inocencio.»

Unten wartete die Kutsche des Präfekten:

«Wenn wir es nicht so eilig hätten, würde ich Ihnen anbieten, Sie in meiner Kutsche nach Hause zu fahren.»

«Schon gut, ich wohne nicht weit.»

Als der andere Mann gegangen war, fragte Don Gil:

«Worum geht es, Benito?»

«Das erzähle ich dir, wenn wir im Büro sind.»

«Wir fahren in dein Büro?»

«Ja.»

Sie fuhren durch die Straßen von Madrid, manchmal

polterte die Kutsche laut auf dem Kopfsteinpflaster und glitt dann wieder weich über den Asphalt. Als sie ankamen, brannte Licht im Büro.

Don Benito schloß die Tür und wandte sich entgeistert an Don Gil:

«Gil... Gil... Gil... bist du verrückt geworden? Ich hätte nie gedacht, daß du fähig wärest, so etwas zu tun... Gil!»

«Wovon redest du?»

«Wenn du Geld brauchtest, warum bist du nicht zu mir gekommen, bevor du... Mein Gott, ich traue meinen eigenen Augen nicht.»

«Aber worum geht es denn, was ist...?»

«Deine Fingerabdrücke, Gil, deine Fingerabdrücke... Du weißt, daß sie niemals lügen...»

«Natürlich lügen sie nie, aber was ist mit meinen Fingerabdrücken?»

«Das weißt du sehr gut, Gil, versuch wenigstens nicht mir gegenüber zu lügen... Du weißt, Matías, der Geldverleiher. Umgebracht... ausgeraubt... erwürgt... Gil... deine Fingerabdrücke wurden auf seinem Hals gefunden, auf dem Safe, überall...»

«Meine Fingerabdrücke?»

«Ja, auf seinen Kleidern, auf dem Bett... überall...»

«Überall?»

«Ja, auf den Wänden, auf dem Kamin... sogar auf den Sohlen seiner Schuhe... überall...»

«Meine Fingerabdrücke... überall...» wiederholte er mechanisch.

«Man hat noch nie so viele Fingerabdrücke von einem einzelnen Menschen gefunden... klar und deutlich erkennbar, anklagend... ein unerbittlicher Regen von Fingerabdrücken, die alle auf dich zeigen... Gil...!»

Don Gil sah seinen Schwager von der Seite an:

«Was steckt dahinter, hast du mich für einen Scherz den ganzen Weg hierhergebracht? Komm, laß uns ernst sein, sag, warum du mich hergebracht hast?»

«Gil, du weißt sehr gut, daß das kein Scherz ist... Aber, um Gottes willen! Bei einem solchen Unglück können wir doch nicht tatenlos dastehen. Wir reden darüber, als ginge es um Politik. Ich habe mir nicht vorstellen können, daß ich Nachrichten diesen Ausmaßes entgegennehmen könnte, ohne zusammenzubrechen... laß mich wenigstens meine Stimme erheben... laß mich wenigstens einen Anfall bekommen... Man sollte in solchen Lagen angemessen reagieren... Gil... Gil!... Warum bist du nicht zu mir gekommen? Warum hast du nicht an Felisa und an die Kinder gedacht? ...An den Schlag, den das für meine Karriere bedeutet?... Gil... Gil...! Sag mir, daß da irgendwo ein Irrtum besteht, sag mir, daß du das nicht getan hast... Gib mir dein Alibi, ein hieb- und stichfestes Alibi... Laß uns aufgeben. Sag mir, daß Fingerabdrücke irreführen können ...daß die Theorie falsch ist... sag etwas.»

«Fingerabdrücke irren nie.» Don Gil wurde schwindelig, er begann zu begreifen, daß es ernst war und fragte Don Benito, die Antwort bereits fürchtend:

«Woher weißt du, daß das meine Fingerabdrücke waren?»

«García, der Experte, der Mann, den du wegen seiner Geschicklichkeit empfohlen hast. Er hat die Aufnahmen gemacht, er ist die Kartei durchgegangen und hat die Fingerabdrücke verglichen, ohne auf die Namen zu achten, die oben auf jedem Blatt standen. Nachdem er die Fingerabdrücke erkannt hatte, hat er den Namen gelesen und wünschte, ihn nie gesehen zu haben, denn es war deiner... Er war dir gegenüber loyal, Gil... Zuerst wollte er dich nicht verraten, aber dann hat sein Gewissen gesiegt, und er hat es mir gesagt und mir überlassen zu entscheiden, was zu tun ist... Was konnte ich entscheiden, Gil? Als ich das Amt übernahm, habe ich mir geschworen, in der Ausübung meiner Pflicht niemals zu versagen. Es gibt in Spanien zu viel Geschäfte unter der Hand und zu viele unehrliche Polizeioffiziere, und ich wollte keiner von ihnen werden, ich habe mir geschworen, ich habe geschworen... Aber mein Gott! Gil, jetzt zögere ich, diese Pflichten auszuüben... Sag mir, Gil, ich habe mir selbst geschworen, ich habe geschworen...»

«Du hast recht getan, Benito.» Don Gil benahm sich tadellos. Es überkam ihn eine Art selbstmörderischen Heldentums, das er mit unerwartetem komödiantischem Talent vorführte. «Es ist deine Pflicht, mich zu verhaften.»

«Aber Gil, du hast doch sicher ein stichhaltiges Alibi, selbst nach dem, was du neulich über den Mann aus China gesagt hast...»

Don Gil hatte ein Alibi, selbstverständlich hatte er ein Alibi... Und, das mag bei einem Mann mit einem guten Alibi seltsam klingen, er wußte ganz genau, daß er das Verbrechen nicht begangen hatte, aber der letzte Artikel, den er geschrieben hatte, fegte sein Bewußtsein und den letzten Halt für seine menschliche Schwäche hinweg.

Der Präfekt betrachtete ihn, er sah, wie er nachdachte, und all seine Hoffnungen hingen daran, was bei diesem Nachdenken herauskam. Er sah Don Gil an, als wollte er sagen:

«Sag das Zauberwort, laß uns den Mann aus China freilassen und ihn nicht gegen alle Gesetze der Logik für ein Verbrechen verantwortlich machen, das in Madrid begangen wurde. In einem solchen Fall braucht die Theorie eine Korrektur, nicht der Mann.»

Aber aus Don Gils Augen sah ihn kalte Unbeugsamkeit an, und in ihnen las der Präfekt:

«Fingerabdrücke lügen nie.»

Und dann sagte Don Gil laut:

«Benito, laß mich die Aufnahmen und meine eigenen Fingerabdrücke sehen.»

Der Präfekt eilte zu seinem Schreibtisch:

«Hier sind sie. Hier sind die Aufnahmen, und das sind deine Fingerabdrücke.»

Don Gil saß im Stuhl des Präfekten und legte beides vor sich unter die grüne Lampe. Er nahm ein Vergrößerungsglas vom Tisch und untersuchte sie aus der Nähe, minutiös, sorgfältig, äußerst gründlich... Er legte das Glas nieder und sah den Präfekten mit leeren Augen an. Seine Augen fixierten einen Punkt im Raum direkt vor Don Benitos Nase:

«García hat recht, die Fingerabdrücke stimmen überein...» Don Gil sah wieder auf die Fingerabdrücke, und es kam ihm vor, als hüpften und tanzten sie ihm vor den Augen herum und verhöhnten ihn... Es war ihm, als hätten sie die Aufnahmen und das Blatt Papier verlassen und winzige Arme und Beine bekommen. Jetzt faßten sie sich bei den Händen, und der Tanz der Fingerabdrücke nahm seinen Fortgang. Sie waren im Raum. Don Gils Blicke folgten ihnen, sie waren überall im Zimmer, liefen über die Wände, über den Teppich, über die Zimmerdecke, sie wuchsen, vermehrten sich, füllten die Luft, tanzten und verhöhnten ihn immerfort... Don Gil wischte sich die Stirn und sah instinktiv auf seine Hände. Der Präfekt beobachtete ihn intensiv und neugierig, vielleicht sogar mitleidig, wie es Don Gil schien, und er schaute Don Benito in die Augen und erkannte dort sein eigenes, sehr kleines Spiegelbild. Er sah in diesen Augen einen kleinen Mann in einem Mandarinmantel, und er war es selbst, der mit einem Fächer anklagend auf sich wies... Die Vision verschwand, alles verschwand, er konnte nicht einmal mehr den Präfekten deutlich erkennen, alles war in eine dichte Wolke von Fingerabdrücken gehüllt, die ihm den Atem nahm. Don Gil wußte plötzlich mit absoluter Sicherheit, daß die Erde sich drehte.

«Benito... hast du ein Stempelkissen?» Seine Stimme war fast unhörbar.

Der Präfekt zog eine Schublade auf und holte ein Stempelkissen hervor. Don Gil drückte seine Fingerspitzen auf das Stempelkissen und dann auf ein sauberes Blatt Papier. Er nahm das Vergrößerungsglas wieder zur Hand und untersuchte die frischen Abdrücke. Die Kinnlade sank ihm herunter... Bis zu diesem Augenblick hatte er gehofft, jetzt hatte alle Hoffnung ihn verlassen. Don Gil stand auf und brach in ein ruckartiges, krampfartiges Gelächter aus:

«Benito... Ich bin der Mann aus China, ich bin der Mann aus China!»

Der Präfekt sah verwirrt aus, nur eine Seite seines Gesichts zeigte ein gezwungenes Lächeln, aber das Fleisch zuckte über dem Wangenknochen. Er legte seinem Schwager eine Hand auf die Schulter:

«Gil... Gil... Ich glaube nicht, daß du das getan hast. Ich habe darüber nachgedacht, und nun sehe ich, wie lächerlich das ist... Gil, denk an Felisa, denk an die Kinder, bedenke, was das für meine Karriere bedeutet... Gil, irgendwo in diesem Netz von Fingerabdrücken, das du um dich geknüpft hast, muß ein Faden fehlen.»

Don Gil hatte seine Haltung wiedergefunden. Er dachte an seine Frau und an die Kinder. Er dachte auch an Don Benito, und dann dachte er an seinen Vater und an das

Werk, dem er sein Leben gewidmet hatte, auf dem all die Hoffnungen ruhten, seinem Namen gesellschaftliches Ansehen zu geben, und das nun drohte, ihn in etwas absinken zu lassen; zwar raus aus der Mittelmäßigkeit, aber in etwas Schlimmeres hinein... War es wirklich schlimmer als Mittelmäßigkeit? Und dann schien etwas Gewaltiges in ihm aufzubrechen, und plötzlich kam die deutliche, nahezu körperliche Erkenntnis all dessen, was an diesem Abend geschehen war. Don Gil hörte die gedämpften Stimmen seines Sohnes und seiner Tochter aus dem Nebenzimmer, die in einem aufreizenden, höhnischen Gelächter untergingen... und auch die bruchstückhaften Ausrufe seiner Frau. Mit grausamer Deutlichkeit zählte er die verhängnisvollen Schritte seines Sohnes auf seinem Weg zum Haus hinaus... und dann hörte er, wie einen Schlag ins Gesicht, das Zuschlagen der Tür und sah seine Frau mit zitternden Händen die Tassen mit Schokolade auf die *camilla* stellen.

In diesem Augenblick wußte Don Gil, daß seine Frau, die von dieser anderen, unerwarteten Tragödie nichts wußte, sich mit Pater Inocencio beriet und zu einem Entschluß kam. Er wußte, was das für ein Entschluß war. Sein Gehirn schien einen Salto zu schlagen, und seine Gedanken glitten aus der Vergangenheit in die Zukunft... Er konnte seine Tochter auf ihrem Weg in ein Kloster sehen... Und seinen Sohn, der für immer das Haus verlassen hatte... Wieder erschien die Gegenwart mit erbarmungsloser Klarheit vor ihm... Er hatte Schiffbruch erlitten, sein Heim hatte Schiffbruch erlitten, er wußte, daß er verloren war. Und beide Tragödien dieser Nacht prallten in seinem Gehirn aufeinander, und noch einmal hörte er die Tür zuschlagen, und dann sah und hörte er nichts mehr.

Don Gil dachte nach, länger, als dem Präfekten lieb war,

und nun löste er sich von Don Benitos Hand und sank in den Stuhl zurück.

Don Benito sprach wieder:

«Du weißt natürlich, daß das unmöglich ist, Gil... Sag, daß Fingerabdrücke irren, daß sie manchmal lügen...»

«Ich bin der Mann aus China... Fingerabdrücke lügen nie.»

Als Don Gil in aller Form verhaftet wurde, geschah etwas, was ich nach allem, was von Don Gils Persönlichkeit darin zum Ausdruck kam, nicht unerwähnt lassen möchte.

Don Gil hatte sehr kleine Hände, außerordentlich kleine Hände für einen Mann, und die Handschellen saßen nicht fest genug.

Don Gil sagte, und ich wiederhole dies, weil ich sicher bin, daß er gewünscht hätte, die ganze Welt könne es hören, Don Gil sagte:

«Wachtmeister, die Handschellen sind zu groß für mich. Sie sollten lieber ein Seil oder etwas ähnliches nehmen.»

Doch der Polizist, der ein typischer Polizist war, versagte natürlich in diesem entscheidenden Augenblick.

«Sie werden nicht fliehen», brummte er, «machen Sie sich nichts vor.»

Als Don Gil ins Gefängnis gebracht wurde, schwankte sein Kopf, vielleicht nur weil das Gefährt schaukelte, hin und her, und er wiederholte unablässig:

«Ich bin der Mann aus China... Fingerabdrücke lügen nie.»

Die Brieftasche

Während der Polizeitagung 19– in Madrid gab es einen äußerst unglücklichen Zwischenfall. Das Stromnetz der Stadt brach zusammen, und die ganze Metropole lag völlig im Dunkeln.

Dem Vertreter der französischen Polizei zufolge, einem perfekten Spürhund, wenn es darum ging, die Spanier in schlechtem Licht zu zeigen, konnte so etwas im zwanzigsten Jahrhundert nur in Spanien und in Madrid passieren. Die Sache war äußerst peinlich, da sie die unerwünschte Invasion einer regelrechten Horde internationaler Gauner nach sich zog, die seit Beginn des Weltkriegs nach Spanien gekommen waren und nun überaus tatkräftig mit den einheimischen Betrügern zusammenarbeiteten.

Als hätten all diese Leute auf jene seltene Gelegenheit gewartet, tauchten, als in Madrid die Lichter ausgingen, Diebe, Revolverschützen, Straßenräuber, Trickbetrüger, kurz, alle Varianten der Familie der Gesetzlosen, wie auf ein Zauberwort aus allen Ecken und Winkeln auf.

Nun hat die Bevölkerung von Madrid eine besondere Eigenschaft, die, obwohl sie lobenswert ist, nicht eines gewissen Charmes entbehrt. Diese Eigenschaft macht es der Bevölkerung von Madrid möglich, sich auf ein bestimmtes Zeichen hin zusammenzutun und große Taten zu vollbringen, die am Ende zu überhaupt nichts führen. Und sie äußert sich vor allem darin, jede Gelegenheit zu ergreifen, die ein allgemeines Vergnügen verspricht. Die Madrider sind außergewöhnlich mitteilsame Leute, und sie können hervorragend kooperieren, wenn es darum geht, einen Spaß in ihrer Stadt lange zu genießen und auszuweiten. Es ist darum nicht verwunderlich, daß die Leute, als die Lichter ausgingen und überall Gauner auftauchten, dies für einen gewaltigen Scherz hielten und daran teilhaben wollten. Dies und der in Spanien weit verbreitete aufrührerische Geist, der einem Gesetzlosen immer weitaus größere Popularität verschafft als jedem Gesetzeshüter, verlieh der neuen Idee, sich den Besitz anderer Leute anzueignen, einen solchen Schwung, daß viele Bürger, die man für überaus ehrbare Leute gehalten hatte, der Versuchung nachgaben und sich unerkannt ins Heer der zugereisten und einheimischen Übeltäter einreihten. Die Sache fand so viele Anhänger, daß man schließlich nicht einmal den nächsten Hausbewohnern mehr traute, und so kam es, daß während der Polizeitagung 19– in Madrid auch das Verbrechen tagte.

Natürlich verwandte die Polizei all ihre Anstrengungen und ihre Zeit darauf, über Themen wie Vorschriften und Disziplin und gelegentlich auch über die Verbesserung der Methoden bei der Jagd auf Verbrecher zu diskutieren. Überflüssig zu sagen, daß die Öffentlichkeit keine andere Mitarbeit anzubieten hatte als schärfste Kritik, und natürlich hatten weder die Vertreter der Polizei noch die Polizeikräfte selbst nach den Sitzungen Zeit und Kraft, sich um die Gewalttaten zu kümmern, die direkt unter ihren Augen begangen wurden.

Daher fühlten sich alle Gauner bei der Ausübung ihres Berufs in Madrid, wo die Spitzen der Polizei zusammengekommen waren, sicherer und freier als anderswo. Diese Lage der Dinge und die Tatsache, daß es kein Licht gab und man nachts nicht einmal die eigene Hand vor Augen sah, boten eine zu gute Gelegenheit, als daß man sie sich hätte entgehen lassen können.

Ich will nicht darüber reden, was ich selbst während jener Woche der Dunkelheit gemacht habe, es gehen jedoch Gerüchte um, daß neben vielen Fällen von Entjungferungen und anderen nebensächlicheren Dingen einige der bedeutenden Persönlichkeiten (und das ist ein wichtiger Punkt), die zu der Tagung eingeladen worden waren, nach den langweiligen Sitzungen des Tages zu lehrreichen Vergnügungen aufgelegt waren. Sie wollten die Dinge vor Ort betrachten und gönnten sich gelegentlich einen Überfall, nur um zu sehen, wie so etwas gemacht wird.

Dies ist die einzige Erklärung für die nahezu unglaubliche Tatsache, daß während der Polizeitagung 19– mehr Gauner in Madrid waren, als die Stadt damals Einwohner hatte, daß ein einziges Opfer oft gleichzeitig von mehr als zehn Personen überfallen wurde, daß Gauner sich gegenseitig überfielen und dann ein Manifest verfaßten, mit dem sie dagegen protestierten, daß anständige Leute ihnen das Geschäft verdarben, daß eine Wertsache manchmal von Hand zu Hand wanderte, bis sie, wie durch Zauberei, wieder in den Besitz des ursprünglichen Eigentümers gelangte, und daß in jener Woche nicht eine einzige Verhaftung vorgenommen wurde. Und das beweist auch, welchen unterdrückten Gefühlen und verborgenen Wünschen die Menschen unter außergewöhnlichen Umständen und fachkundiger Führung freien Lauf lassen.

Nach diesem Vorwort, das der Leser ohne Furcht, mich zu verärgern, überspringen darf, und das die erste Hälfte jener Woche der Finsternis beschreibt, an die sich jeder Madrider mit unverhohlenem Vergnügen und leisem Bedauern erinnert, war Don Benito Calinez, der Polizeipräfekt, am dunklen Donnerstag jener erinnerungswürdigen Woche, um ganz genau zu sein, im Casino von Madrid in einen Stuhl gesunken. Er war ein kleiner fetter Mann mit einem kleinen grauen Bart und einem kleinen militärischen Schnurrbart. Die obere Hälfte seines Kopfes war vollständig kahl, doch in seinem besonderen Fall glänzte sie nicht.

Er saß breitbeinig da, denn sein Bauch war ihm im Weg, und seine Hände hingen leblos über die Armlehnen des Sessels, die seine Ellenbogen und Oberarme genau auf die gleiche Höhe mit dem kahlen Teil seines Kopfes brachten. Die steife Hemdbrust seines Hemdes stand vor und drückte seinen Bart nach oben, was ihm das Aussehen einer balzenden Taube gab, ein Aussehen, das im Widerspruch zu seiner niedergeschlagenen Miene stand.

Don Benito gegenüber saß in einem ebenso bequemen, doch mehr den Proportionen seines Inhabers entsprechenden Sessel eine andere Person von ganz verschiedenem Aussehen. Es war ein junger Mann, groß (man konnte das aus der Länge seiner Beine schließen, die er vor sich hin gestreckt hatte), mit üppigem Haarwuchs auf dem Kopf und glattrasiertem Gesicht. Etwas in seiner Haltung war unmißverständlich ausländisch (aus der Sicht eines Spaniers natürlich). Vielleicht war es sein rasiertes Gesicht oder sein außergewöhnlich heller Teint; vielleicht war es nur die Pfeife, die er rauchte, was damals in Spanien das Privileg von Ausländern war, oder von Personen, die für Ausländer gehalten werden wollten – hundert Prozent aller Spanier rauchten eine Pfeife nur, wenn sie eine Schiffsreise machten, also Spanien hinter sich ließen.

Dieser junge Mann und Don Benito schienen in die Betrachtung einer Kerze versunken zu sein, die zwischen ihnen brannte (auch im Casino gab es kein Licht). Keiner von beiden sprach, die Stille im Raum, in dem sie saßen, wurde nur von fernen Stimmen in den Nebenzimmern unterbrochen und hin und wieder von der Stimme eines Croupiers im Spielsaal, der ausrief: *«Hagan juego, señores... no va más.»*

Nach einer Weile griff der junge Mann nach der Kerze, um seine Pfeife wieder anzuzünden, doch weder er noch der Präfekt sagten ein Wort oder rührten sich. Da ich also weder eine Unterhaltung noch eine Handlung beschreiben kann, werde ich mich bemühen, ein paar Überlegungen niederzuschreiben, eine schlechte Angewohnheit der Schriftsteller, die versuchen, dem Leser weiszumachen, sie könnten sich in die Gedanken ihrer Charaktere einschleichen. Zu meiner Entlastung sollte allerdings angeführt werden, daß meine Personen mir hartnäckig den Gehorsam verweigern und weder sprechen noch sich bewegen, und ich kann ja wohl kaum eine leere Seite stehen lassen.

Fast eine Woche lang Kerzenlicht ging Don Benito langsam auf die Nerven. Er fühlte sich wie vernichtet, denn während der letzten Tage hatte er im Mittelpunkt gestanden und war die Zielscheibe der Kritik gewesen. Er litt unter jenen stechenden Kopfschmerzen, die chronisch zu werden drohen. Die schimmernde Flamme bohrte sich ihm peinigend, wie ein Nadelbündel, in die Augen. Der Präfekt hatte Kerzenlicht schon immer gehaßt und konnte es nur bei *La danza de la pulga* * ertragen.

* Der Tanz des Flohs, *ein verkommenes Stück, das gewöhnlich in zweitklassigen Theatern und* café cantantes *gegeben wird, in denen eine Dame in durchsichtigem Nachthemd mit einer Kerze in der Hand erscheint und nach einem heimtückischen Floh zu suchen beginnt, der sich äußerst schlau versteckt, bis er dort gefunden wird, wo jeder intelligente Floh sich verstecken würde.*

Als der junge Mann die Kerze aufnahm, war Don Benito drauf und dran, ihm zu sagen, er solle sie ausblasen, doch dann warf er einen mißtrauischen Blick auf seine Umgebung, den jungen Mann eingeschlossen, und ließ von dem Gedanken ab. Nach den Ereignissen der letzten Tage war er mit seinen Nerven am Ende.

Der Präfekt hatte einen schrecklichen Tag hinter sich. Ich werde mir noch einmal das Vorrecht herausnehmen, mich in die Gedanken einer Person einzuschleichen:

Don Benito dachte:

In der vergangenen Nacht hatte es so viele Einbrüche gegeben, daß man sie nur in astronomischen Zahlen ausdrücken konnte.

Am Tag darauf hatte man mehrere Personen nackt aufgefunden, sie waren an die Bäume vor dem Botanischen Garten gebunden worden. Weshalb man diesen Platz ausgesucht hatte, verwirrte den Präfekten über alle Maßen.

An diesem Morgen überschwemmte ein nicht enden wollender Strom von Briefen seinen Schreibtisch.

Don Benito erinnerte sich:

Beschwerdebriefe.

Beleidigende Briefe.

Vorwurfsvolle Briefe.

Briefe, in denen mehrere Personen sich gegenseitig beschuldigten und die übrige Bevölkerung verdächtigten.

Spottbriefe.

Briefe, in denen es hieß, die Polizei von Madrid sei ein Haufen von Taugenichtsen und Schiebern, ein Haufen *mandrías*.

Briefe, in denen er unverblümt als Esel bezeichnet wurde.

Briefe, die alles das andeuteten, was offene Beschuldigungen zu nennen versäumt hatten.

All diese Briefe waren anonym, mit Ausnahme von

einem, der mit einem Frauennamen unterzeichnet und sehr stark parfümiert war, und dessen Inhalt auf Spanisch durchgehen mag, auf keinen Fall auf Deutsch.

Und über diesen Brief hatte Don Benito sich mehr geärgert als über alles andere.

War es denn seine Schuld, daß das Licht ausgefallen war? Hätte ein anderer Präfekt die Öffentlichkeit von Madrid, die das alles wie eine neue Modetorheit aufnahm, wie ein Kind ein neues Spielzeug, besser im Griff? Fand er in dieser Öffentlichkeit irgendwelche Unterstützung? Nein, die Elektrizität ging ihn nichts an. Jeder Präfekt, der kein gestandener Madrider gewesen wäre, hätte über diesen Leuten den Verstand verloren. Die Öffentlichkeit behinderte seine Maßnahmen so heldenhaft wie möglich. Alles war gegen ihn, er konnte doch unmöglich die gesamte Einwohnerschaft einsperren. Er konnte nicht einmal eine einzige Person einsperren, ohne ungerecht zu scheinen.

Es sah so aus, als hätte sich die ganze Stadt verschworen, ihn zu verspotten, ihn ausgerechnet in dem Augenblick zum Hanswurst zu machen, in dem die Vertreter der ausländischen Polizei als Zeugen seiner absurden Position anwesend waren. Er, der allmächtige Polizeipräfekt! Begann die Öffentlichkeit, an seiner Allmacht zu zweifeln? Oder bestand schon kein Zweifel mehr? Dieser parfümierte Brief hatte die letzte Bastion seines Selbstbewußtseins erschüttert. Fing er schon selbst an zu glauben, er sei ein Versager? Doch dann regte sich in ihm die unverbesserliche Neigung des Spaniers zu Wortspielen, und er dachte grinsend an seine donjuanesken Abenteuer und verwarf den Gedanken.

Die Gedanken des Präfekten schweiften von diesem Morgen hin zu einem Mittagessen, das ihm noch schwer im Magen lag, und weiter zum Nachmittag.

Die Sitzung an diesem Tag war ärgerlicher gewesen denn je. Als er sie eröffnete, hatten die ausländischen Vertreter gekichert, und er hatte die Anspielungen mitanhören müssen, daß ein Präfekt, unter dessen Augen so viele Diebstähle stattfanden, sich lieber unter seinem Bett verkriechen sollte, statt auf einer Polizeitagung Reden zu halten. Wenn er nur den Mut hätte, in die Gesichter all dieser ausländischen Repräsentanten hinein ein paar Dinge zu sagen, würden unter allen Betten des Palace Hotels, in dem die Tagung abgehalten wurde, die bedenklichsten Charaktere liegen. Danach war ihm natürlich die Beredsamkeit vergangen, und seine Ansprache war ihm mißglückt.

Und zu all dem war sein Neffe, der ihm jetzt gegenübersaß, unerwartet aus dieser Dunkelheit aufgetaucht. Er war in dieser Woche aus England gekommen, wo er, Gott weiß warum, vom College geflogen war, und hatte auch noch die Dreistigkeit besessen, auf seinem Weg nach Spanien zwei Wochen in Paris zu verbringen, um seinen Hinauswurf und die unerwarteten Ferien zu feiern.

Das alles dachte der Präfekt, und nachdem er es gedacht hatte, sagte er etwas, was auf den ersten Blick nicht dem Fluß seiner Gedanken zu folgen schien, was aber jedem noch so einfachen Beobachter die enge Verbindung von Gedanken und Empfindungen zeigen würde.

Don Benito fuhr aus seinem Sitz hoch und schrie seinen Neffen wütend an: «Pepe, du bist ein *sinverguenza*.»

Diese Bemerkung nach einem so langen Schweigen, aus gewissermaßen dunklem Himmel heraus, wird den Leser, der den Gedanken des Präfekten gefolgt ist, nicht überraschen, doch man bedenke, daß Pepe nicht wußte, was im Kopf seines Onkels vorgegangen war, und darum überraschte es ihn außerordentlich. Es klang sogar recht komisch, und er sog heftiger an seiner Pfeife. Schließlich ist es nicht so schlimm, von einem Onkel beleidigt zu werden, der einem die, wenn auch verfehlte, Ausbildung bezahlt hat und der immer noch die Aussicht personifiziert, ein großzügiges Taschengeld zu bekommen. Doch wie ich sagte, oder besser der Präfekt sagte:

«Pepe, du bist ein *sinverguenza*. Ich nehme an, das liegt in der Familie, ich meine, seitens deines Vaters. Er war ein Träumer, ein zweitrangiger Quijote, und ich mußte ihm ständig mit Geld aushelfen. Manche Leute halten das ja für Überlegenheit, aber ich nenne das schlicht *sinverguenza*.»

Ein echter Spanier wäre in diesem Augenblick im Casino von Madrid (der Ort ist in solchen Fällen so wichtig wie der Augenblick) aufgestanden (aufstehen war notwendig, um über den Tisch langen zu können) und hätte dem Präfekten in sein feistes Gesicht geschlagen. Die Vorschriften in Spanien sehen in diesem Fall den Schlag ins Gesicht vor:

Erstens: Handelt es sich um das Gesicht eines Ausländers, folgt gewöhnlich ein Duell.

Zweitens: Handelt es sich um das eines Verwandten, der einem nicht so nahesteht wie in diesem Fall, folgt immer ein Kampf.

Aber Pepe hatte mehrere Jahre in England verbracht, und viele seiner spanischen Eigenschaften waren ihm abhanden gekommen. Darum wollen wir ihn für sein diplomatisches Schweigen nicht tadeln.

«Ja», fuhr der Präfekt fort. «Seit dein Vater starb und meine arme Schwester ohne einen Pfennig zurückließ, habe ich mich um dich und deinen Bruder Gaston, der ebenfalls zu stolz zum Arbeiten war, kümmern müssen. Ich sage dir, das liegt in der Familie. Als Gaston von seiner Reise nach Paris zurückkam, hatte er sich grundlegend verändert. Diese Stadt scheint seinen wahren Charakter ans Licht gebracht zu haben. Zunächst meinte er, daß das Taschengeld von zweihundertfünfzig Peseten monatlich, das ich ihm ausgesetzt hatte, für einen Herrn nicht ausreiche, daß er, seit er gereist sei, mehr vom Leben kennengelernt und einen guten Geschmack erworben habe, und daß er beschlossen habe, in dem Stil zu leben, zu dem sein Name ihn berechtige. Und das von meinem Geld, verstehst du, von meinem Geld! Du weißt nicht, was alles passiert ist, seit du weggegangen bist, Dinge, die ich nicht einmal erwähnen möchte. Und jetzt kommst du, vom College geflogen, mein Geld auf beklagenswerte Weise vergeudet. Dankt ihr mir so, was ich alles für euch getan habe?» Der Präfekt war sich vollkommen klar darüber, daß seine Rede keine Kraft besaß, aber er wußte nicht, warum.

«Aber Onkel, ich habe doch schon erklärt...»

«Ja ja, ich weiß. Als ich deinen Brief las, kam es mir vor, als hätte dein Vater ihn geschrieben. Das Opfer einer Ungerechtigkeit! Natürlich, Don Quijote, das ist alles. Genau wie dein Vater.» Don Benito hatte sich wieder gefangen. «Du versuchst, aller Welt weiszumachen, daß deine Schnitzer nur die Folgen deiner großzügigen Ideale und deines übertriebenen Ehrgefühls sind... Schamlosigkeit! So nenne ich das. Sieh dir deinen Bruder an. Was ist er jetzt? Ein gewöhnlicher Zuhälter, jawohl, ein Zuhälter, und einer der schlimmsten oder besten, wie man es nimmt.»

Pepe fiel die Pfeife aus dem Mund, da für einen Augenblick die ausländischen Eigenschaften, die sie hielten, der Überraschung wichen, und nun war sein Gesicht nackt, und ohne Maske, ohne Pfeife, plötzlich verwirrt und unverwechselbar spanisch:

«Was hast du gesagt? Gaston ist ein Zuhälter?»

Der Präfekt war befriedigt. Seine letzten Worte hatten gesessen. Sie hatten die Wirkung, die er vorgesehen hatte, und nun wurden beide der Situation gerecht. Seit Beginn der Unterhaltung hatte Don Benito gespürt, daß Worte sie beide nicht interessierten, daß sie hohl klangen. Er spürte, und er war sicher, daß es seinem Neffen genauso ging, daß die Dunkelheit der Stadt, die bis ins Casino hereindrang, wie ein lebloses Ding über allem hing und den Worten ihre Ausstrahlung nahm. Er spürte, daß es an Gefühl fehlte, daß es, anders, als man erwarten sollte, sich in diesem flakkernden Kerzenlicht nicht entfalten konnte, noch dazu in einer Situation, die weit mysteriöser und deshalb emotionaler war.

Pepe dagegen spürte noch etwas anderes. Da er so lange fort gewesen war, hatte er unwillkürlich die Ansicht des Auslands angenommen, daß Spanien rückständig sei und daß man, wenn man die Pyrenäen nach Süden hin überquere, in ewige Nacht eintauche. Verständlicherweise fand diese unbewußte Überzeugung ein starkes Echo in seinem Gemüt, als er in dem in allgemeiner Dunkelheit liegenden Madrid ankam. Er kam sich vor wie jemand, der träumt (das ist allerdings ein Gefühl, das von den meisten Spaniern geteilt wird, die nach langer Abwesenheit nach Spanien zurückkommen). Obwohl die Existenz seines Bruders, den er nicht mehr gesehen hatte, seit er ein Junge war, etwas Sagenhaftes an sich hatte, erschütterte ihn die verblüffende Enthüllung. Die Pfeife war ihm aus dem Mund gefallen. Der letzte Rest seines ausländischen Anstrichs war ihm abhanden gekommen, das einzige, was ihm noch geblieben war, um sich als Außenseiter und Beobachter zu fühlen, der das Phänomen eines außerordentlichen Landes ohne eigentliche Realität betrachtete, hatte ihn verlassen, und seine Rasse trat hervor. Er fühlte sich wieder zu

Hause. Ohne Pfeife war er in der Lage, Überraschung zu zeigen und sogar überzeugend auszurufen: «Was hast du da gesagt? Gaston ist ein Zuhälter?»

Und der Präfekt war zufriedengestellt. Er wußte nun, daß sie beide das gleiche empfanden. Ein vertrauliches, freundliches Gefühl für den jungen Mann überkam ihn. Sein Groll gegen den Neffen war rasch verflogen. Beide waren sie Opfer derselben Familientragödie. Beide erlebten sie eine große allgemeine Katastrophe. Sein Neffe hatte nicht versagt. (Don Benito hatte in jener Nacht ein gewaltiges Bedürfnis nach Mitgefühl und moralischem und seelischem Beistand.) Es war dem Präfekten zuwider, wenn Menschen einer Situation nicht gerecht wurden. Doch sein Neffe hatte nicht versagt, sein Neffe hatte ausgerufen:

«Was hast du da gesagt? Gaston ist ein Zuhälter?»

«Natürlich, du weißt das nicht, weil ich es für besser hielt, dir nichts darüber zu schreiben. Es gibt da noch ein paar Dinge, ihn betreffend, die ich dir nicht einmal jetzt erzählen möchte. Du solltest sie lieber selbst herausfinden. Aber stell dir das vor! Der Neffe des Polizeipräfekten ist ein *chulo*, ein Bejarano y Calinez, verstehst du, ein Mann, der meinen Namen trägt, ist ein *chulo*! Denn darin sind wir uns einig, so weltfremd dein Vater war, so tief wäre er nie gesunken, auch wenn er in La Carcel Modelo gesessen hat.»

«Du weißt, was er gemacht hat?»

«Ja, wir alle kennen die Geschichte. Felisa, deine arme Mutter, hat immer gesagt, das sei nur eine weitere seiner Heldentaten für eine große Sache gewesen. Aber weißt du, was ich von der ganzen Angelegenheit gehalten habe?»

«Was?»

«Daß Fingerabdrücke niemals lügen.»

«Das ist eine andere Geschichte. Erzähl mir jetzt von Gaston. Du sagst, er ist ein…»

«Gewiß, das ist er schon eine ganze Weile. Man nennt ihn El Cogote, weil er nie eine Krawatte trägt und immer seinen Hals zeigt. Es fing damit an, als er wollte, daß ich ihm das Taschengeld erhöhe, und ich abgelehnt habe; ich finde, daß zweihundertfünfzig Peseten mehr als genug sind, besonders, wenn du dafür nichts zu tun brauchst. Er begann, Schulden zu machen, für die ich einstehen mußte, bis ich es leid war. Eines Tages trafen wir uns hier. Er saß genau da, wo du jetzt sitzt, und wir stritten uns.»

«Ja, und...»

«Ich habe ihn vollkommen fallenlassen. Dann hörte ich, daß es ihm schlecht gehe, aber er war immer noch zu stolz, um zu arbeiten... aber nicht zu stolz, seinen Onkel um Geld zu bitten oder eine Anzeige auf der Titelseite von *El Heraldo* zu schalten, an meine vielen reichen Bekannten gerichtet, eine Anzeige, die, wie ein Schandfleck für die Familie, mitten auf der Titelseite stand und in der es hieß, einen Bejarano y Calinez könne man doch nicht einfach verhungern lassen. Er dachte, ich würde ihm aus Stolz, wenn schon nicht aus anderen Gründen, zu Hilfe kommen.»

«Und wie geht es dem Rest der Familie?»

«Also, daß deine Schwester Mignon an Tuberkulose gestorben ist, weißt du schon, und was deine Mutter und deine Schwester Carmen angeht... Also, da fragst du lieber Gaston... Ich kann bestimmte Dinge nicht ansprechen. Dein Bruder ist schon ein Prachtstück. Ich habe auch bereits beruflich mit ihm zu tun gehabt. Hier in Madrid wurde er schon zweimal verhaftet, und ich, als sein Onkel, war mit dem Fall befaßt. Das erste Mal wegen eines obszönen Skandals. Eine Frau, die ihn ausgehalten hat, eine Frau, die La Pelos genannt wurde, weil sie einen Schnurrbart wie ein *Guardia Civil* hat, hatte auf eine andere eingestochen, die Lunarito heißt, weil sie einen Schönheitsfleck an einer bestimmten Stelle hat, den sie jedem für eine Pesete zeigt. La Pelos behauptete, sie sei mit dem Messer auf die andere los, weil sie sie in dem Appartement erwischt habe, das sie selbst El Cogote geschenkt hatte, und zweifellos wollte sie ihm den Schönheitsfleck zeigen, ohne die übliche Pesete zu kassieren. Sie sagte, sie würde sich nicht von einer billigen *puta* Hörner aufsetzen lassen und so weiter. Die ganze Sache ekelte mich an, und ich habe Gaston laufenlassen, obwohl er nicht versprochen hat, sich zu bessern.»

Der Präfekt fuhr fort, über das zweite Mal zu sprechen, als Gaston eines größeren Diebstahls wegen vor ihn gebracht wurde, aber Pepe hörte ihm nicht mehr zu. Der erste Fall war so typisch spanisch und nahm seine ganze Aufmerksamkeit gefangen. Er rauchte wieder seine Pfeife und fühlte sich erneut als Beobachter, der außerordentliche Dinge in einem seltsamen Land erlebt. Natürlich hatte er, als er in England war, spanische Bücher gelesen, die die Sitten und Gebräuche seines Volkes beschrieben, aber Bücher über ein Land, das uns fern ist, überzeugen nicht. Ja, jetzt gab es keine Zweifel mehr, sein eigener Bruder war ein *chulo*. Es gab tatsächlich einen solchen Beruf in Spanien, es gab noch echte Männer in Spanien. Es gab Frauen wie La Pelos und Lunarito, Frauen, die in ihrer Liebe großzügig waren und selbst in ihrem Gewerbe, die sich nicht schämten, öffentlich ihre Leidenschaften zu zeigen, die stolz waren auf die Schwäche ihres Geschlechts und ihre Unterlegenheit als Ehre ansahen, denn sie hatten keine Angst, sich einzugestehen, daß sie einen Mann brauchten. Wie anders war das in dem Land, das er gerade verlassen hatte. Und seine Pfeife rauchend empfand Pepe für seinen Bruder die Bewunderung eines Touristen.

Als er sich wieder seinem Onkel zuwandte, nahm der bereits seinen Mantel und seinen Hut.

«Laß uns gehen, es ist spät. Ich habe einen schrecklichen Tag hinter mir und brauche etwas Schlaf.»

Pepe folgte seinem Onkel. Ihre Füße machten kein Geräusch, als sie über den mit Teppich ausgelegten Boden gingen. Ihre Schatten schrumpften und verdichteten sich, je weiter sie sich von der Kerze entfernten. Alles machte den Eindruck von Unwirklichkeit, vom versteckten Spott einer Puppenspielerfarce. Als sie aus dem Casino traten, war die Nacht schwarz, nicht ein einziger Stern stand an dem gewöhnlich klaren Himmel von Madrid.

Vor der Tür sprachen sie miteinander:

«Sollten wir nicht eine der Casinokutschen nehmen, Onkel?»

«Nimm du sie, mein Junge, ich gehe zu Fuß nach Hause.»

«Zu Fuß in dieser Dunkelheit? Onkel, du wirst bestimmt überfallen.»

Der rundliche Präfekt lachte verächtlich. In echter Toreromanier hob er seine Hand in Schulterhöhe:

«Der Mann ist noch nicht geboren, der *pantalones* genug hat, mich zu überfallen. Ich bin die einzige Person in Madrid, die nicht beraubt worden ist. Als Polizeipräfekt muß ich zu Fuß nach Hause gehen, wenn die anderen zu ängstlich sind, ihre Häuser zu verlassen. Ich kann bestimmte Dinge unmöglich zur Kenntnis nehmen, weißt du?»

Pepe wußte es; er wußte, daß sein Onkel, nach allem was passiert war, den übermächtigen Wunsch hatte, sich selbst zu bestätigen.

«Ich gehe ein Stück mit dir, ich gehe auch zu Fuß nach Hause.»

Der Präfekt legte seinem Neffen die Hand auf den Arm.

«Man wird dich überfallen, sobald wir uns getrennt haben.» Wirklich, Don Benitos Prahlerei zeigte, daß er durch und durch ein echter Madrider war. Er sprach in bester spanischer Manier.

Diesmal kam der Spott von Pepe. Auch er hob seine Hand auf Schulterhöhe an, und sein Onkel bemerkte es, da es der Arm war, den er hielt:

«Die Vorfahren des Mannes, der mich überfallen will, haben noch nicht mit den Feindseligkeiten begonnen. Wenn irgend jemand eine so verwegene Tat versuchen sollte, verprügle ich ihn und schick ihn nach Hause zu seiner Mama.»

«Wir haben dich zu Recht El Españolito genannt.» Sein Onkel lachte entzückt. Er merkte, daß er wieder anfing, seinen Neffen zu mögen, und von einer plötzlichen Freude überkommen fuhr er fort:

«Wollen wir wetten?»

«Du bietest.»

«Tausend Peseten, wenn du heute nacht nicht bestohlen wirst.»

«Die Wette gilt», rief Pepe rasch, ohne zu bedenken, daß er keine tausend Peseten besaß und daß er bestohlen werden könnte. Er wurde ganz entschieden immer spanischer. Mit nahezu alarmierender Geschwindigkeit. «Und was ist, wenn du bestohlen wirst, Onkel?»

Jetzt lachte der Präfekt laut auf.

«Das ist unmöglich, mein Junge.»

Sie gingen die Alcalá-Straße hinauf. An der Kreuzung mit der Peligros drang sehr schwacher Kerzenschein aus dem Café Fornos, das dort an der Ecke lag. Und genau hier beschlossen sie, sich zu trennen.

«Also, Pepe, viel Glück. Rauch nur deine Pfeife, damit sie dich für einen Detektiv halten, dann überfallen sie dich bestimmt.»

«Mach's gut, Onkel, paß auf dich auf und halte die tausend Peseten bereit.»

Der Präfekt verschwand in den Schatten der Peligros-Straße, und Pepe überquerte die Alcalá.

Er hatte kaum fünf Schritte gemacht, als jemand ihn anrempelte:

«Usted dispense», sagte die Person.

«Igualmente», antwortete Pepe. Doch bevor er die Mitte der Straße erreicht hatte, durchfuhr ihn ein Gedanke. Er faßte in seine Tasche. Seine Brieftasche war weg.

Er zögerte keinen Augenblick, sprang zurück und sah in dem schwachen Licht, das aus dem Fornos kam, die Gestalt eines Mannes in der Dunkelheit verschwinden. Pepe rannte hinter ihm her und erwischte in der Peligros-Straße einen von der Glut eines Streichholzes in seinen Umrissen undeutlich sichtbaren Mann. Bevor er die Gestalt erreichte, war das Streichholz erloschen, doch Pepe hatte die Entfernung richtig geschätzt und machte, die Pfeife in seiner rechten Hand, einen Satz.*

* *Ich habe das Streichholz angezündet, um die Szene für einen Augenblick zu beleuchten und die Lage zu klären. Als ich diese Geschichte begann, habe ich den Nachteil einer so vollkommenen Dunkelheit nicht vorausgesehen, auch nicht, daß es äußerst schwierig sein würde, meine Charaktere sich richtig bewegen zu lassen, ohne daß ich das Papier vor mir sehen kann. Jedenfalls ging mein Streichholz für mich zu früh aus, um viel zu erkennen, aber nicht für Pepe Bejarano, um zu handeln, und nun ist alles wieder dunkel, und die Charaktere müssen auf ihre eigenen Möglichkeiten zurückgreifen, das heißt abwarten, bis morgen die Folgen ans Licht kommen.*

Seine linke Hand landete auf dem Nacken des Mannes, und er drückte ihm das Mundstück der Pfeife in den Hals. Der Mann versuchte, Pepes Griff nach unten auszuweichen, doch der hielt ihn am Kragen fest.

«Gib mir die Brieftasche», schrie Pepe.

Der andere wartete nicht, bis die Forderung wiederholt wurde. Er zog die Brieftasche heraus und gab sie ihm.

«Du Halunke», sagte Pepe. «Diesmal kommst du mir damit davon», und er holte zu einem gewaltigen Tritt aus, der auf dem Hinterteil des Mannes landete. In diesem Augenblick schlug es zwei Uhr.

Pepe hörte, wie der Mann fortlief und lachte:

«Ein geschickter Taschendieb, aber ein miserabler Bandit», und er ging zurück zu seiner *casa de huespedes* und war einigermaßen stolz auf sich.

Als er in sein Zimmer kam, wollte Pepe den Inhalt seiner Brieftasche überprüfen, ob auch nichts fehle. Er war natürlich äußerst erstaunt (weit erstaunter als der Leser), als er bemerkte, daß es nicht seine Brieftasche war. Er drehte und wendete sie, um sie auf irgendeine Weise zu identifizieren. Sie enthielt keine Visitenkarten, nicht einmal ein Monogramm. Ihr einziger Inhalt, der in diesen Tagen der allgemeinen Klauerei das Wichtigste sein sollte, waren mehrere Banknoten im Wert von insgesamt fünfhundert Peseten.

Das war nun eine merkwürdige Situation. Er hatte ein unschuldiges Opfer überfallen. Er war selbst zum Straßenräuber geworden. Zwang der Einfluß jener Tage die Menschen zu solchen Taten? Hüllte Madrid ihn in Dunkelheit, um aus ihm einen Gauner zu machen wie all die anderen? Pepe lachte. Nein, er war ein ehrlicher Mensch und würde der Versuchung nicht erliegen. Morgen würde er die Brieftasche zu seinem Onkel bringen, für den Fall, daß jemand danach fragen sollte, eine entlegene Möglichkeit in jenen Tagen allgemeiner Skepsis.

Aber was war wiederum aus seiner Brieftasche geworden?

Zweifellos hatte jemand sie gestohlen. Verschaffte die Vorsehung ihm auf diese Weise eine Entschädigung? Gab es ein ausgleichendes Gesetz, das über Madrid gekommen war, um seine Bewohner zu schützen, da die Polizei ihre Pflicht nicht ausüben konnte oder wollte? Diese Brieftasche enthielt zweimal soviel Geld wie seine eigene. Es war nur gerecht, die Hälfte zu behalten und die andere Hälfte zurückzugeben und es dieser greifbaren Vorsehung zu überlassen, deren Vorhandensein überaus augenfällig war, den Besitzer dieser Brieftasche zu entschädigen.

Doch nein, Madrid, so stark es die Menschen auch demoralisierte, konnte den Einfluß so vieler in England verbrachter Jahre so schnell nicht zunichte machen, und er war dieser Sache wegen mit sich schon im reinen. Es war zu spät. Wenn er einfach davon ausgegangen wäre, daß es sich um seine Brieftasche handle, wie er angenommen hatte, als er sie bekam, wäre alles in Ordnung gewesen. Er hätte das Geld ausgeben können, ohne auf die Brieftasche zu achten, ohne sich selbst einzugestehen, daß es nicht seine eigene war. (Ein Gentleman weiß nicht, wieviel Geld er hat.) Das wäre selbst in England vollkommen korrekt gewesen. Aber nun war es zu spät. Er wußte, daß die Brieftasche nicht ihm gehörte. Er hatte es laut zugegeben, auch wenn er allein in seinem Zimmer war. Einziger Zeuge war sein vom schwachen Kerzenlicht nur verschwommen sichtbares Bild in einem Spiegel. Doch das genügte. Jetzt mußte er die Brieftasche zurückgeben. Und Pepe, der daran dachte, wie gering seine eigenen Mittel im Augenblick waren, wünschte, er wäre nie in England gewesen.

Er ging zu Bett. Er schlief. Am Morgen wachte er auf und wusch sich, nachdem er das Becken, das in einer Ecke stand, mit kaltem Wasser gefüllt hatte. Das Fehlen von warmem Wasser ärgerte ihn. Auch das Fehlen einer Badewanne. Es gab zwar eine Badewanne am anderen Ende des Ganges, aber es gab nur kaltes Wasser, und man mußte eine gewaltige Menge Wasser erhitzen, um sie zu füllen. Es war ihm bis dahin nicht klargewesen, wieviel heißes Wasser man für ein Bad brauchte. Pepe entschloß sich, patriotisch zu sein und kein Bad zu nehmen, das außerdem eine Pesete kostete. Die Pesete hüpfte in seinem Kopf herum und fand ein Echo in den Dingen, die er am Vorabend gehört hatte. Für eine Pesete gab es eine Lunarito in Madrid, vielleicht mehr als eine, die einen Schönheitsfleck zeigte. Genauso viel kostete es, ein Bad zu nehmen. Die Spanier hatten zweifellos einen erstaunlichen Sinn für Proportionen. Er goß etwas kaltes Wasser über diese Gedanken und brummte wieder vor sich hin. Ein wenig später wurde er entschädigt durch ein Mädchen, das ihm eine ausgezeichnete Schokolade mit *churros* brachte.

Das Zimmermädchen, welches das Frühstück servierte, war ein zwölfjähriges Kind, aber selbst für spanische Maßstäbe war es frühreif und sehr entwickelt. Ihr kurzes kindliches Kleid und die Söckchen, die aus den hochhakkigen Schuhen ragten und an einem Paar überaus fester Beine saßen, gaben ihr etwas außerordentlich Aufreizendes.

Pepe sah sie im Spiegel. Die betonte Kurve ihrer Brüste und ihrer Hüften stellte er sich steinhart vor, und das übertrug sich auf ihn. Er witterte das feste, jugendliche Fleisch, drehte sich um und sah, wie sie auf seine offene Schlafanzugjacke starrte, die eine haarige Brust freigab. Die Augen des Mädchens ruhten auf diesem Zeichen von Männlichkeit, während sie das Frühstückstablett auf einen Stuhl stellte. Pepe war sicher, ihre weibliche Bewunderung geweckt zu haben. Seine spanischen Eigenschaften bahnten sich ihren Weg an die Oberfläche. Er stemmte seine Arme in die Hüften, dadurch sprang die Schlafanzugjacke noch weiter auf. Er fühlte ein hartnäckiges Zittern in seinem Hals und einen gewissen Druck auf seinem Solarplexus. Um das zu verbergen, denn manche Menschen meinen, man sollte selbst in Situationen unverhülltester Fleischlichkeit seine Wünsche nicht zu offen zeigen, wenn man diese Wünsche erfüllt haben will, tat er etwas überraschend Unschuldiges, was zeigte, wie wenig er tatsächlich über Spanien wußte. Er nahm das Handtuch von seiner Schulter, hielt es mit beiden Händen offen vor sich, sah das Mädchen an und rief:

«Huh, toro.» Und das Handtuch herumwirbelnd, als wäre es ein Cape, rief er dann:

«Olé!»

Seine Aufmachung war so unpassend und sein Stil selbst vor einem so charmanten jungen Stier so miserabel, daß man ohne seine Worte nichts verstanden hätte. Das Mädchen zeigte jedoch unverkennbaren Scharfsinn. Wie hypnotisiert starrte sie auf seine Brust, beugte sich mit ausgestreckten Armen vor und griff nach Art der Stiere an. Pepe rührte sich nicht, wie ein echter Torero, drehte sich nur ein wenig und hielt sie in den Armen. Ihr Gesicht ruhte auf seiner nackten Brust, und ihre Nüstern zitterten in dem üppigen Haar.

Nun, als Pepe die *casa de huespedes* verließ, nachdem er seine kalte Schokolade geschlürft hatte, überlegte er, wie es kam, daß ein einfaches Kind in Spanien einen ausgewachsenen Mann so viel Neues lehren konnte. Der Morgen war strahlend, einer dieser typischen Morgen von Madrid, fröhlich, heiter, laut und übelriechend, hier und da Hausierer und Händler, die schreiend und singend ihre Ware feilboten:

«El florero …! Clavelitos, quién me compra claveles …?»

«El afilador …»

«Cerezas por hierro viejo …»

Pepe bemerkte, daß der Mann, der Kirschen gegen altes Eisen verkaufte, keine Kirschen mehr hatte und trotzdem eine Ware ausrief, die es gar nicht gab. Der Mann hatte seine Lungen an diesen regelmäßigen Schrei gewöhnt, und wenn er ihn nicht hinausließ, würde er möglicherweise platzen. Pepe versuchte, sich vorzustellen, wie dieser Mann schlafen konnte, ohne sich plötzlich selbst mit seinem Geschrei aufzuwecken, doch seine Gedanken wurden von einem Bettler unterbrochen, der ihn ansprach.

«Caballero, una limosnita por amor de Dios.»

Der Mann hatte eine kunstvoll einstudierte sanftmütige Haltung und war so zerlumpt, daß es unbeschreibbar ist. Er stellte das Elend dar, wie man es nur in romanischen Ländern finden kann, wie ich selber zugeben muß.

Pepe fragte:

«Wie heißen Sie?»

«Laureano Baez *pa servirle caballero*.»

Pepe war an diesem Morgen glücklich und großzügig und gab die *limosnita*.

«Dios se lo pague», sagte der Bettler und wandte sich einer anderen Person zu, und Pepe dachte, daß Gott heute morgen schon einmal vergolten hatte. Für einen kurzen Augenblick wurde sein Glücksgefühl von schwerem Mitleid für dieses sein Land überschattet, für das unendliche Elend und die Armut, der er begegnet war, seit er die Pyrenäen überquert hatte. Die Wolke wurde rasch vom Duft

eines Veilchens vertrieben, das ein Mädchen ihm an den Jackenaufschlag heftete. Pepe, der an jenem Morgen gesprächig und neugierig war, schob seinen Hut in den Nakken und drehte seinen Stock in den Fingern, wie es ein echter Madrider unter solchen Umständen tut:

«Como te llamas?»

«Raquel Meller», lachte das Mädchen und streckte die Hand aus. Seine Geste hatte über seine Kleider keineswegs hinwegtäuschen können, sie hielt ihn weiterhin für einen Ausländer.

Jetzt heftete das Mädchen ein Veilchen an einen anderen Jackenaufschlag. Pepe bewunderte die berufsmäßige Zungenfertigkeit und die Schlagfertigkeit der Spanier, und während er zum Büro seines Onkels schlenderte, genoß er den wunderschönen Morgen.

Männer saßen in den Cafés und stritten über Politik, während ein Kellner Wasser zwischen den Tischen versprengte. An den Ecken standen Grüppchen, die hin und wieder ihre ewigen Gespräche über den Stierkampf unterbrachen, um einer vorbeigehenden Schönen einen *piropo* nachzurufen. Junge Damen in *mantillas*, aber nüchternen, schwarzen *mantillas*, und ohne Kamm. Und hier beschloß Pepe, einen falschen Eindruck zu korrigieren. Seit seiner Ankunft hatte er nicht eine *mantilla de madroños* oder *blonda* über einem Kamm gesehen. Er hatte keine leuchtenden spanischen Schultertüchter bemerkt, nur schlichte schwarze, ohne Stickerei. Pepe war lange genug aus Spanien fort gewesen, um solche Dinge zu erwarten, doch nun stellte er fest, daß die einzigen Damen, die diese Dekorationen trugen, aus Wachs waren und in Glaskästen standen. Doch, er sah einen oder zwei Männer mit *cordobéses* und kurzer Jacke. Und dann sah Pepe, was sich in Spanien nie ändern wird. Er sah den blauen Himmel und die blendende Sonne, die einen krassen Gegensatz zwischen Licht und Schatten schafft. Schatten, die scharf, schwarz, dicht und undurchdringlich sind. Und ein überwältigendes und gleißendes Licht.

Pepe hatte an diesem leuchtenden Morgen ein Gefühl von Sicherheit, das ihm die Gefahren der vergangenen Nacht eher wie einen Traum denn als Wirklichkeit erscheinen ließen. Er griff an seine Tasche. Ja, die Brieftasche war da. Er zog sie heraus, um sich davon zu überzeugen, daß er nicht geträumt hatte, und befand sich vor dem Büro des Polizeipräfekten. Ohne anzuklopfen ging Pepe hinein und sah seinen Onkel vor einem Tisch stehen, die Hände darauf gestützt, den Kopf geneigt wie ein Stier, der den letzten Stoß erwartet. Der Tisch war mit Papieren übersät.

Der Präfekt hob den Kopf und sah seinen Neffen verlegen an, wobei er mit einer Handbewegung über den Tisch fegte.

«Da hast du es. Alles Beschwerdebriefe, Klagen, Beleidigungen... Ein nicht abreißender Strom von Briefen, den ganzen Tag über.»

Ein Junge kam mit einem neuen Stapel Briefe herein und legte ihn auf die anderen. Don Benito sah Pepe an und schüttelte den Kopf genauso, wie man es in einer solchen Situation tun würde. Es fehlte nicht einmal das bittere Lächeln. Pepe hatte Mitleid mit ihm.

«Na komm, Onkel, Kopf hoch. Das kann nicht ewig dauern. Das Licht geht wieder an, und der Friede ist wieder hergestellt.»

«Hmm... kommst du auch, um dich zu beklagen? Bist du letzte Nacht ausgeraubt worden, wie ich es dir vorausgesagt habe?»

Pepe war ein Held:

«Ja, bin ich, ich muß es zugeben. Ein sehr schlaues Vorgehen, alle Achtung. Ich muß mich aber entschuldigen, weil ich die tausend Peseten nicht sofort bezahlen kann.»

Der Präfekt machte eine äußerst beredte Handbewegung. Die Hand, die sich keinen halben Meter hoch in der Luft bewegte, wollte sagen:

«Ich hab es dir gesagt. Es wäre der reinste Diebstahl, die tausend Peseten anzunehmen. Das spielt alles keine Rolle. Ich mache mir jetzt Sorgen über wichtigere Dinge.»

Das alles sagte die Hand, und der Präfekt fügte hinzu:

«Pepe, ich glaube, ich kann dir vertrauen...»

Pepe war noch nicht lange genug in Madrid, um eine beredte Hand zu verstehen, und mißverstand.

«Natürlich, Onkel, du weißt, daß ich zahlen werde.»

«Das meine ich nicht, Pepe; sei nicht albern. Ich bin ein guter Onkel und treibe von Neffen nie Schulden ein. Ich meine, daß ich dir genug vertrauen kann, um dir etwas zu gestehen.»

Und Pepe versuchte, so gut als möglich wie ein Beichtvater auszusehen.

Don Benito fuhr fort:

«Pepe, mein Junge, ich bin bestohlen worden...»

Pepes eine Gesichtshälfte verzog sich zu einer mitleidigen Miene.

«Ja, ich bin bestohlen worden. Letzte Nacht ist es passiert, nachdem ich dich verließ. Fünf bewaffnete Männer fielen über mich her und hielten mir ihre Kanonen vor. Ich wußte, daß es sinnlos war zu kämpfen. Nicht, daß ich Angst gehabt hätte, doch mein Leben gehört der Sicherheit von Madrid. Die Öffentlichkeit ist von mir, der sie schützen soll, abhängig. Ich konnte unmöglich ein Leben riskieren, das mir kaum gehört. Also sind sie mit meiner Brieftasche auf und davon.»

Pepe öffnete den Mund.

Der Präfekt ließ ihn nicht zu Wort kommen.

«Natürlich geht es mir nicht um das Geld. Es ist die Brieftasche. Verstehst du? Eine bestimmte Person hat sie mir geschenkt. Ich will noch offener zu dir sein; sie ist von einer bestimmten Dame. Die Dame ist sehr sentimental und will, daß ich jedes Geschenk von ihr bewahre. Ich bin sicher, wenn ich sie das nächste Mal sehe, wird sie mich fragen, ob ich die Brieftasche, die sie mir gab, noch bei mir trage. Unsere Beziehungen beruhen für sie auf solchen Kleinigkeiten, und bestimmt geschieht ein Unglück, wenn sie erfährt, daß ich die Brieftasche nicht mehr habe. Sie wird mir das nie verzeihen. Wenn ich sage, daß ich sie verloren habe, wird sie sagen, ich schätzte die Dinge, die sie mir schenkt, nicht genug. Wenn ich sage, daß ich bestohlen wurde, mache ich mich lächerlich. Und ich kann auch nicht sagen, sie sei zu alt gewesen und ich hätte sie zu den anderen Reliquien in den Safe gelegt, weil sie sie mir erst vor zwei Wochen geschenkt hat. Was soll ich tun?»

Wieder machte Pepe den Mund auf, um ihm zu antworten, doch sein Onkel bedeutete ihm zu schweigen. Seine Frage war rein formal gewesen.

«Ich habe daran gedacht, eine Anzeige aufzugeben, eine Belohnung von tausend Peseten auszusetzen, doch das würde mich dem allgemeinen Gespött preisgeben. Die Leute würden mich auslachen. Der Polizeipräfekt bestohlen! Die Umstände, unter denen sich dies ereignete, würden die Tatsache, daß der Präfekt ausgeraubt wurde, nicht mildern. Egal, wie heldenhaft ich mich in der Situation benommen habe, ich würde doch zum Gespött von ganz Madrid. Als wenn ein Präfekt kein menschliches Wesen wäre, als wenn... also, du verstehst schon. Es hat keinen Sinn... es würde...»

Pepe stand auf der anderen Seite des Tisches. Er beugte sich vor, eine Hand auf der Schulter des Präfekten. Kurz gesagt, Pepe hatte eine Beschützerrolle angenommen:

«Um wieviel Uhr, sagst du, ist das passiert?»

«Eine Uhr schlug zwei während des Überfalls.»

«Und wie hoch, sagst du, soll die Belohnung sein?»

«Tausend Peseten... aber, wie ich dir schon sagte...»

Er beendete den Satz nicht. Pepe zog etwas hervor, und ein schlaues, ein sehr schlaues Lächeln lag auf seinen Lippen:

«Ist dies deine Brieftasche?»

Don Benito Calinez, der Mann, der es haßte, wenn jemand einer Situation nicht gerecht wurde, verhielt sich perfekt. Er stieß ohne jedes Zögern eine Reihe vollkommen richtiger und den Umständen angemessener Rufe aus und sagte schließlich:

«Aber wie hast du sie gerettet?»

«Pssst... Das ist meine Sache, Onkel. Das ist eins meiner kleinen Geheimnisse, weißt du. Während ich in England war, habe ich mich unter der persönlichen Aufsicht von Sherlock Holmes zum Detektiv ausbilden lassen.»

Don Benito hatte als Polizeipräfekt eine entschiedene Verachtung für Detektivgeschichten und wußte daher nicht, ob Sherlock Holmes eine reale Person war oder nicht.

«Oh, tatsächlich? Du Halunke.» Er war erfreut, geradezu entzückt über seinen Neffen und stieß ihn in die Rippen. «Und deinem Onkel hast du nichts erzählt!»

«Also, das war eine kleine Überraschung, die ich mir für dich aufbewahrt hatte. Das ist vielleicht der Hauptgrund, weshalb ich vom College geflogen bin. Ich habe meinem Studium nicht genug Aufmerksamkeit gewidmet, da ich die meiste Zeit der Polizei behilflich war. Und übrigens, darum hatte ich keine Zeit, meine eigene Brieftasche zurückzuholen. Ich wußte, daß deine wichtiger war. Ich wußte, daß eine romantische Geschichte daran hängt.»

Der Präfekt war wirklich verblüfft.

«Aber woher wußtest du…?»

«Wir Detektive haben unsere Methode, Dinge zu erfahren, mein lieber Onkel.»

«Also», der Präfekt war überschwenglich und würdevoll, «ich muß dir gratulieren. Ich muß dir gratulieren, nicht nur als stolzer Onkel, nicht nur als dankbarer Freund, dem du einen großen Gefallen getan hast, sondern als bewundernder Kollege. Sag mir, was ich für dich tun kann. Dein Onkel vergißt niemals die guten Taten seiner Neffen.»

Pepe zuckte bescheiden mit den Schultern.

«Ja, Pepe, ja. Ich würde gern einen offiziellen Brief an jenen Herrn schreiben, diesen großen Mann – Scherlomsky, war das der Name?»

«Sherlock Holmes», verbesserte Pepe.

«Also, ich würde ihm gern einen Brief schreiben und ihm sagen, daß er auf seinen Schüler stolz sein kann, daß…»

«Oh, mach dir darüber keine Gedanken. Was ich getan habe, ist nichts. Ich könnte dir von ganz anderen Fällen erzählen, die ich in England gelöst habe…»

Die Tür ging auf, und der Junge, der den Stapel Briefe gebracht hatte, kam herein und legte ein Päckchen vor den Präfekten.

Don Benito besah das Päckchen und reichte es Pepe:

«Es ist für dich, man hat es zu meinen Händen geschickt.»

Pepe öffnete das Päckchen. Es enthielt eine Brieftasche, die er als seine eigene erkannte. Auf der Brieftasche lag eine auf dem Papier des Café El Diamante geschriebene Nachricht. Die Nachricht lautete:

LIEBER PEPE:

Es tut mir leid, daß ich Deine Brieftasche genommen habe. Ich versichere Dir, es war ein Versehen, und ich schicke sie Dir zurück. Ich kenne Deine Adresse nicht und schicke sie zu Onkel Benito, der sie Dir geben wird. Ich hoffe, Spanien gefällt Dir. Es wird Dir sehr verändert vorkommen, seit Du fortgingst. Entschuldige nochmals. Viel Glück, und wenn Du nicht zu stolz dazu bist, laß Dich von Deinem Dich liebenden Bruder kräftig umarmen.

GASTON

P.S.: Solltest du irgend etwas brauchen, zögere nicht, zu mir zu kommen. Du findest mich stets über den Besitzer von El Diamante.

Wieder spürte Pepe das Zittern im Hals und den Druck auf seinem Solarplexus. Dieses Mal aus anderen Gründen als früher an jenem Morgen.

«Welch ein Land, dieses Spanien!» dachte er. «Zweimal an einem einzigen Morgen, und diametral entgegengesetzter Reize wegen, hat mein Nervensystem reagiert. Zweimal an diesem Morgen hat dieses gefühlvolle Land das Menschliche in mir herausgebracht. In mir ist das aufgestiegen, was uns leben läßt und in uns den Wunsch weckt weiterzumachen.» Und Pepe faltete die Nachricht zusammen, steckte sie in die Brieftasche und diese in seine Tasche.

«Also, Onkel, essen wir zusammen? Ich nehme an, du fühlst dich jetzt besser. Auch ich bin glücklich.»

«Laß mich etwas ausruhen, mein Junge. Das war in letzter Zeit etwas zuviel für mich.» Und der Präfekt sank in seinen Stuhl, kam aber langsam, mit schmerzverzerrtem Gesicht, wieder hoch. Er hatte noch schreckliche Schmerzen.

Chinelato

I
Das Ungeheuer

Es gibt Menschen, deren Leben so voll von Taten und Abenteuern ist, daß es dehnbar zu sein scheint, um die vielen Ereignisse in sich aufnehmen zu können, ohne zu platzen; Ereignisse, die für sich allein genommen schon ausreichten, das Leben vieler anderer auszufüllen; Ereignisse, denen häufig ein nostalgischer Duft anhaftet, der zu einer vergangenen, bereits abgeschlossenen Zeit gehört.

Das war bei einer gewissen Person der Fall, die einmal in einem Vorort von Madrid, um genauer zu sein, in der Ayala-Straße, wohnte.

Um zehn Uhr morgens stand sein Landauer mit Kutscher und Lakaien in untadeliger Livree vor dem Haus. Dann kam er mit übertriebener Würde und Langsamkeit heraus. Gewöhnlich im Zylinder, einem leichten braunen Sommermantel, der die untere Hälfte von karierten Hosen freiließ, und einem Stock mit Elfenbeinknauf in der Hand.

Es war ein immer gleiches Ritual. Der Lakai öffnete ihm das Gartentor und dann die Tür des Landauers, in den der Herr seine majestätische Gestalt hineinschob.

Und dann stellten sich seine ständigen Zuschauer jenes Sommers (keiner in der Gruppe kann älter als sechs oder sieben Jahre alt gewesen sein) in respektvollem Abstand auf und schrien plötzlich im Chor:

Alto, gordo y chato,
Juan Chinelato;
tira los garbanzos y se come al gato.

Er sah sie dann sichtlich verärgert an und murmelte in einer fremden Sprache, die sie nicht verstanden, etwas in seinen Schnurrbart.

Obwohl diese immer gleiche Reaktion auf einen Mann, der in einem solchen Maße Weltläufigkeit ausstrahlte, jenen stillen Vorstadtstraßen entschieden das Gepräge eines zweitklassigen Dorfes verlieh, war sie wie auch der Singsang durch die außergewöhnliche Persönlichkeit gerechtfertigt, die wie eine Dissonanz oder ein Meteor in das Leben dieser neugierigen Kinder eingeschlagen hatte.

Juan Chinelato, oder besser, der Herr, der mit diesem Namen, der ihn sichtlich verärgerte, angesprochen wurde, hatte das Haus in dem Vorort von Madrid gemietet. Offiziell war er als Señor Olózaga bekannt, und ich weiß nicht, wer den anderen Namen erfunden oder entdeckt hatte. Ich weiß nicht einmal, woher die Kinder das kleine Lied hatten, mit dem sie ihn begrüßten, wann immer er in Sicht kam.

Wie auch immer, Juan Chinelato oder Señor Olózaga war ein Riese. Er war hochgewachsen, seine Schultern waren unwahrscheinlich breit. Kurz gesagt, seine ganze Figur war groß, quadratisch und massiv wie die eines Athleten. Sein Gesicht muß noch erwähnt werden. Er hatte flache Züge, ein starkes Kinn, seine kalten Augen standen betont schräg, und sein Haar war damals noch schwarz, sowohl sein Kopfhaar als auch sein hängender Schnurrbart. Er hatte einen stark orientalischen Einschlag, der in überaus auffälligem Gegensatz zu seiner europäischen

Aufmachung stand. Man hätte ihn für einen Chinesen halten können, wäre nicht sein tief olivfarbener Teint gewesen. Ich meine wirklich olivfarben, nicht das Oliv, mit dem wir Spanier beschrieben werden, sondern die richtige Farbe der Olive, die diesen Mann als einen malaiischen Typ kennzeichnete. Einige Leute, die das Innere seines Hauses gesehen hatten, sagten, es sei luxuriös, in einem bizarren, exotischen Stil möbliert, und andere haben ihn, in einen farbenfrohen Morgenmantel gehüllt, auf den Balkon hinaustreten und eine lange Pfeife rauchen sehen.

Es hieß, daß er allein ein ganzes gebratenes Schwein essen und ein Faß Rum austrinken könne, daß er Bigamist sei, daß seine früheren Frauen auf mysteriöse Weise verschwunden seien. Tatsächlich weckte er die Neugier der gesamten Nachbarschaft, und man erzählte sich die phantastischsten Geschichten über ihn. Natürlich war er kein Spanier, und offensichtlich mischte sich in seinen Adern das Blut aller Rassen und machte ihn zu einer seltsamen und gefährlichen Gestalt.

Das alles reichte aus, um die Phantasie der Kinder zu reizen, ihre Neugier und ihren Spott zu wecken (ganz zu schweigen von den Erwachsenen), und während jenes Sommers war die gesamte Nachbarschaft wie im Fieber. Dieser Mann machte jedem angst und war gleichzeitig anziehend, er wird manchem in seinen Träumen erschienen sein, mal als schwarzes Ungeheuer, mal als chinesischer Drache, und immer spuckte er Feuer und fraß kleine Kinder.

All dies hatte man sich über die Persönlichkeit Señor Olózagas zusammengereimt oder es in Erfahrung gebracht, dieses exzentrischen und exotischen Herrn, der zu Hause ein farbenprächtiges Gewand trug, manchmal eine lange Pfeife rauchte und für den Sommer ein Haus in der Vorstadt von Madrid gemietet hatte, jeden Morgen in seiner Kutsche ins Zentrum der Stadt fuhr und eine Gruppe verwunderter Kinder mit einem Singsang stehen ließ:

Alto, gordo y chato,
Juan Chinelato,
tira los garbanzos y se come al gato.

Die Mission

Señor Olózaga spricht gern von sich selbst. Und sein Leben ist wirklich ein wundervolles Gesprächsthema. Doch ich habe immer den Eindruck, daß er eine Menge für sich behält und gelegentlich die Namen von Menschen und Orten verändert. Vieles von dem, was ich über sein Leben weiß, habe ich von ihm, aber genauso viel habe ich von Leuten erfahren, die ihn zu verschiedenen Zeiten kannten.

Seine Meinung von sich selbst und die Meinung, die andere Leute von ihm haben, stehen gelegentlich in diametralem Gegensatz zueinander. Während er behauptet, daß in seinen Adern das Blut uralter Dynastien und legendärer Könige fließe, behaupten andere Leute, er sei ein gewöhnlicher Abenteurer, der aus einer niedrigen Pariakaste in den Kolonien stamme und Gott weiß was sonst noch. Ich würde sagen: Er mag ein Abenteurer sein, aber keineswegs ein gewöhnlicher. Ich weiß wirklich nicht, welcher Rasse oder welcher Rassen er ist, aber ich weiß, daß er spanischer Bürger ist und mit einem solchen Paß reist. Ich habe den Eindruck, daß er genauso viele Feinde hat wie Freunde, und er gewinnt Freunde sehr schnell. Ich glaube, daß viele ihn wegen seiner angeborenen Fähigkeit, Erfolg zu haben, beneiden, weil er Fotos zeigen kann, auf denen er mit Mitgliedern der europäischen Königshäuser und mit Prominenten zu sehen ist, weil er nahezu alle lebenden Sprachen spricht, weil er wie ein Fürst lebt und gewaltige Summen ausgibt. Er hat sehr viel von einem Showman und ist eine Spur zynisch, doch alles in allem ist er ein netter Kerl.

Der Anfang seines Lebens liegt im dunkeln. Weder er noch irgend jemand sonst konnten mir sagen, wer sein Vater und seine Mutter waren. Es gibt verschwommene Erinnerungen an einen Tag, an dem er als Kind in ein Haus kam, vor dem sich Menschen versammelt hatten. Als er hineinging, sah er eine tote Frau auf dem Boden liegen. Dann kam jemand und zog ihn fort.

Danach gibt es die Erinnerung an einen Ritt, einen Tag und eine Nacht und dann noch einen Tag durch sumpfiges Land, er sieht Reisfelder, sieht Männer und Frauen, die darauf arbeiten, und schneebedeckte Berge in der Ferne. Das alles wird von der Nähe eines Mannes mit einem dichten Bart, der stark nach Tabak riecht, überlagert. Dann kommen Erinnerungen an das Erwachen in einem Bett, und der Mann mit dem Bart tritt ins Zimmer und führt ihn in ein anderes, größeres Zimmer, wo sich noch andere Männer mit dichten Bärten befinden, die ebenfalls stark nach Tabak riechen. Dann aß er Reis mit Milch und erinnert sich an den Geschmack von Schokolade, der ersten Schokolade in seinem Leben. Er wurde in einen Garten geführt und sah andere Kinder spielen.

All seine Erinnerungen an jene Zeit sind verworren. Er weiß nicht mehr, ob er sich an jenem Nachmittag oder einige Tage später in einer großen Halle mit bunten Glasfenstern befand, an deren Ende ein großer, mit weißem Tuch bedeckter Tisch stand. Es gab Gestalten von Männern und Frauen, die meisten in roten und blauen Gewändern, mit goldenen Reifen um die Köpfe, und viele Kerzen, die ein bärtiger Mann anzündete. Dann fand er sich über ein Marmorbecken gehalten, während ihm Wasser über den Kopf gegossen wurde. Jemand sprach mit monotoner Stimme, und sanfte Musik kam von oben. Von dem Tag an hieß er Juan Chinelato.

Er blieb einige Zeit bei diesen Leuten, mit denen er spanisch sprach. Sie lehrten ihn den Katechismus und Mathematik und Geographie, und so fand er heraus, daß dieser Ort zu einem größeren gehörte, der Chinesisches Reich hieß. Jene Leute lehrten ihn auch, bei der Messe zu ministrieren, und er konnte mehrere Sätze Latein aufsagen. Er lernte, das Weihrauchgefäß zu schwingen und manchmal einen Schluck aus dem Krug mit dem geweihten Wein zu stehlen.

Zweimal monatlich wurde er in einen dunklen Verschlag gebracht, wo er auf einen dichten Bart und den Geruch nach Tabak traf, und man stellte ihm immer die gleichen Fragen, die er, so gut er konnte, beantwortete. Man befahl ihm dieses und jenes Gebet aufzusagen. Regelmäßig wurde er am nächsten Morgen vor dem Frühstück mit anderen Kindern in einer Reihe ans Ende der Halle geführt, wo die vielen Kerzen standen, und ein anderer dichter Bart, der nach Tabak roch, legte ihnen eine Waffel in den Mund, die nach nichts schmeckte.

Dann, eines Nachts, er muß etwa zehn Jahre alt gewesen sein, ging alles drunter und drüber. Man hörte Stimmen und auch das Geräusch von Schüssen. Er und die anderen Kinder standen verschlafen aus den Betten auf und gingen hinaus auf die Korridore. Dort sahen sie ein großes Durcheinander. Die Mönche kamen und gingen mit Gewehren in den Händen. Sie lehnten an den Fenstern und schossen in die Dunkelheit. Juan Chinelato hatte keine Angst, er war einfach neugierig. Während sich die anderen Kinder in einen Winkel kauerten, ging er mutig die Treppe hinunter und fand die Haupthalle verbarrikadiert und weitere Mönche mit Gewehren an den Fenstern.

Dann hörte er draußen Stimmen, fremde Stimmen in der Nacht, die Erinnerungen an eine andere Nacht weckten und an ein hohes Haus, dessen Front von der Glut eines Scheiterhaufens rot erleuchtet war, und dann an einen weißen Mann, der in jenem roten Licht gegen Chinesen kämpfte, und an eine Frau, die in dem Haus schrie. Diese Erinnerungen überkamen ihn mit unwiderstehlicher Gewalt und weckten in ihm ein unbekanntes Wesen voll wilder und heldenhafter Taten, das er sich in schlaflosen Nächten oft vorgestellt hatte. Etwas wurde in ihm aufgerührt, das ihn zu einem Fenster zog, und er sah hinaus und hörte die Stimmen und die Detonationen in der Dunkelheit deutlicher. Etwas krachte gegen das Fenster, und alles um ihn herum wurde schwarz.

Als er erwachte, ritt er, von zwei starken Armen festgehalten, in halsbrecherischer Geschwindigkeit auf einem Pferd. Ihm war schwindelig, und als er den Kopf hob, berührte seine Wange einen dichten Bart, und er nahm den wohlbekannten Geruch von Tabak wahr. Dann sagte eine Stimme:

«Wie geht es deinem Kopf?»

Er blickte auf und sah denselben Mönch, der ihn auf dem ersten Ritt vor ein paar Jahren mitgenommen hatte. Der fuhr fort, ihm zu erklären, daß es einen Aufstand chinesischer Banditen gegeben habe, die die Missionsstation angegriffen und nahezu alle getötet hätten; das Haus sei in Brand gesetzt worden. Juan war verwundet worden, und dem Mönch war es gelungen, ein Pferd zu nehmen und mit ihm durch die chinesischen Linien zu fliehen.

Juan betastete seinen Kopf und spürte den Verband. Die Nacht war jetzt klar, geradezu strahlend hell, mit einem gewaltigen großen Mond wie auf chinesischen Wandschirmen. Wieder sah Juan das sumpfige Land und Reisfelder, weite, silberne Ebenen, und in der Ferne sah er auch die schneebedeckten Berge gegen den Himmel. Und er erinnert sich, daß sie wie der Wind durch die Nacht ritten und daß er wieder einschlief.

Vor dem Hintergrund jener strahlend hellen, abenteuerlichen Nacht muß man sein Leben sehen.

Abenteuer

Im Alter von sechzehn oder siebzehn Jahren muß Juan Chinelatos Kraft bereits bemerkenswert gewesen sein. Man weiß, daß er auf einer Art Sträflingsschiff gerudert ist, auf dem die Gefangenen an ihre Bänke gekettet waren. Juan Chinelato sprach mit seinem Vordermann, als ein Aufseher näherkam.

«Du widerlicher Affe», schrie der. «Ich werde dir beibringen, das Maul zu halten und deine Arbeit zu tun.» Und er zog ihm einen heftigen Streich mit der Peitsche über den nackten Rücken.

Das war das erste Mal, daß man Juan Chinelato öffentlich so gröblich beleidigte, und er brüstete sich, daß in seinem Leben niemand dies je ungestraft getan habe. Seine kalten Augen blitzten wie zwei glühende Kohlen. Er ließ das Ruder fahren, und mit einem einzigen Ruck waren Kette und Bank zerrissen und zerbrochen. Dann wandte er sich dem erschrockenen Aufseher zu, der keine Zeit mehr hatte, um Hilfe zu rufen, und mit einem Schwung der dicken Kette erschlug er ihn, sein Kopf platzte auf wie eine Melone.

Alle Männer um ihn herum schwiegen ehrfürchtig angesichts dieser unerwarteten Tragödie. Juan Chinelato war verloren. Andere Aufseher kamen mit Gewehren und Messern bewaffnet herbei. Es gab nur eins zu tun, und Juan Chinelato tat es. Mit einem unglaublichen Satz sprang er über Bord und verschwand unter Wasser, in einem Meer voller Haie. Die Aufseher schossen ein- oder zweimal zum Schein hinter ihm her und machten sich daran, die Ordnung wiederherzustellen, sie wußten, daß die Gerechtigkeit sowieso bald ihren Lauf nehmen würde.

Doch dies war eins der vielen Male im Leben von Chinelato, daß die Gerechtigkeit nicht ihren Lauf nahm. Ein ihn nie verlassendes Glück, seine Herkulesstatur und seine unendliche Kraft brachten ihn erfolgreich durch ein Leben, das zehn gewöhnliche Männer in die Knie gezwungen hätte. Zwei Tage lang trieb er umher, bis er von einem Handelsschiff aufgefischt wurde, das zwischen China und den Philippinischen Inseln kreuzte, und dessen Kapitän, ein übel beleumdeter Spanier, unter der Hand mit Opium und anderer Schmuggelware Geschäfte machte.

Seine Körperkraft muß ihm die Achtung und das Wohlwollen der neuen Besatzung und ihres Kapitäns gewonnen haben. Nach der Tagesarbeit, wenn das Abendessen eingenommen worden war und die Matrosen herumsaßen und die Sonne hinter dem Horizont untergehen sahen, veranstalteten sie Ringkämpfe, aus denen Juan Chinelato regelmäßig als Sieger hervorging.

Seine Beliebtheit und sein Ruhm als starker Mann breiteten sich rasch aus, und in jedem Hafen, den sie anliefen, maß er sich mit den stärksten Männern der anderen Besatzungen und besiegte sie ohne Mühe, bis er sich den unangefochtenen Titel, Champion des Chinesischen Meeres, errang.

Während dieser Zeit gewann er immer mehr Einfluß auf seinen Kapitän. Damals sprach er bereits Spanisch, Chinesisch und mehrere Dialekte. Dies und seine rasche Auffassungsgabe, seine Schlagfertigkeit und sein elastisches Gewissen muß für den alten Kapitän, der begann, ihn als seine rechte Hand bei allen anrüchigen Geschäften anzusehen, von unschätzbarem Wert gewesen sein.

Alles, was man aus jener Zeit seines Lebens weiß, ist, daß er mit dem Kapitän zwischen den Inseln jener Meere kreuzte und daß er mit ihm sein erstes Vermögen machte; daß er eines Tages, nachdem er eine Weile fort gewesen war, ohne den Kapitän und mit einer anderen Besatzung in Mindanao auftauchte und das Kommando über das Schiff führte. Im ersten Hafen verkaufte er Schiff und Besatzung und ließ sich in Manila nieder.

Dort begann er zu trinken und ein wildes Leben zu führen… Er hatte zwei große Schwächen, Glücksspiel und Frauen, und beides führte in weniger als zwei Jahren dazu, daß sich sein Vermögen nahezu in nichts auflöste. Wieder war er fast ruiniert, doch er war nicht der Mann, der sich solcher Kleinigkeiten wegen grämte. Er war einfach zu beliebt, ob in gutem oder schlechtem Sinne, er hatte einen Ruf in jenem Teil der Welt, und er hatte zu viele gute Verbindungen, um lange ohne Vermögen zu bleiben. Darum straffte er die Schultern und machte sich auf, neue Abenteuer zu suchen.

Eine Vision

Eines Nachmittags, als Chinelato in seiner Kutsche Richtung La Luneta fuhr, sah er eine der wenigen Frauen, die er in seinem Leben wirklich geliebt hat.

Es war eine plötzliche und unerwartete Vision, die für einen Augenblick seinen Verstand verwirrte. Sie fuhr, ganz in Weiß gekleidet, in einer leichten Kutsche vorbei, doch ihr Kleid und auch ihre goldenen Locken und ihr schneeweißer Teint waren in ein tief rosafarbenes Licht getaucht, das von dem roten Sonnenschirm herrührte, den sie über ihren Kopf und den einer älteren Dame, die neben ihr saß, hielt. Und der rote Widerschein verwandelte ihre großen blauen Augen in zwei wundervolle, violette Amethyste.

Chinelato nahm die Einzelheiten nicht wahr. Er war einfach hingerissen von der Gesamtheit dieses flüchtigen Anblicks aus Gold und Rot, die, in eine Wolke von *Ylang-Ylang* und *sampaguita* gehüllt, in den Sonnenuntergang davonglitt. Er drehte sich in seiner Kutsche buchstäblich um sich selbst und stützte sich mit offenem Mund auf das zusammengefaltete Verdeck, als wäre es ein Fensterbrett, und seine Augen folgten dem roten Sonnenschirm, der in der Ferne verschwand wie eine im Abendrot vom Wind fortgewehte Mohnblume.

Der Herr, der neben ihm saß, zupfte ihn am Ärmel und sagte mit sanfter Stimme:

«*Le gusta*, Señor Chinelato?»

«Wer... ist... das?» fragte er, von dem Eindruck noch ganz benommen.

«Das ist Fräulein Bejarano, die einzige Tochter von Don Esteban Bejarano y Ulloa, einem Angestellten der hiesigen Regierung.»

«Also, das ist das schönste Geschöpf, das ich je gesehen habe, selbst wenn sie die Tochter eines Regierungsbeamten ist.»

«Aber, Señor Chinelato, ich dachte, Sie wären darüber hinaus, schönen Damen nachzusehen. Sie sind ein verheirateter Mann.»

«Sie wissen sehr gut, wie sehr in diesen Ländern die Ehe der Liebe im Wege steht... Wirklich, dieses Mädchen ist einfach märchenhaft, und wenn ich...»

«Aber Ihre Frau ist auch sehr schön, Señor Chinelato...»

Juan Chinelato war stets verärgert, wenn jemand Einwände gegen Dinge machte, die er liebte.

«Wenn Sie meine Frau so schön finden, nehmen Sie sie!» sagte er grob.

Der andere Mann hob leicht die Augenbrauen, lächelte dann aber wieder sanft.

«Was Sie so sagen, Señor Chinelato.»

«Was zum Teufel? Ich sage, was ich denke und sage es deutlich. Meine Frau interessiert mich nicht mehr. Ich suche mir mein Vergnügen anderswo. Es wäre nur gerecht, wenn sie jemanden fände, der sie öfter liebt als ich, vorausgesetzt, es ist kein Priester.»

Der andere Mann lachte.

«Ich meine das ernst. Es macht mir nichts aus, ein Hahnrei zu sein, aber ich lehne es ab, einen Priester zu versorgen. Zum Teufel! Das sind in diesem Land die wirklichen Ehebrecher. Es gibt hier nicht ein einziges Haus, dem sie nicht irgendwo ihre kleinen Bastarde untergeschoben haben. Sie leben wie die Maden im Speck... und Sie wissen, wie sehr ich den Speck der Damen liebe.»

«Ja, Señorita Bejarano ist recht füllig und gut entwickelt für ihr Alter.»

Bei der Erwähnung dieses Namens geriet Chinelato ins Träumen. Er schien zu sich selbst zu sprechen und im Geiste mit der Zunge zu schnalzen. Er schwieg eine Weile und sagte dann laut:

«... ja, sie ist ein kapitales Weib!» kehrte in seine Träumerei zurück und sprach für den Rest der Fahrt kein Wort mehr.

Als er aus seinen Gedanken auftauchte, hielt die Kutsche, und der andere Mann lud ihn ein, mit ihm zu Abend zu essen.

Chinelato entschuldigte sich und sagte auf Wiedersehen. Als der Kutscher zu ihm nach Hause fahren wollte, berührte er mit dem Stock seine Schulter und sagte:

«Fahren Sie ungefähr eine Stunde herum. Es ist mir gleich wohin, fahren Sie nur herum, und bringen Sie mich dann zum Haus von Don Esteban Bejarano.» Und er lehnte sich in die Polster zurück und schloß die Augen.

Und eine lange Zeit blieb er, ohne die Augen zu öffnen, in derselben Haltung sitzen, bis die Kutsche vor der Wohnung von Don Esteban Bejarano y Ulloa hielt.

II
Der Schwarze Mandarin

Ach, Sie kannten den Schwarzen Mandarin?»

«Ich bin ihm nicht persönlich begegnet, aber ich habe von ihm gehört.»

«Er war eine Figur wie aus einem Roman, und ich kann nicht umhin, ihn zu bewundern. Mit mehr Männern seines Kalibers hätte Spanien damals die Philippinen vielleicht nicht an die Vereinigten Staaten verloren.»

«Pah... da bin ich nicht so sicher. Vielleicht hätte Spanien mit mehr Männern seines Kalibers die Philippinen an die Eingeborenen verloren. Vielleicht würde er, wären die Vereinigten Staaten nicht gewesen, das ganze Land besitzen. Er hat dort praktisch regiert... und das mit Feinden auf beiden Seiten des Zauns.»

«Ja, er war eine starke Persönlichkeit und damals der einflußreichste Mann dort. Man fürchtete ihn. Er kannte die Menschen einfach zu gut.»

«Er hatte Geld und kannte den Preis der Menschen. Er sagte, wenn er mit spanischen Behörden zu tun habe und einen Mann überzeugen wolle, baue er Goldstücke vor ihm auf und lege ein Goldstück nach dem anderen obendrauf, und je höher der Turm werde, desto weicher werde der Mann, bis der Turm umfalle und der Mann auch. Er war ein Philosoph und auch ein Zyniker.»

«Ja, dort hatte jeder seinen Preis, aber einmal hat er sich

verrechnet. Es ging zwar nicht gerade um Politik, das ist wahr, sondern eher um eine persönliche Angelegenheit, aber es war das erste Mal, daß er nicht bekam, was er haben wollte. Es war auch das erste Mal, daß er sich nicht rächen konnte... Aber vielleicht haben Sie von der Sache nichts gehört?»

«Ich erinnere mich nur schwach.»

Eines Tages läutete Der Schwarze Mandarin an der Villa von Don Esteban Bejarano y Ulloa.

Als man ihn meldete, zeigte Don Esteban nicht die Überraschung, die ihm ein so ungewöhnlicher Besuch hätte verursachen müssen. Es war nicht die Gewohnheit des Schwarzen Mandarins, einen der spanischen Beamten zu besuchen; er ließ sich selten dazu herab, sie in seinem eigenen Palast zu empfangen, wo er sie herrschaftlich herablassend behandelte.

Doch Don Esteban Bejarano y Ulloa war offenbar nicht überrascht. Nicht einmal, als Der Schwarze Mandarin vor ihm stand. Der Schwarze Mandarin war bekannt dafür, stets in der Tracht seiner Heimat aufzutreten, kostbare, nach außen eher unauffällige Obergewänder, die hier und da einen Blick auf glänzende Futterstoffe freigaben. Aber an diesem Tag trug Der Schwarze Mandarin einen blendend weißen, bis zum Hals geschlossenen Anzug, dessen Weiß seine riesenhafte Statur noch größer erscheinen ließ. In der einen Hand hielt er einen Tropenhelm und einen Klappfächer in der anderen. Abgesehen von seinem Gesicht und seinen Händen sah Der Schwarze Mandarin überaus europäisch aus.

Ich sage zum dritten Mal, daß Don Esteban Bejarano y Ulloa nicht überrascht war. Er ging seinem Gast nur ein paar Schritte entgegen und sagte:

«Oh, Señor Chinelato! Was verschafft mir die Ehre Ihres Besuchs?»

Der Schwarze Mandarin verbeugte sich und reichte die Hand in bester europäischer Manier, doch sein Gesicht, zeigte auch nicht den Anflug eines Lächelns.

Don Esteban geleitete ihn zu einem kleinen Sofa und setzte sich dann selbst auf einen Stuhl gegenüber, nahm von einem Tischchen neben sich ein *pay-pay* und begann, sich langsam zu fächeln.

Obwohl der Tag draußen wie gewöhnlich sengend heiß gewesen war, herrschte in dem Zimmer, in dem die beiden Männer saßen, eine gewisse Kühle. Die geschlossenen Läden gaben einen erfrischenden, tiefen Schatten, der allem, besonders dem blassen Gesicht von Don Esteban, eine grünliche Färbung verlieh. Die beiden Männer fächelten sich rhythmisch und schwiegen.

Dann kamen aus einem anderen Zimmer, über die Veranda, die Töne einer auf einem Klavier gespielten Melodie und erhöhten die Ruhe des Augenblicks.

Don Esteban Bejarano y Ulloa nahm wieder das Wort:

«Ja, Señor Chinelato, es ist ein Glück, daß Sie heute kommen. Morgen ist wieder mein Fieber fällig, und dann wäre mir dieses Vergnügen versagt geblieben.»

Der Schwarze Mandarin wirkte abwesend. Entweder horchte er auf die Musik, oder er dachte an die Zeiten, als andere, bedeutendere Männer als der, der vor ihm saß, von Fieber geschüttelt, sich kaum auf den Beinen haltend, zu ihm gekommen waren, denn Der Schwarze Mandarin hat, soviel man weiß, niemals aus Rücksicht auf jemanden eine Verabredung verschoben.

Don Esteban fuhr fort, Konversation zu machen:

«Ja, dieses Wechselfieber ist sehr lästig... Das ist meine Tochter, die da spielt.»

Der Schwarze Mandarin schloß seinen Fächer, als beende er eine Kadenz der Melodie.

«Señor Bejarano, seit einiger Zeit versuche ich, mit Ihnen über eine Angelegenheit zu sprechen, in der Sie mich äußerst hartnäckig hinhalten.» Sein Spanisch war perfekt. Es gab kein einziges L anstelle eines R. Es klang wie das eines Südamerikaners. «Heute bin ich gekommen, um mir eine definitive Antwort zu holen. Ich bin gekommen, Sie um die Hand Ihrer Tochter zu bitten.»

Don Esteban ließ zwei Schwingungen seines Fächers aus und fuhr dann fort, ohne zu antworten. Der Schwarze Mandarin folgte dem Fächer mit seinen schrägen, eiskalten Augen. Don Esteban zählte fünf Schwingungen, dann sagte er:

«Señor Chinelato, es ist mir eine Ehre, und ich bin sicher, auch meiner Tochter.» In Don Estebans Stimme lag ein leiser Spott. Die Musik im Nebenzimmer hatte aufgehört. «Señor Chinelato, Sie verstehen nicht.»

Der Schwarze Mandarin entschied sich, nicht zu verstehen. «Selbstverständlich, Señor Bejarano, bei einer solchen Angelegenheit gibt es immer gewisse Bedenken... Das ist schließlich so Sitte.» Der Schwarze Mandarin war zynisch, vielleicht ein wenig beleidigend. Don Esteban fuhr fort, sich geruhsam zu fächeln.

«Señor Chinelato, ich zweifle nicht daran, daß Sie die überschätzte Intuition der Frauen kennen, die ihren Mangel an anderen geistigen Fähigkeiten wettmachen soll... Also, glauben Sie bitte keinen Augenblick, ich nähme mir die Freiheit, für mich selbst zu sprechen. Meine Tochter sagte mir heute morgen, daß sie mich, sollten Sie uns mit einem Besuch und mit einem Heiratsantrag beehren, bevollmächtige, in ihrem Namen abzulehnen... Anderenfalls hätte ich Sie zu ihr geführt.»

Aus dem Nebenzimmer kam jetzt die Melodie des Rondeau Capriccioso von Mendelssohn.* Die funkelnden Phrasen jagten sich auf fröhliche, humorvolle Weise. Der Schwarze Mandarin richtete sich auf:

«Welche Bedenken gibt es noch, Señor Bejarano. Ihre Tochter ist zweifellos etwas voreilig gewesen. Ich bin ein einflußreicher Mann, ich habe eine Stellung. Um ganz offen zu sein, und ohne mich selbst zu rühmen, kann ich von mir sagen, daß ich eine sehr gute Partie bin. Bestimmt hat Ihre Tochter nicht an meinen Einfluß und meine Stellung gedacht...»

«Señor Chinelato, es ist nicht nötig, diese peinliche Situation noch länger auszudehnen. Ich danke Ihnen in meinem Namen und in dem meiner Tochter, und glauben Sie mir, es tut mir leid, daß ich gezwungen bin, Ihnen Ihre erste Bitte, seit ich die Ehre habe, Sie zu kennen, abzuschlagen.»

Der Schwarze Mandarin begann die Geduld zu verlieren. Es gab Gründe, weshalb ein Mann wie er auf diese Ablehnung nicht gefaßt und so hartnäckig war. Er sagte:

«Ich bin bereit zu warten. Ich kann nicht hoffen, daß Ihre Tochter mich sofort akzeptiert, obwohl ich das eigentlich nicht einsehe. Aber nehmen wir es hin, daß manche Menschen Zeit brauchen, um sich zu entscheiden. Ich bitte nur darum, Ihre Tochter besuchen zu dürfen, mit ihr zu sprechen, sie zu sehen... und als verliebter Mann und Gentleman zu hoffen.»

* *Um ehrlich zu sein, die Person im Nebenzimmer beherrschte diese Komposition nicht und bestand darauf, während dieser Szene eine unangemessene, populäre Tanzmelodie zu spielen, doch dieses eine Mal will ich mich durchsetzen, und wir werden statt dessen das angemessenere Rondeau hören.*

«Es ist sinnlos, Señor Chinelato... Sie verstehen nicht... Sie scheinen nicht verstehen zu wollen... Sehen Sie, Señor Chinelato, meine Tochter ist eine Weiße.»

Obwohl Der Schwarze Mandarin mit dem Rücken zu einem abgedunkelten Fenster saß und sein Gesicht im Dunkeln lag, sah Don Esteban seine Augen aufblitzen. Es folgte ein langes Schweigen, in dem Der Schwarze Mandarin auf seine Hände sah, und seine mächtige Brust schwoll an. Ein Sturm von Wildheit fegte durch seine Seele, mit vergessenen Visionen, die mit unwiderstehlicher Klarheit zurückkehrten. Er sah im Geist die von der roten Glut eines Scheiterhaufens erleuchtete Fassade eines Hauses und einen weißen Mann gegen Chinesen kämpfen, und dann hörte er deutlich den Schrei einer Frau, und er spürte einen Peitschenhieb auf seinem nackten Rücken und sah sich am Ruder eines Sträflingsschiffes. Seine Brust hob und senkte sich, und seine jetzt eiskalten Augen sahen wieder hinunter auf seine Hände.

Don Esteban fuhr fort:

«Es tut mir unendlich leid, diese Tatsache zu erwähnen, aber...»

Der Schwarze Mandarin machte eine Bewegung mit dem geschlossenen Fächer, eine konventionelle Geste, die seinem Gegenüber Verzeihen andeuten sollte, die seine Augen jedoch nicht gewährten. Aus dem Nachbarzimmer klang wieder Musik. Nach einer kurzen Pause war das Thema des Rondeaus auf den Tasten wieder aufgetaucht, dröhnend wie das lachende Echo einer komischen Phrase, die mit breiten Akkorden abwechselte und zu überzeugend war, zu dreist. Der Schwarze Mandarin erhob sich.

«Ich habe so etwas von einem Mann Ihres Schlages erwartet, doch ich bin erstaunt, daß Sie die Vorteile meines Antrags, sowohl für Sie wie für Ihre Tochter, nicht erkannt haben. Sie sind ein in altmodischen Vorstellungen und Vorurteilen verhafteter Narr.»

Don Esteban legte sein *pay-pay* hin und erhob sich ebenfalls.

«Señor Chinelato, ich glaube, ich habe mich selbst an Höflichkeit übertroffen. Nun muß ich Sie bitten, mir Ihre unangenehme Anwesenheit zu ersparen.»

Der Schwarze Mandarin nahm seinen Hut vom Sofa.

«Auch ich habe mich an Geduld übertroffen, wenn nicht an Höflichkeit, Señor Bejarano, und lassen Sie mich Ihnen sagen, daß ich Ihre Lage sehr genau kenne, eine Lage, die zu verbessern Sie abgelehnt haben, obwohl Sie die Möglichkeit dazu gehabt hätten, und nun weisen Sie einen Mann, in dessen Adern das Blut der bedeutendsten Dynastien fließt, mit einem dummen Rassenvorurteil ab, einen Mann, der Sie vor dem vollkommenen Ruin hätte bewahren können und Ihre Tochter glücklich gemacht hätte.»

«Meine Tochter glücklich gemacht hätte? Señor Chinelato! Ich bin vielleicht ein Narr, doch kein solcher. Selbst wenn meine Tochter Ihren Antrag hätte annehmen wollen, selbst wenn es keine Rassenvorurteile gäbe, eine Hypothese, die schon viel zu weit geht, würde ich ablehnen, Sir, ich würde ablehnen... Kenne ich nicht, wie jeder andere, Ihre Vergangenheit? Ich könnte Sie fragen: was ist aus Ihrer ersten Frau geworden und aus Ihrer zweiten? Señor Chinelato, Sie sind verrückt, wenn Sie auch nur im Traum daran denken, ich würde meine Tochter einem Mann wie Ihnen anvertrauen... Zweifellos sind Sie nicht ganz bei Sinnen.»

Die spöttische Phrase des Rondeaus war zu einer tiefen Melodie ausgelaufen, um abrupt zu ihrem scherzenden Spiel zurückzukehren.

«Nein, das bin ich nicht. Das war ich von dem Augenblick an nicht mehr, als ich Ihre Tochter zum ersten Mal sah… Ja, ich war verrückt, ich habe an nichts anderes mehr gedacht – was ein Mann auch immer gewesen sein mag, kann man ihm das Recht zu lieben verwehren? Ich bin mit aufrichtigen und ehrlichen Gefühlen hierhergekommen… Ich bin gekommen, mein Vermögen, meine Ehre, meinen Namen, alles, was ich habe, Ihrer Tochter zu Füßen zu legen, und man begegnet mir auf beleidigende Weise mit frechem Spott, und selbst meine Rasse wird mir vorgeworfen, als sei sie ein Stigma…»

Er ballte seine Faust, und der Fächer fiel zerbrochen zu Boden, wie eine geknickte Blume.

«Señor Chinelato, ich wiederhole noch einmal, Sie verstehen nicht, Sie weigern sich zu verstehen…»

Aus dem Nebenzimmer kam ein schriller, falscher Ton, und die Musik brach ab. Dann wurde die fröhliche Phrase mühsam wieder aufgenommen wie ein schlecht erzählter Witz, kränkend in ihrer Unbeholfenheit. Der Schwarze Mandarin sagte:

«Ich verstehe, Sir, zum Glück habe ich meinen Verstand wiedergefunden. Es ist nicht das erste Mal, daß Sie mir mißfallen. Ich bin mit Ihnen ganz und gar zu nachsichtig gewesen, aber, bei Gott! Ich werde Sie aus diesem Land jagen.»

Don Esteban Bejarano y Ulloa war unnachahmlich. Er verneigte sich leicht und sagte verbindlich:

«Es tut mir sehr leid, daß ich Ihnen selbst darin nicht gehorchen kann. Ich habe meinen Abschied bereits eingereicht. Meine Gesundheit ist durch dieses Klima geschwächt, und ich kehre mit meiner Familie nach Spanien zurück. Guten Tag, Señor Chinelato.»

Der Schwarze Mandarin stand da und sah Don Esteban an. Er spürte den heftigen Wunsch, diesen Mann zu zerquetschen. Dann schob er sich den Hut auf den Kopf und eilte hinaus. Als er durch den Garten ging, hörte er aus einem der Fenster die Stimme eines Jungen:

«Wer ist dieser häßliche Chinese?»

Und dann eine weibliche Stimme:

«Sei still, Gil.»

Er spürte, wie ihm das Blut zu Kopf stieg, und ein unflätiges Schimpfwort entfuhr ihm. Er hatte wieder den Peitschenhieb auf seinem nackten Rücken gefühlt.

Am Tor hörte er ein lautes Bellen, und eine Stimme rief etwas im Filipinodialekt. Er drehte sich um und sah einen großen Hund auf sich zurennen, ein Stück zerrissener Leine hing ihm am Hals, und ein kleiner Malaie lief hinter ihm her.

Der Schwarze Mandarin stellte sich in Positur. Er hob die Hände und erwartete den Angriff. Der Hund machte einen Satz, und Chinelatos mächtige Hände schlossen sich wie Klauen um seinen Hals. Einen Augenblick war es der Kampf eines Tieres mit einem anderen Tier. Der Hund zerrte und wand sich, doch vergeblich; der Griff schloß sich wie ein Schraubstock enger und enger, die stahlharten Finger bohrten sich gnadenlos in den Hals des Hundes. Chinelatos Gesicht glühte in wilder Lust. Er ließ den Hund am Hals hängen und packte noch fester zu. Der Hund erschlaffte. Dann hörte man im Haus eine Frau aufschreien, und Chinelato lockerte seinen Griff. Der Hund fiel wie ein Lappen zu Boden.

Sowohl der kleine Malaie als auch sein eigener Kutscher hatten die Szene zitternd vor Angst beobachtet, ohne ein Wort herauszubringen. Der Schwarze Mandarin stieg in seine Kutsche und sagte zu dem Kutscher:

«Fahren Sie mich eine Stunde herum, es ist mir gleich, wohin Sie fahren, einfach so, und dann... bringen Sie mich nach Hause.» Und er lehnte sich in die Polster zurück und schloß die Augen.

«Und was ist aus Señorita Bejarano und dem Schwarzen Mandarin geworden?»

«Sie kehrte mit ihrer Familie nach Spanien zurück und heiratete einen wohlhabenden Kaufmann, und was den Schwarzen Mandarin betrifft, es hieß eine Zeitlang, er sei tot, ermordet. Er war kurz, bevor die Vereinigten Staaten die Philippinen in Besitz nahmen, verschwunden. Doch dann erfuhr man, daß er noch lebte... und wissen Sie was? Der Mann, der so einflußreich gewesen war, kam in einem Schiff nach Spanien, in dem er Kohlen schaufelte.»

«Das wußte ich nicht. Sein Leben war offensichtlich voller Gegensätze, er war ein schillernder Charakter. Es heißt, sein Haus in Manila sei ein prächtiger Palast gewesen, die Leute hätten ihn wie ein Museum besucht.»

«Hmmmm... Er war ein sehr interessanter Mann. Trinken wir noch was.»

Die Plantage

Juan Chinelato ist das erste Mal nicht sehr lange in Spanien geblieben. Er ist bald wieder fortgegangen.

Von einem Mann, der sagte, er wisse alles über ihn, erfuhr ich, daß er sich eine Zeitlang auf den Westindischen Inseln und in Mexiko aufgehalten hat und später irgendwo in Südamerika. Aber Kuba schien ein überaus günstiges Land für ihn gewesen zu sein. Er machte dort ein Vermögen mit Zuckerplantagen und mit weißen Sklaven. Der Mann, der sagte, er wisse alles über ihn, hatte eindeutig eine schlechte Meinung von Chinelato, die mit offenkundiger Bewunderung gemischt war. Von ihm erfuhr ich, daß Chinelato, als er das erste Mal von Spanien nach Kuba kam, keinen Cent besaß. Er nahm Arbeit auf einer Zuckerplantage an, die einem reichen Basken namens Iturbe gehörte. Seiner Körperkraft und seiner Fähigkeit wegen, jeden mit Rum unter den Tisch zu trinken, gewann er sich schnell den Respekt der anderen Arbeiter.

Immer zu einem Spiel aufgelegt, spielte er mit den anderen Männern und besserte damit seinen knappen Lohn auf.

Eines Tages kam Señorita Iturbe mit ihrem Vater, um nach der Plantage zu sehen. Da sah sie Chinelato zum ersten Mal. Sie hielt ihr Pferd an, während ihr Vater weiterritt und mit dem Vorarbeiter sprach, und bewunderte den Riesen lange.

Chinelato war von der Taille an nackt. Sie war beeindruckt. Unter seiner bronzefarbenen Haut, die unter der tropischen Sonne von Schweiß glänzte, ballten sich seine Muskeln zu massigen Paketen, wölbten sich hoch und verteilten sich dann in dicken Knoten, die wie Wellen in einer dunklen See über sein gewaltiges Skelett liefen. Sie bemerkte auch seinen hängenden Schnurrbart und seine stumpfen, schrägen Augen, die ihm das rätselhafte Aussehen eines verächtlichen Fauns gaben.

Señorita Iturbe kam häufig wieder, hielt ihr Pferd an derselben Stelle an und beobachtete Chinelato lange und verträumt. Sie war blaß, mit einem starken Hang zur Anämie und las ausdauernd Gedichte von Campo Amor.

Chinelato sah sie wie seinesgleichen an, vielleicht wie eine Untergebene, und manchmal sah er sie überhaupt nicht an. Der Mann, der alles darüber weiß, sagte, sie habe ihn angesehen, als wolle sie sagen:

«Ich weiß, du willst, und ich will auch, aber es ist unmöglich.»

Doch Chinelato machte es möglich. Sie starrten denselben riesigen Mond an, der an einem niedrigen, leuchtenden Himmel hing, und er dachte an Marschland und Reisfelder und stellte sich in der Ferne schneebedeckte Berge vor. Und sie dachte an ihn und rezitierte in Gedanken die Gedichte von Campo Amor. Und beide atmeten sie den Duft des frischen, starken Kaffees und tranken davon, und sie spielte *danzones* und er sang *guajiras*, und derselbe reife Mango schmolz in ihren Mündern. Er machte es tatsächlich möglich, und eines Nachts nahm er sie mit sich fort.

Der Champion

Das nächste war, daß er, verheiratet mit Señorita Iturbe, in Havanna lebte. Sie war nicht mehr anämisch, doch sie hatte sich andere Leiden zugezogen und las noch immer Campo Amor. Was Chinelato angeht, er machte bei verschiedenen Ringkämpfen mit und gewann schließlich die Meisterschaft.

Als Champion strahlte Chinelato wieder einmal in der Öffentlichkeit. Er war ein schillernder, ein perfekter Showman und machte seine Arbeit gut. Bei einem Ringkampf oder einer Ausscheidung erschien er stets in einem kostbaren chinesischen Gewand und ließ das Orchester Waldteufels Schlittschuhläufer spielen, und wenn er grinste, zeigte er eine Reihe herrlicher, weißer Zähne. Er war der Liebling des Publikums. Die Tatsache, daß er mit einer weißen Frau verheiratet war und anfing, ihrer überdrüssig zu werden, trug viel zu seiner Berühmtheit und zur allgemeinen Bewunderung bei.

Dann ging er mit einem Profivertrag in die Vereinigten Staaten. Er war auch dort erfolgreich und heiratete eine andere weiße Dame. Aber seine ehemalige Frau, die ihm, mit oder ohne seine Zustimmung, überallhin folgte, und die verrückt war nach ihm, wie mir der Mann sagte, der das alles wußte, entfachte in New York einen gewaltigen Skandal, und er verließ einer Bigamieklage wegen das Land.

Er kehrte nach Havanna zurück und fing danach ein Lotterleben an. Mit einer Gruppe von Freunden zog er spät nachts durch die Stadt und begann in jedem Café, an jeder Ecke eine Schlägerei, seine Kraft und sein Wohlstand wurden immer unverschämter. Nie verzieh er seiner Frau den Streich, den sie ihm in New York gespielt hatte, und mißhandelte sie jetzt auf die grausamste Art und Weise.

Der Mann, der alles darüber wußte, erzählte mir, daß Chinelato damals eine kleine Straße in einem bis dahin recht farblosen Viertel von Havanna praktisch gehörte. Er richtete dort Cafés, Freudenhäuser und einige andere Etablissements ein, wo man Drogen und alles, was es legal nicht gab, bekommen konnte. Dort konnte man ihn jede Nacht betrunken mit Prostituierten und allem möglichen liederlichen Volk sehen.

Seine Frau war zu der Zeit schwanger, und das Leben, das er ihr unter diesen Umständen zumutete, ließ sie sehr alt und kränklich aussehen. Der Mann, der alles wußte, pflegte zu sagen, es sei eine Schande, daß sie, eine aristokratische weiße Dame, sich für einen solchen Nigger zu Tode schinden würde. Eines Nachts kam sie in die Straße, sie suchte ihren Mann, um ihn um etwas Geld zu bitten.

Wie gewöhnlich war er betrunken. Er packte sie brutal am Arm und stellte sie vor zwei geschminkte Damen, die an seinem Tisch saßen.

«Sieh sie dir an und sieh dich selbst an. Wenn du das

kannst, was die können, kannst du wiederkommen und Geld verlangen. Jetzt knie nieder vor deiner Herrschaft und dann hau ab!»

In ihrem Zustand mußte sie vor den beiden Frauen niederknien und dann unter allgemeinem Gelächter fortgehen.

Madame Chinelato brachte ein Baby zur Welt. Ihr Mann nahm diese Gelegenheit sofort wahr, um sie zu demütigen. Er sagte, das Kind sei nicht von ihm. Er bezahlte einen seiner Stallburschen, damit der behauptete, er sei der richtige Vater.

Der Mann, der es weiß, erzählt:

«Tatsächlich aber sagten alle, die das Baby sahen, es wäre Chinelatos lebendiges Ebenbild, und nicht ein einziger, nicht einmal seine Freunde, die ihn und seine Frau kannten, zweifelte auch nur einen Augenblick daran, daß dies sein rechtmäßiger Sohn war. Aber sie lachten über den Scherz und fanden es sehr schlau von ihm, so etwas zu sagen und sich öffentlich zum Hahnrei zu machen.»

Als seine Frau sich etwas an seine Anschuldigungen, die Legitimität des Babys betreffend, gewöhnt hatte, fing er an, sie auf eine andere Weise zu demütigen.

Er ging zum Beispiel mit dem Kind auf den Balkon, warf es direkt über der Straße in die Luft und sagte: «Spring, kleiner Bastard, spring!» Und er trieb das Spiel so lange, bis das Kind anfing zu schreien. Gelähmt vor Angst sah die arme Mutter zu und wagte weder ein Wort zu sagen noch etwas zu tun, damit er nicht etwa das Baby fallen ließ.

Als ich das hörte, fragte ich:

«Und warum hat sie das Baby nicht genommen und ist damit fortgegangen?»

Und dieses eine Mal schien der Mann, der alles wußte, zu zögern:

«Nun... ich weiß nicht, welche Faszination dieser Mann auf sie ausübte, daß sie seine Sklavin wurde.»

Aus irgendeinem Grund bereitete es Chinelato Freude, seine Frau leiden zu lassen. Einmal, an einem ihrer Hochzeitstage, benahm er sich ihr gegenüber sehr freundlich; er war schon die ganze Woche über äußerst zuvorkommend gewesen, und sie fürchtete sich, denn diese Stimmungen gingen gewöhnlich einer seiner ausgeklügeltesten Grausamkeiten voraus. Zu diesem besonderen Jahrestag ging er über die normalen Grenzen seiner Freundlichkeit hinaus.

Es war bekannt, daß Chinelato gebratenes Schwein liebte; oft aß er ein ganzes Ferkel allein auf. Bei dieser Gelegenheit nun schickte er alle Diener fort und sagte zu seiner Frau, er würde selbst ein Schwein braten und das Abendessen servieren, so daß sie nicht gestört würden und ganz für sich allein zweite Flitterwochen verbringen könnten. Die arme Frau war davon überwältigt. Er gab ihr freie Hand, und sie ging an jenem Nachmittag einkaufen.

Als sie nach Hause kam, vermißte sie das Baby, doch ihr Mann sagte, sie solle sich keine Sorgen machen, er habe eine besondere Überraschung für sie. Das Abendessen wurde aufgetragen, und Madame Chinelato saß am Tisch und wußte nicht, was sie denken sollte.

Chinelato kam mit einer Schürze und einer Kochmütze herein und trug eine große silberne Platte mit einem wie ein Dom gewölbten Deckel. Er war in sehr ausgelassener Stimmung, deutete Tanzschritte an, lachte und zeigte eine Reihe herrlicher, weißer Zähne.

Er stellte die Platte vor seine Frau, setzte sich ihr gegenüber und sagte, sie solle den Deckel abnehmen. Als sie ihn hob, wurde sie weiß wie eine Leiche, ihr Mund war weit aufgerissen, die Augen traten hervor, und dann brach sie langsam, ohne einen einzigen Laut von sich zu geben, zusammen, den Deckel immer noch in der Hand, während Chinelato in dem leeren Haus lange und laut über seinen eigenen Scherz lachte.*

Dieser entsetzliche Schock gab der armen Madame Chinelato den Rest. Sie verlor vollkommen den Verstand. Drei Tage lang saß sie da und starrte ins Leere, dann machte sie eine Handbewegung, als wenn sie etwas aufdecke, und stieß entsetzliche Schreie aus. Drei Tage und drei Nächte war sie in diesem Zustand. Sie verweigerte das Essen, und niemand konnte ihr etwas einflößen, und in der letzten Nacht, als Chinelato sein Haus verließ, sah er eine Gruppe Jungen auf der Straße, die einen Scheiterhaufen errichtet hatten. Die Fassade seines Hauses war von einem roten Schein erhellt. Er rief den Jungen zu, sie sollten verschwinden und jagte sie dann die Straße hinunter. Im Haus schrie die irre Frau, und in dieser Nacht starb sie.

Als ich von diesem unheimlichen Ereignis hörte, fand ich es doch etwas melodramatisch und übertrieben. Ich sagte:

* *Verschiedene Leute haben etwas gegen diese Passage, die sie, gelinde gesagt, geschmacklos finden, unter anderen auch mein Freund Dr. José de los Ríos und Charaktere wie Madame Chinelato und das betroffene Baby. Ich war auch dagegen, doch Chinelato bestand darauf, an dieser Stelle der Geschichte besonders böse zu sein. Ich kann nichts dafür, obwohl ich persönlich echten Schweinebraten vorziehe, daß Chinelato sich in seinen kulinarischen Vorlieben unnachgiebig erweisen sollte. Übrigens ist der Braten, wie alle Mahlzeiten auf der Bühne, nicht echt, und auf der Platte lag eine Pappattrappe.*

«Das war aber doch ein Verbrechen. Was ist mit den Behörden? Haben sie nichts dagegen unternommen?»

Und der Mann, der alles wußte, zögerte wieder:

«Also...» sagte er.

Der Schmetterlingsbeschwörer

Nach dem Tod seiner Frau führte Chinelato sein Lotterleben weiter. Er heiratete eine Frau, die er in seiner Straße getroffen hatte, und fuhr fort zu trinken und zu spielen. Da sie nicht sachgemäß verwaltet wurde, machte seine Straße bald Verluste. Wenn er betrunken war, bestand er darauf zu bezahlen, was verzehrt wurde; er lud die Gäste zu allem ein, und auf diese Weise vergeudete er schnell sein gesamtes Vermögen.

Bald darauf verlor er auch seinen Meistertitel. Der Wettkampf fand in Havanna statt, und sein Herausforderer war ein Weißer, noch riesenhafter als er selbst, neben dem Chinelato nahezu klein aussah.

Manche Leute sagen, Chinelato wäre, bedingt durch seinen Lebenswandel, vor dem Kampf in schlechter Verfassung gewesen und habe überhaupt nicht trainiert. Andere sagen, unter ihnen der Mann, der alles über ihn weiß, daß er sich für eine große Summe verkauft habe, daß sein Gegner, obwohl sehr groß, ein schlapper Kerl war, der sich an Stärke oder Technik nicht mit Chinelato messen konnte, daß Chinelato eine ganze Weile mit ihm gespielt habe, um dem Publikum eine gute Show zu liefern, und dann freiwillig zu Boden gegangen sei, indem er die Hände seines Gegners gegen seine Schultern gestoßen und sogar noch seinen Freunden unter den Zuschauern zugezwinkert habe.

Tatsache bleibt, daß er, nachdem er die Meisterschaft

verlor, sehr viel Geld hatte, nach Spanien ging und in Begleitung seiner neuen weißen Frau erfolgreich durchs Land reiste.

In diese Zeit fällt, glaube ich, daß er den Namen Olózaga annahm. Als Señor Olózaga besaß er einen Zirkus, der in mehreren spanischen Städten gastierte. In diesem Zirkus trat auch er auf, nicht als Athlet, sondern mit einer Schmetterlingsnummer.

Ich erinnere mich, ihn gesehen zu haben, als sein Zirkus in San Sebastián war. Morgens erschien er in einem üppigen Bademantel am Strand. Sein ganzes Leben lang zeigte er eine besondere Vorliebe für schöne Gewänder. Dann ließ er, am Wasser stehend, den Mantel in die respektvollen Hände eines regelmäßig vor Ehrfurcht wie betäubten Kammerdieners fallen und stellte seinen herrlichen Körper zur Schau.

Die Frauen bewunderten ihn und umschwärmten ihn wie Schmetterlinge, und er nahm sich bei ihnen eine Menge Freiheiten heraus, lächelte stets dabei und zeigte eine Reihe weißer Zähne: Freiheiten, die den rachitischen Herren mit Monokeln, die entrüstet aus der Ferne zusahen, niemals gewährt worden wären.

Dann nahm er sein morgendliches Bad und spielte mit den Kindern, die er zu seinem Vergnügen mit einer Hand hielt und ins Wasser warf, als wären sie Bälle. Bei diesen Gelegenheiten wirkte er auf mich nie wie der Mann, als der er mir beschrieben worden war, sondern eher wie ein netter, kinderfreundlicher Herr.

Ich erinnere mich auch, seinen Auftritt im Zirkus gesehen zu haben. Ich war sehr neugierig darauf. Man erzählte sich, daß er die Schmetterlinge so weit gezähmt habe, daß sie alles machten, was er wollte. Er lenkte sie mit einem Fächer, und sie flogen überallhin oder blieben nah bei ihm und vollführten eine Menge raffinierter Dinge. Der sensationellste Teil seines Auftritts war jedoch das Ende, wenn sich sein Fächer leicht, doch schnell bewegte, und alle Schmetterlinge im Halbkreis darüber standen, mit den Flügeln flatterten und seinen Namen in die Luft schrieben. Es hieß, daß er der einzige gewesen sei, der diese Nummer beherrschte. Manche Leute sagten, die Schmetterlinge seien nicht echt gewesen.

Ich saß an dem Abend, an dem ich seinen Auftritt sah, in der ersten Reihe. Er kam in einem herrlichen Mandarinmantel heraus und hielt einen großen Fächer in der Hand. In der Mitte der Bühne stand ein Tisch mit einem Kasten und ein kleines Xylophon.

Das Orchester begann, einen Walzer zu spielen.

Chinelato klappte mit einer großartigen Geste seinen Fächer auf, schloß ihn und öffnete ihn wieder mit anmutigen, rhythmischen Bewegungen im Takt der Musik. Dann schloß er den Kasten auf, nahm einen kleinen Filzhammer und schlug auf dem Xylophon einen Ton an, der zu der Musik paßte: Ein Schmetterling flog aus dem Kasten und landete auf einer Ecke seines Fächers. Er schlug einen anderen Ton an, und noch ein Schmetterling kam auf die gleiche Weise aus dem Kasten und ließ sich neben seinem Bruder nieder. Dies wiederholte er siebenmal und spielte dabei, immer im Einklang mit der Musik, die ganze Tonleiter, strich dann mit einer Bewegung alle Tasten des Xylophons hinauf, und ein Schwarm von Schmetterlingen stieg aus dem Kasten empor und flatterte auf der Bühne herum. Dann strich er die Tasten hinunter, die Musik schwieg, und alle Schmetterlinge umschwebten ihn und ließen sich auf dem Fächer, seinen Armen und seinen Schultern nieder. Er war von Schmetterlingen übersät.

Dann begann der Walzer wieder, und langsam fing er an,

seinen Fächer im Takt dieses Walzers zu bewegen. Er schwang wie ein Flügel. Es war wunderschön anzusehen. Er sammelte die Schmetterlinge in einem großen Schwarm und teilte sie dann zu Gruppen ein, zu Paaren, zu Trios. Es war unglaublich, wie willig sie dem verzauberten Fächer gehorchten. Er führte sie wie ein Bataillon in Viererreihen oder Zweierreihen und ließ sie alle Übungen einer guttrainierten Armee vorführen. Sie zogen, dem Rhythmus des Fächers folgend, hin und her, als wäre er ein großer Schmetterling, manchmal in langsamen Wellenbewegungen wie etwas, das einschläft, und dann wild flatternd in plötzlichem Erwachen. Sie umkreisten ihn, sanken fast bis auf den Boden der Bühne hinunter, und wenn sich der Fächer hob, flogen sie hoch in die Luft.

Er war ein wahrer Künstler und vollführte im Walzertakt alle Schritte eines Tanzes, er drehte sich, glitt über die Bühne und führte seine Schmetterlinge, der Mantel breitete sich um ihn aus wie ein weiterer Fächer und enthüllte dabei ein goldenes Futter. Seine große Gestalt und sein unbewegtes Gesicht waren vom Rampenlicht erleuchtet, als wäre die Bühne ein Altar, als wäre dies ein durch den Ablauf der Zeit in die Ewigkeit versteinerter, ritueller Tanz.

Endlich kam der Augenblick, an dem wir die wundervollste Darbietung erleben sollten: die Schmetterlinge würden seinen Namen buchstabieren.

Ich war gespannt, doch es war mir nicht bestimmt, diesen außerordentlichen Teil des Programms zu sehen. Die Musik verstummte. Das Orchester hörte auf zu spielen, und der Pianist begann das Rondeau Capriccioso von Mendelssohn. Zuerst dachte ich, dieser Kontrast solle das Finale der Vorstellung sein, doch zu meinem größten Erstaunen bedeutete der Schmetterlingsbeschwörer dem Pianisten abrupt aufzuhören, dann schloß er sichtlich verärgert seinen Fächer, und wie durch Zauberkraft fielen alle Schmetterlinge herunter und verschwanden im Kasten.

Chinelato schloß den Kasten unter allgemeinem Schweigen, dann verbeugte er sich vor dem Publikum und zog sich zurück. Wie ich schon sagte, Señor Chinelato oder Señor Olózaga trat mit seinem Zirkus in mehreren Städten Spaniens auf. Doch er war vom Glücksspiel wie besessen und verlor dabei sehr viel Geld. Viele seiner Artisten und Künstler fingen an, sich zu beschweren, daß er sie nicht bezahle, und schließlich löste sich der Zirkus auf.

Darauf ging Señor Olózaga nach Madrid und ließ sich dort nieder. Er organisierte jetzt alle möglichen Veranstaltungen. Ein Showman zu sein war schon immer seine Trumpfkarte gewesen, und er wußte, daß dies das Gebiet war, auf dem er Geld machen konnte. Er fing auch an, schlechte Toreros zu managen und verlor dabei eine Menge Geld und dazuhin seine Frau, die mit dem Torero, den er zu der Zeit gerade aufbaute, davonlief.

III

Tía Mariquita

Sie haben Tía Mariquita nicht gekannt?»

«Nein, ich hatte nie das Vernügen.»

«Also, da haben Sie eine seltsame Persönlichkeit verpaßt. Hätte es da nicht gewisse Ungereimtheiten gegeben, wäre sie eine ganz in sich ruhende Person aus einer vergangenen Zeit gewesen.»

Ich erinnere mich nicht mehr an den richtigen Namen Tía Mariquitas. Jeder nannte sie so. Sie hatte eine Menge Neffen und nahe und entfernte Verwandte.

Tía Mariquita hatte eine herrliche Phantasie. Sie ließ sich von ihr in einem solchen Maße mitreißen, daß man, was sie anging, niemals die Wahrheit von der Lüge unterscheiden konnte. Dieser beachtliche Mangel an Respekt vor der Genauigkeit, der sie charakterisierte, verhinderte, daß ich jemals etwas über ihre Herkunft oder ihr Leben herauszufinden vermochte, bevor ich ihr begegnete.

Ich erinnere mich an ihre Sonntagnachmittags-Empfänge, eine krause Mischung aus gewöhnlichen und ungewöhnlichen Gestalten: südamerikanische Dichter, Schriftsteller und Schauspieler, deren Werke oder Auftritte niemand je gesehen hatte, und dann eine endlose Reihe von Nichten und Neffen. Blasse, scheue, vorzeitig gealterte Knaben und ebenfalls blasse, erzfromme Mädchen mit Schnurrbärten. Alle zusammen boten das Bild einer durch

Stubenhockerei gezüchteten Tuberkulose. Ich erinnere mich auch an die Eltern dieser Jungen und Mädchen, die der Unterhaltung zerstreut lauschten, gespannt ihre Kinder beobachteten und immer auf ein Zeichen schlechten Benehmens lauerten.

Ich erinnere mich ganz besonders an einen hoch aufgeschossenen Jungen mit schlechter Haltung, in kurzen Hosen, die seine häßlichen behaarten Beine zeigten und die Aufmerksamkeit sofort auf sein verdrossenes, bärtiges Gesicht lenkten. Dieser Junge kaute an jenem Tag gierig auf seinen Nägeln herum.

Seine Mutter bedeutete ihm vom anderen Ende des Zimmers her, damit aufzuhören; mit einer zu heftigen Geste, als daß sie unbemerkt geblieben wäre.

Der Junge schüttelte verstockt den Kopf und fuhr noch genußvoller damit fort als zuvor.

Die Mutter merkte, daß man sie beobachtete, und fühlte sich zu einer Erklärung genötigt.

«Er ist sehr nervös. In letzter Zeit wandelt er sogar im Schlaf. Neulich nachts fanden wir ihn im Korridor auf dem Weg zu den Zimmern der Dienstmädchen.»

Der Junge wurde so rot, wie es seine diagnostizierte Anämie zuließ und biß weiter auf seinen Nägeln herum, jetzt hatte er beide Hände gleichzeitig im Mund.

«Und hat Dr. de los Ríos nichts geraten?»

«Nein.» Jetzt sprach der Vater. «Er sagt, wir sollten ihn nicht so früh ins Bett schicken, er solle abends spazierengehen, die Nachtluft würde ihm guttun, und danach würde er besser schlafen.»

Bei diesen Sonntagnachmittags-Empfängen rezitierte Tía Mariquita Gedichte und begleitete sich dabei auf dem Klavier. Sie war damals hoch in den Sechzigern und hatte eine königliche Haltung, die sie eifrig betonte. Ihr Haar war in einem roten Ton gefärbt, und ihr Make-up bröckelte über ihren tiefen Falten. Sie trug Phantasieroben, rosa oder hellblau, mit viel Goldstickerei, Spitzen und Marabufedern überall, und diese Gewänder waren lang und schleppend.

Das Haus war passend zu ihr eingerichtet. Es gab zu viele Draperien, zu viele Kissen, zu viele Teppiche, von allem gab es zuviel. Die Wände gingen mit überlappenden Brücken, Bären- und Tigerfellen und Portieren in den Fußboden über. Man mußte sieben Schichten verschiedensten Materials überwinden, bevor man ein Fenster öffnen konnte. Palmen standen in den Ecken und in den Eingängen und hingen von der Decke. Es gab Lüster und Gläser mit Fischen und zwei Käfige mit Kanarienvögeln, einen Papageien und einen Schoßhund... Oh, und mehrere Kästen mit Schnickschnack und eine Flut exotischer Kuriositäten, bemalte Muscheln und andere Nippes hingen an den Wänden und waren auf dem Klavier, den kleinen Tischen und Simsen verstreut.

Das alles wirkte jedoch, genau wie die Hausfrau, etwas alt, glanzlos, verstaubt und willkürlich zusammengestellt. Tía Mariquita und ihr Haus machten den Eindruck, als hätten sie bessere Zeiten gesehen. Die gesamte Einrichtung war einfach altmodisch, und deutlicher noch als das in Jahrhunderten Gealterte zeigte dieses schon nach wenigen Jahren Veraltete seine Vergänglichkeit, und man hatte die unbestimmte Befürchtung, daß durch das Verstellen auch nur eines Möbelstücks das gesamte Arrangement zusammenbrechen oder sich in Luft auflösen könnte. Tía Mariquita nahm häufig eine betrübte Pose ein und sprach unbestimmt über ihre Vergangenheit:

«Das waren noch Zeiten! Ich erinnere mich noch an die Empfänge damals, als ich hereinkam und man mich für die Königin von ... ich weiß nicht mehr welchem Land hielt, aber ich weiß noch, daß man mich für eine Königin hielt. Das waren noch Zeiten!»

Sie spielte häufig darauf an, daß sie eine Menge Geld verloren hatte, und dann sah, so kam es mir vor, die Reihe der Verwandten deutlich beunruhigt drein.

Dr. José de los Ríos, der mich zu ihr mitnahm, sie ziemlich gut kannte und ihr bei einem oder zwei Nervenzusammenbrüchen beigestanden hatte, unternahm den Versuch einer Diagnose.

«Wissen Sie», sagte er zu mir, «das ist die Atmosphäre, in der sie lebt. Alles hier ist stehengeblieben, alles ist von vorgestern, und sie muß sich ständig damit befassen. Die Fenster sind stets geschlossen, es kommt nie Luft von außen herein. Wenn Luft hereinkäme, würde sich hier wahrscheinlich alles verflüchtigen. Auch Tía Mariquita selbst. Wahrscheinlich würde sie die Außenluft gar nicht vertragen. Es würde sie umbringen. Ich habe ihr verboten, es zu versuchen, wenn sie am Leben bleiben will. Wenn sie ausgeht, muß sie es in einer altmodischen, vollkommen geschlossenen Kutsche tun, mit so vielen Vorhängen und Polstern wie möglich.»

«Meinen Sie, es ist so schlimm?»

«Absolut; bestimmte Atmosphären können sich als tödlich erweisen. Sehen Sie sich den Sekretär an. Der arme Kerl leidet unter einem hartnäckigen Husten, der immer wieder ohne Erfolg behandelt worden ist. Dieser Husten hat sich in diesem Haus festgesetzt, und es ist unmöglich, ihn auszumerzen. Er hat sich hier seit wer weiß wie langer Zeit eingenistet, und er hat ihn geerbt. Er glaubt, jedesmal einen anderen Husten zu bekommen, doch ich habe ihn davon überzeugt, daß es derselbe alte Husten ist, der mit kurzen Unterbrechungen, in denen er Ferien macht und in den Draperien verschwindet, immer wieder zu ihm zurückkommt. Es ist ein hartnäckiger Husten, ein unausweichlicher Husten, der dieses Haus und ihn erobert und in beiden Wurzeln geschlagen hat. Ein bleibender, in diesen Wänden gefangener Husten. Alles ist hier so gepolstert, daß der Husten nicht einmal widerhallt und darum niemals seine Kraft verliert. In Spanien kommen solche bleibenden Husten häufig vor.»

Dr. de los Ríos war ein seltsamer Arzt. Wenn ich ihm zuhörte, war ich versucht zu glauben, die Medizin sei so etwas wie eine Wissenschaft.

Tía Mariquita rezitierte etwas, das sie mit einem Walzer leise auf dem Klavier begleitete. Als sie endete, gestand sie mit niedergeschlagenen Augen unter dem allgemeinen Applaus, daß das Gedicht von ihr war. Dann fuhr sie fort und sang eine Arie aus irgendeiner Oper, und, sich plötzlich wirklich virtuos selbst unterbrechend, rief sie ekstatisch in ihr Publikum:

«Obwohl die Literatur stets meine Leidenschaft war, ist Musik meine Schwäche, darum liebe ich Opern so sehr.»

Jemand sagte etwas über Opern, doch ich beobachtete Tía Mariquita und hörte nicht zu. Sie antwortete:

«O ja, ich habe Gayarre, den Göttlichen, wie man ihn nannte, gehört, und seitdem kann ich nicht mehr an *Il Trovatore* oder *Rigoletto* denken, ohne daß mir die Tränen in die Augen steigen... Er hat mich besucht, wir haben über Musik gesprochen, und er sagte zu mir, er wäre noch nie einer so verständnisvollen Person begegnet. Dort hat er gestanden, genau da, wo Sie jetzt stehen.»

Alle sahen den Herrn an, der neben dem Klavier stand und aussah, als litte er unter einer chronischen Kolik. Ein sinnender Ausdruck kam in sein Gesicht, was sein gequältes Aussehen noch unterstrich. Tía Mariquita fuhr fort:

«Ja, genau dort stand er und sang seine berühmte Arie *Spirito Gentile*, und ich begleitete ihn... Damals konnte ich spielen; ich bin nur noch ein Schatten dessen, was ich damals war.» Und Tía Mariquita berichtete weiter, daß sie, nachdem sie geendet hatten, beide wie die Kinder geweint und er vor Begeisterung ausgerufen hatte:

«Sie sind eine Eingebung, es ist eine Gnade, von Ihnen begleitet zu werden. Heute habe ich das wahre *Spirito Gentile* entdeckt, und ich werde es nie wieder mit jemand anderem singen.»

Und Tía Mariquita fügte hinzu:

«Er war so galant! Armer Gayarre, er starb bald darauf und sang es nie wieder. Das waren noch Zeiten!»

Der Herr, der dort stand, wo Gayarre gesungen hatte, sagte:

«Und erinnern Sie sich noch an die Arie aus *La forza del destino*, die er so oft sang? Trala, lara, lara... erinnern Sie sich?»

«Natürlich.» Tía Mariquita spielte mit verdrehten Augen etwas von einem anderen Komponisten, sang und bewegte ihre Finger wellenartig auf den Tasten, ohne auf den befremdeten Ausdruck auf dem Gesicht des Mannes zu achten, der die Arie aus *La forza del destino* nicht wiedererkannte und den Arpeggien und Läufen mit verkniffenen Lippen folgte. Er wollte gerade protestieren, doch alle echoten bereits:

«Wundervoll, wundervoll...!»

Und er mußte sich damit zufriedengeben, daß er dort stand, wo Gayarre gestanden hatte.

Danach wurde die Schokolade gereicht, und jeder stürzte sich voller Eifer und Entschlossenheit darauf. Die jüngeren Neffen und Nichten wurden allerdings von einer Salve elterlicher Blicke zurückgehalten, und Tía Mariquita nahm einen Teller und ging von einem zum anderen, gab jedem einen flachen, runden Keks und wiederholte:

«El bizcocho de la Tía Mariquita.»

Von weitem sah sie genauso aus wie ein Priester, der das Abendmahl reicht.

In diesem Augenblick machte eine andere Person durch einen tiefen Husten auf sich aufmerksam. Es war der Sekretär von Tía Mariquita, ein Bursche namens Cendreras, dessen Gesicht stets so aussah, als käme er gerade aus einem Dampfbad.

Cendreras schlurfte, ohne das geringste Geräusch zu machen, über den mit Teppichen ausgelegten Boden. Er trug Pantoffeln und eine Smokingjacke. Ohne irgend jemanden zu begrüßen, nahm er sich eine Schokolade und Kekse und mischte sich in die allgemeine Unterhaltung, als hätte er nur für einen Augenblick den Raum verlassen, immer noch hustend. Einmal, als sich der Hustenanfall besonders heftig anhörte, sah ich zu Cendreras hinüber, obwohl der Husten aus keiner bestimmten Richtung zu kommen schien.

«Dieses Mal war er es nicht», sagte Dr. de los Ríos. «Das Haus hat gehustet.»

Ich drehte mich zu Dr. de los Ríos um.

«Ja», fuhr er fort. «Das alles hier ist absurd. Sehen Sie diese hungrigen Menschen? Sie alle sind von dieser Umgebung und dieser phantastischen Frau angesteckt. Es gibt sie gar nicht, sie sind nur Schatten von ihr, sie sind aus der Sicht eines ihrer Mitglieder die perfekte Familie. Nur ein Schatten, etwas, das dem Individuum gesellschaftlich eine Stellung als Verwandter gibt. Sie warten ungeduldig auf ihren Tod, auf den Tag, an dem sie ihre Identität und ihr Erbe unter ihnen austeilt. Dann werden sie leben, oder wenigstens existieren.»

Ich bedeutete Dr. de los Ríos, leiser zu sprechen.

«Keine Angst, sie können nichts hören. Sie leben auf einer anderen Ebene und existieren nicht in unserer Welt.»

In der Tat sprach er laut, und doch schien niemand ihn zu beachten, und Dr. de los Ríos erzählte weiter.

Ich erfuhr von ihm, daß ihr Mann der einzige in der ganzen Familie war, der Verstand hatte. Und Sinn für Humor. Er war der einzige, der einen praktischen Nutzen für diese vielen Draperien, Teppiche und Kissen fand. Wenn er Geld übrig hatte, wechselte er einen Geldschein und warf das Kleingeld überall im Haus herum, und wenn er abgebrannt war, konnte man ihn dann auf allen vieren sehen, wie er unter einem Sessel oder einem Bett suchte, hier eine Portiere schüttelte und dort ein Kissen hob. Auf diese Weise sammelte er sich Taschengeld zusammen. Wie Dr. de los Ríos berichtete, war er nicht oft zu Hause, reiste die meiste Zeit, und blieb deshalb bei Verstand.

«Er ist ein merkwürdiger Typ», schloß Dr. de los Ríos. «Es ist sehr unterhaltsam, ihm zuzuhören. Er hat ein aktives und abenteuerliches Leben hinter sich. Er wird Ihnen gefallen, wenn Sie ihm begegnen.»

«Wie heißt er? Ich kenne diese Dame nämlich nur als Tía Mariquita.»

«Er heißt Olózaga. Ich kenne ihn schon sehr lange. Tatsächlich kannte ich ihn schon bevor er Tía Mariquita heiratete.»

«Wo sind Sie ihm begegnet?»

«Es ist lange her, auf den Philippinen, als sie noch spanisch waren. Dort habe ich zum ersten Mal praktiziert. Ich war noch recht jung, und alles, was ich konnte, war, tonnenweise Chinin zu verabreichen.»

«Wie ich hörte, muß man in den Kolonien viel davon einnehmen.»

«Es hängt bis zu einem gewissen Grad davon ab, wer der Kolonialherr ist und wo die Kolonien liegen.»

Dr. de los Ríos brachte das Gespräch von sich aus wieder auf Olózaga.

Olózaga sei eine starke Persönlichkeit, meinte er, und Tía Mariquita nur eine der wunderlichen Wendungen seines Lebens. Ihre gesamte Familie sei nur eine Bühnendekoration, eine Art Übergang, solange die seltsame Faszination Olózagas fehle. Und Dr. de los Ríos fügte hinzu:

«Manchmal, wenn ich das alles hier sehe, stelle ich ihn mir lachend und spottend hinter den Kulissen vor... Manche Leute sagen, er sei böse. Ich mag ihn... Schließlich sind dies hier nur Wachsfiguren.»

Dann fiel mir ein, daß Dr. de los Ríos schon einmal von Señor Olózaga gesprochen hatte, als er mich Tía Mariquita vorstellen wollte. Er hatte gesagt:

«Sie ist ein farbenreicher Teil seines Lebens.»

Inzwischen war die Schokolade ausgetrunken, und Tía Mariquita verkündete, sie würde nun ein selbstgeschriebenes Stück vorlesen. Dr. de los Ríos entschuldigte sich, er müsse zu einem Patienten, und da ich mir dort ohne ihn recht verloren vorkam, beschloß ich, ebenfalls zu gehen.

Tía Mariquita brachte uns an die Tür und sprach mit Dr. de los Ríos über ihre Nerven. Im Korridor, wo wir uns zwischen Plunder und alten Möbelstücken hindurchzwängen mußten, blieb sie in theatralischer Pose, die einer Sarah Bernhardt würdig war, vor einer Kommode stehen.

«Dies ist das Grab meines Kindes. Darin bewahre ich alle seine kleinen Kleider auf und die Dinge, die es benutzt hat, bevor es starb und im ewigen Meer bestattet wurde.»

Effektvoll schwankte sie ein wenig und legte uns ihre Hände auf die Schultern, als spielten wir zwei Nebenrollen vor einem großen Publikum: echter Sarah-Bernhardt-Stil.

«Sagen Sie das niemals Olózaga.» Sie nannte ihn immer bei seinem Nachnamen. «Er will nicht daran erinnert werden. Es bringt ihn um, es bricht ihm das Herz. Das war die Tragödie unseres Lebens. Es war uns nicht bestimmt, unseren Erben aufwachsen zu sehen.» Sie deutete wieder auf die Kommode:

«Das ist ein sehr altes Möbelstück. Es kommt aus dem Orient und gehörte einem Vorfahren von Olózaga, einem chinesischen Prinzen, dessen einzige Tochter ebenfalls...»

«Ach, Tía Mariquita», unterbrach sie Dr. de los Ríos, «ich halte es für ein gewöhnliches, spanisches *bargueño*, und es ist keineswegs alt; ich würde sagen, gut lackierte spanische Kiefer...»

Tía Mariquita wandte sich ihm verärgert zu:

«Das ist nur der Neid, immer versuchen Sie, einem die heiligsten Dinge lächerlich zu machen.»

«Ärgern Sie sich nicht, Tía Mariquita, Sie wissen doch, es macht mir Spaß, Sie zu necken.»

Sie wandte sich an mich – ein entschiedenes Zugeständnis:

«Glauben Sie ihm nichts. Er macht immer Spaß. Das ist wirklich ein sehr altes orientalisches Kunstwerk.»

Obwohl ich nichts Orientalisches daran entdecken konnte, nickte ich respektvoll.

Auf der Straße fragte mich Dr. de los Ríos:

«Wissen Sie, warum sie darauf besteht, daß wir diese Geschichte vom Grab des einzigen Kindes nicht vor Olózaga erwähnen?»

«Weil es ihm Kummer macht, nehme ich an.»

«Natürlich nicht. Er weiß überhaupt nichts davon. Es ist eine der Geschichten, die sie sich ausgedacht hat. Sie ist so steril wie ein Maulesel und könnte keine Kinder bekommen, selbst wenn sie mit einem Bischof geschlafen hätte.»

«Und was hat das mit dem chinesischen Vorfahren ihres Mannes auf sich?»

«Das habe ich vergessen, Ihnen zu erzählen. Olózaga scheint irgendwie orientalisches Blut zu haben. Ich weiß nicht, ob chinesisches oder anderes. Sie werden es an seinen Gesichtszügen sehen, wenn Sie ihm begegnen. Vielleicht ist auch das Einbildung. Er hat es auch ein bißchen mit der Romantik, und ich glaube, er hat sie darin ermutigt, es mit der Wahrheit nicht so genau zu nehmen.»

Ich erinnerte Dr. de los Ríos daran, daß er zu einem Patienten wolle.

«Das habe ich nur gesagt, um gehen zu können. Haben Sie nicht gehört, daß sie ein Stück vorlesen wollte? Ich konnte nicht bleiben und mir das noch einmal anhören.»

«Haben Sie es schon einmal gehört?»

«Tausendmal.»

«Ist es gut?»

«Es ist scheußlich, aber sie beharrt darauf, ein Bühnenautor zu sein.»

Das Theater

Und dann erfuhr ich, daß das fragliche Stück zu ihrer Heirat mit Olózaga geführt hatte.

Er förderte damals billige Shows in Madrid. Er begegnete ihr irgendwie. Sie zeigte ihm ihr Stück, und er produzierte es. Das Stück war so schlecht, daß alle Welt sich einig war, daß es das schlechteste Stück sei, das man je gesehen habe. Und alle Welt ging ins Theater, um sich zu amüsieren und über das Stück zu lachen. Man rief die Autorin auf die Bühne, applaudierte lange und jubelte ihr zu, und sie kam hocherfreut heraus und nahm alles als wahre Huldigung ihres Genies entgegen. Vielleicht war es das auch irgendwie. Auf diese Weise war das Haus jeden Abend voll besetzt, und sie verdienten gut. Einmal erzählte Cendreras, der Sekretär, Olózaga, daß das Publikum seine Frau nur auslache und sich köstlich über sie amüsiere, doch Olózaga antwortete ihm, seine Frau sei glücklich und sie verdienten dabei, also, warum solle man diese Lappalie nicht einfach übersehen? Danach stiegen sie ins Theatergeschäft ein und reisten mit Varieténummern durch Spanien. Alles war so billig und übertrieben wie möglich. Sie holten sich eine Handvoll verhungernder Schauspieler, die für so gut wie nichts auftraten, und machten so weiter. In ein oder zwei Einaktern spielte Tía Mariquita mit. Das Publikum machte sich weiter über sie lustig, klatschte und zahlte. Sie besaß eine Reihe spanischer Schultertücher, und jedesmal, wenn man sie herausrief, erschien sie mit einem anderen, und das Publikum machte es sich zur Pflicht, ihren Vorrat an Tüchern auszutesten, bis sie wieder mit demselben herauskam, und dann rief jemand:

«Das haben wir schon gesehen.» Darauf war sie beleidigt und nannte die Zuschauer *cochons*, ein Wort, das sie dem Französischen entnommen hatte und das sie für sehr herablassend hielt. Cendreras hat Dr. de los Ríos das alles erzählt.

Eines Tages waren sie in Bilbao und beschlossen, ihr Stück wieder aufzuführen. Es war zum Musical umgearbeitet worden, die Musik war von einem gewissen Paroddi, einem Italiener, den sie während ihrer Theaterzeit aufgegabelt hatten. Die Vorstellung war schäbig. Die weibliche Hauptdarstellerin war krank geworden, und Tía Mariquita mußte ihren Part übernehmen. Sie konnten kein Orchester finden, das billig genug war, und mieteten ein verstimmtes Klavier. Die Sänger waren ihrerseits verstimmt und nicht im Einklang mit dem Klavier. Die Kulissen paßten nicht zum Stück und wackelten furchterregend. Ende des zweiten Akts fiel die Hälfte davon um, und Tía Mariquita bekam mitten auf der Bühne einen hysterischen Anfall. Es war eine verheerende Vorstellung. Das Publikum, auf das sie dort trafen, war nicht so geduldig und fing an, sie auszuzischen und mit den Füßen zu stampfen. Tía Mariquita, die sich wieder erholt hatte, wurde wütend über dieses Benehmen und zeigte den Zuschauern ihren Mittelfinger, eine vulgäre Geste, die sie von ihrer Theatertruppe gelernt hatte und deren beleidigende Bedeutung sie offensichtlich nicht kannte. Das brachte das Publikum auf, jemand warf etwas auf die Bühne, und dann brach der Sturm los. Die Leute fingen an zu brüllen und ihr alle möglichen Schimpfworte zuzuwerfen. Man ging auf die Straße, forderte sein Geld zurück und verlangte Olózagas Unterhosen. Ich habe die Bedeutung dieser letzten Forderung nie verstanden.

Am Bühneneingang trafen sie auf Olózaga. Er versetzte dem ersten, der ihn angriff, einen fürchterlichen Schlag. Damals muß er über sechzig Jahre alt gewesen sein. Der Mob stürzte sich auf ihn, er schlug nach rechts und links um sich, und mit der bescheidenen Hilfe von Cendreras gelang es ihm, die Menge zurückzuhalten, bis die Polizei kam. Der arme Cendreras war bei dem Kampf übel zugerichtet worden, aber Olózaga hatte nicht einen einzigen Kratzer und war nur erschöpft. Über sechzig Jahre ist kein passendes Alter, sich einem wütenden Mob zu stellen.

«Und was haben sie dann gemacht?»

«Nun, sie verließen das Theater und ließen sich in Madrid nieder. Seitdem hat er sich in verschiedenen anderen Geschäften versucht, doch mit wenig Erfolg. Er ist jetzt ziemlich alt, wissen Sie, und fängt an, langsamer zu werden. Das ist der Zahn der Zeit. Ganz gleich, wieviel Vitalität ein

Mann besitzt, früher oder später holt die Zeit ihn ein. Alles vergeht.»

Wir sprachen noch eine Weile über Olózaga und Tía Mariquita, und dann berichtete Dr. de los Ríos von den Geschäften, die jener betrieben hatte.

Die Geschäfte des Señor Olózaga

Eines Tages saß ich in einem Café auf der Plaza de Cataluña in Barcelona. Meine Aufmerksamkeit wurde, wie die mehrerer Passanten und der Leute, die im Café saßen, von einer seltsamen Gruppe angezogen, die über den Platz herankam. Es waren sechs phantasievoll gekleidete Männer. Sie trugen Jacken mit breiten grünen und gelben Streifen und Zylinder mit den gleichen Streifen. Sie gingen auf das Café zu. Als sie näher kamen, bemerkte ich einen Mann, der vor ihnen herging und aussah, als versuche er, sich in seinen Kleidern zu verstecken. Er suchte buchstäblich ein Loch im Boden, das ihn verschlucken würde.

Schließlich stürzte der arme Kerl herüber und setzte sich an einen Tisch im Café. Die sechs Männer folgten ihm sehr ernst, setzten sich an den Nebentisch und verharrten dort schweigend und regungslos. Ich fragte einen Kellner, was das zu bedeuten habe.

«Die arbeiten für eine Agentur, die nicht bezahlte Schulden eintreibt. Sie besteht seit ungefähr einem Monat.»

Die Agentur arbeitete wie folgt:

Wenn jemand seine Schulden nicht bezahlte, übergab man die Angelegenheit der Agentur. Sofort stellten sich sechs auf die oben beschriebene Weise gekleidete Männer an der Haustür des Opfers auf. Wenn der Schuldner herauskam, folgten sie ihm auf dem Fuß. Wenn er eine Kutsche nahm, nahmen sie auch eine Kutsche. Wenn er jemanden besuchte, warteten sie vor der Tür, bis er herauskam und nahmen ihre Tätigkeit wieder auf. Sie folgten ihm immer und überallhin, bis die ganze Sache zum Alptraum wurde. Der hartnäckigste Schuldner gab bei dieser Verfolgung schließlich auf und bezahlte, um diese Pest und öffentliche Lächerlichkeit loszuwerden, seine Schulden und wurde augenblicklich in Ruhe gelassen. Niemand hat das eine Woche lang ausgehalten. Die Agentur kassierte einen Teil der Schuld, und das war ihr Geschäft. Offenkundig war dem Mann, der an dem Kaffeehaustisch saß, sehr unwohl. Er rutschte auf seinem Stuhl hin und her und wandte seinen Peinigern den Rücken zu. Die Leute versammelten sich bereits, zeigten auf die Männer und auf den Schuldner und lachten.

Schließlich stand der arme Mann auf. Er ging zu einem der sechs Männer und wechselte einige Worte mit ihm. Eine Kutsche wurde gerufen, alle quetschten sich hinein und fuhren fort. Auf dem Rücken einer der Männer sah ich deutlich in breiten Buchstaben geschrieben:

AGENTUR OLÓZAGA

Derselbe Olózaga, dachte ich, immer derselbe einfallsreiche und unerschöpfliche Geist, immer dieselbe werbewirksame Liebe für das Farbige, immer neu und erfrischend in seinen Einfällen.

Als ich Barcelona verließ, hörte ich, daß die Agentur von der Polizei aufgelöst worden war, weil sie skandalös und anstößig war und zu Menschenansammlungen führte.

Als ich nach Madrid zurückkam, fand ich Olózaga bereits mit einem anderen Unternehmen beschäftigt.

Die Sache bestand darin, die Kleider, die Toten gehört hatten, zu verkaufen. Die Idee war nicht neu und ist in Spanien schon häufig in die Tat umgesetzt worden.

Wenn in Spanien ein Mann stirbt (und ich nehme an, auch anderswo), werden ihm anständige Kleider angezogen. Ob er arm ist oder reich, er hat gewöhnlich einen guten Anzug, seinen Sonntagsanzug, meistens ist er schwarz, um ihn in seinem Sarg zu tragen. Das ist die Psychologie des Geschäfts.

Es geht darum, diesen Anzug zu bekommen. Und so macht man das: Ist die Familie arm, so braucht sie Geld, da sie nicht nur ihren Ernährer verloren, sondern auch noch die Ausgaben für das Begräbnis hat, und manchmal ist es einfach, den Anzug billig zu erwerben, bevor der Sarg geschlossen wird. Ab und an muß der Preis etwas erhöht werden, weil jemand in der Familie ungefähr die gleiche Größe wie der Verstorbene hat. Doch gewöhnlich schleicht sich der Mann, der das Geschäft betreibt, als Vertreter einer karitativen Organisation ein. Mit großer Beredsamkeit weist er darauf hin, daß der Anzug seinen Zweck besser erfüllen würde, wenn er die Blöße eines armen Menschen bedecke, als wenn er unter der Erde liege. Daß es ein Akt der Nächstenliebe wäre, der dem Verstorbenen sehr gefallen würde, daß damit die Dankbarkeit der Armen auf Erden und die des Herrn im Himmel geweckt würde und daß viele Gebete für die großzügige Seele des Toten gesprochen würden. Unter den gegebenen Umständen gibt die Familie gewöhnlich den Anzug fort, ohne weiter nachzufragen.

In schwierigen Fällen muß man allerdings mit dem Totengräber auf dem Friedhof verhandeln und ihn dazu bringen, seinen Einfluß im Hinblick auf den Toten geltend zu machen.

Diese Anzüge sind, ausgebürstet und etwas aufgebügelt, gewöhnlich in gutem Zustand; sie werden nicht als gebrauchte Kleider verkauft, sondern als fehlerhafte Stücke und erzielen gute Preise. Um einen gewissen Geruch zu beseitigen, der an ihnen haften kann, werden sie mit einem kräftigen Desinfektionsmittel besprüht, dessen Geruch jetzt mit dem des Todes gleichgesetzt wird und der außerordentlich dauerhaft und heimtükkisch ist.

Wenn demnach eine ahnungslose Person eines dieser nicht gesellschaftsfähigen Stücke kauft, in der Hoffnung, es möge als gewöhnlicher Anzug durchgehen, zieht ein verräterischer Begräbnisgeruch hinter ihr her, den die Freunde sofort erkennen und mit entsprechendem Gelächter und unehrerbietigen, sarkastischen Witzen kommentieren.

Olózaga war mit einem Mann, Don Laureano Baez, einem Schelm, hinter dem die Polizei eine Zeitlang her war, in das Geschäft eingestiegen.

Ich traf Olózaga an einem Sommertag in der Alcalá-Straße in Madrid. Als ich ihn, im Gegenlicht der untergehenden Sonne scharf umrissen, auf mich zukommen sah, wirkte er immer noch wie ein großer Mann, wenn auch nicht mehr ganz so groß wie früher. Er trug einen schwarzen Rock und weiße Flanellhosen, einen Panamahut und einen Spazierstock. Sein Teint war jetzt heller, seine Augen waren immer noch so schräg und hatten dicke Tränensäcke. Sein hängender Schnurrbart war weiß wie sein Haar und nicht mehr so lang, und er hatte einen recht umfangreichen Bauch. Europa hatte ihn so weit gemäßigt, als es Europa möglich war, doch er hatte immer noch etwas Exotisches und Heiteres an sich.

Wir hatten uns eine Weile nicht gesehen und setzten

uns ins La Elipsa, und dort erzählte er mir von seinem Geschäft.

«Ja», sagte er. «Jetzt ist alles heruntergekommen. Selbst ich, der ich mein Leben lang unternehmerisch und erfinderisch gewesen bin, selbst ich muß mich mit diesen kleinkarierten Geschäften begnügen. Zu meiner Zeit gab es Abenteuer und große Möglichkeiten. Heutzutage tritt ein Mann ins Leben, und das Leben gibt ihm keine Chance, seine Fähigkeiten zu entfalten. Die Zeit der großen Möglichkeiten ist vorbei. Ich habe meine Zeit überlebt, und das ist der schlimmste Fehler, den ein Mann machen kann. Ich komme mir überflüssig vor.»

Wir tranken etwas und unterhielten uns noch eine Weile, dann wanderten wir langsam zur La Castellana.

Das letzte Glühen

Wenige Tage nachdem ich Olózaga gesehen hatte, wurde Madrid von einem Verbrechen erschüttert, in das er indirekt verwickelt war. Die ganze Sache stand in den Zeitungen, die mit Berichten darüber voll waren.

Don Laureano Baez, Olózagas Partner, scheint eine gutaussehende Tochter namens María Luisa gehabt zu haben, die unter dem Spitznamen Lunarito bekannt war. Olózaga gefiel das Mädchen, und eine Zeitlang hatte er versucht, mit Don Laureano Baez zu einer Einigung zu kommen, nach der jener ihm Lunarito für eine bestimmte Summe überlassen sollte. Sie hatten verschiedene Auseinandersetzungen dieser Angelegenheit wegen und waren zu keiner Übereinkunft gelangt. Don Laureano wollte mehr Geld.

Dann fing Olózaga an, im Casino von Madrid zu spielen

und zu gewinnen. Das hielt einige Nächte an, und eines Nachts, als er besonders viel Glück gehabt hatte, erhielt er eine Nachricht. Es war ein Brief von Don Laureano Baez, in dem er ihm mitteilte, daß er die Summe, über die sie verhandelt hatten, akzeptieren würde, und er solle sofort zu ihm kommen. Daß die Tür offen sei und daß Lunarito ihn erwarten würde.

Olózaga setzte sich mit seinem Sekretär Cendreras in Verbindung und schickte ihn zu Don Laureanos Haus, in einem gewissen Abstand folgte er ihm. Als er dort ankam, war Don Laureanos Haus vollkommen dunkel. Auf der Straße vor dem Haus hatte jemand ein großes Feuer angezündet, und die ganze Fassade des Hauses war von einem roten Schein erhellt. Olózaga sah Cendreras ins Haus gehen. Er wartete lange, doch Cendreras kam nicht mehr heraus.

Mehrere abstoßende Vorfälle sickerten im Zusammenhang mit diesem Verbrechen durch, die hier aber nicht beschrieben werden müssen. Lunarito wurde des Mordes für schuldig befunden und Don Laureano ebenfalls. Er wurde im Alter von achtzig Jahren zu lebenslänglicher Haft verurteilt, und Lunarito wurde wegen ihres Alters und nach einem langen und aufsehenerregenden Prozeß in eine Besserungsanstalt geschickt.

Die spanische Öffentlichkeit zeigt manchmal sentimentale und romanhafte Reaktionen, was in einem so alten Land seltsam ist. Lunaritos Fall sprach die Phantasie der Leute außerordentlich an, und mehrere junge Männer der besten Gesellschaft boten sich an, sie zu heiraten und dadurch zu ihrem Erlöser zu werden. Einem jungen Lebemann namens Gaston Bejarano, der wegen seines lockeren Lebenswandels und der Freizügigkeit, mit der er sein Geld ausgab, einen gewissen Grad an Popularität genoß, gelang es, sie zu heiraten, was zu seiner Beliebtheit noch mehr beitrug.

Ich traf Olózaga ein paar Tage später, und er zeigte mir lachend eine Zeitung:

«Bejarano ist ein Narr», sagte er, «wie alle in seiner Familie. Ich habe seinen Großvater gekannt, das war genauso ein Narr. Wissen Sie, es ist merkwürdig. Jedes Mädchen, jede Frau, die ich geliebt habe, hat eine gute Partie gemacht... Fünf davon haben mich geheiratet.» Wieder lachte er. Dann wandte er sich einer anderen Seite der Zeitung zu:

«Diese dämlichen Franzosen haben mir gerade ein gutes Geschäft verdorben. Hier ist ein Artikel, in dem es heißt, sie wollen die Wüste Sahara überschwemmen und daraus ein Meer machen. Ich war gerade dabei, eine Gesellschaft zu gründen, die Wüste zu nutzen. Ein Freund von mir, ein Chemiker, hat mir gesagt, es gäbe kein Reinigungsmittel, das so gut sei wie reiner Sand, und ich wollte die Wüste Sahara zu zehn Centimos die Schachtel verkaufen. Wieder ein gutes Geschäft weniger.»

«Das ist sehr schade», sagte ich.

Wir gingen eine Weile schweigend. Plötzlich sagte Olózaga:

«Wenn ich darüber nachdenke, ist die Idee, aus der Wüste ein Meer zu machen, eigentlich faszinierend und bietet unendlich viele Möglichkeiten. Ich denke, ich werde mich an einen Mann wenden, den ich kenne, er wird mir ein paar Hinweise geben, und vielleicht kann ich etwas Großes daraus machen.»

Eine junge *modistilla* ging vorbei. Olózaga rief ihr aus Gewohnheit einen *piropo* nach, und das Mädchen lächelte und zwinkerte ihm zu.

Olózaga schüttelte mir die Hand:

«Tut mir leid, daß ich Sie so schnell verlassen muß, aber ich habe dringende Geschäfte. Bis bald.»

«Bis bald.»

Und dann dachte ich:

Noch jetzt, im Alter der Träume und des bedeutungslosen Strebens, und gleichgültig, ob als Olózaga oder als der große Chinelato, immer war er hinter Liebe und Abenteuer her. Und dann der Widerspruch... während er dem Praktischen nachlief, hatte er ein überaus romantisches Leben geführt. Sein Leben ist eine Lektion. Doch nun ist seine Zeit vorbei. Er hat recht: er hat seine Zeit überlebt... und das ist traurig.

Die Nekrophile

Meine wirkliche Freundschaft mit Dr. José de los Ríos stammt aus der Zeit jener Ereignisse, die ich jetzt erzählen will. Obwohl ich ihm schon etwas früher begegnet bin, kam ich doch erst damals mit ihm in engeren Kontakt.

Es hatte sich folgendes ereignet:

Doña Micaela Valverde war eine Frau mittleren Alters, die allein mit einer Dienerin im Barrio de Salamanca wohnte, dem Teil von Madrid, wo Dr. José de los Ríos seinen Wohnsitz hatte.

Da sie keine nahen Verwandten und allem Anschein nach wenig Interesse am Leben hatte, beschäftigte sich Doña Micaela hauptsächlich damit, zur Kirche zu gehen. Sie ging im Morgengrauen zur Frühmesse, am Abend zur Vesper, und während des dazwischen liegenden Teils des Tages widmete sie sich irgendeiner Novena oder jenen kumulativen Gebetsreihen, bei denen man am ersten Tag ein Paternoster betet, am zweiten zwei und so weiter, bis zu fünfzig oder wieviel die Höchstzahl auch sein mag, und dann das Ganze wieder abnehmend, wie man es mit Medikamenten macht, bei denen man die Anzahl der Tropfen zunehmend und abnehmend dosiert.

Mit diesen dosierten Gebeten soll man praktisch alles erreichen können, was in der Macht des Heiligen steht, zu dem man betet, oder der Heilige wird von solcher Ausdauer dazu bewegt, seinen Einfluß bei höheren Heiligen oder bei Gott selbst einzusetzen.

Diese kumulativen Bitten an den Himmel waren eine Spezialität von Doña Micaela, ich konnte jedoch nicht herausbekommen, was sie ständig und so ausdauernd erflehte. Doña Micaela Valverde war genau so, wie der Leser sie sich vorstellen wird, allerdings mit dem Unterschied, daß sie nicht mager war. Natürlich waren ihre Züge und ihr Gesichtsausdruck hart, und sie war blaß, aber sie war nicht mager, und eigentlich war sie recht gut entwickelt. Wären nicht ihre ewig schwarzen Kleider gewesen und irgend etwas an ihr, das schwer zu beschreiben ist, hätte man das Wort attraktiv auf sie anwenden können.

Doch da war etwas an Doña Micaela, das war unheimlich. Dr. José de los Ríos machte mich darauf aufmerksam. Es war das Aussehen einer Wachsfigur, das immer, egal wie naturgetreu die Nachbildung ist, abstoßend wirkt. Ihre Kleider umhüllten Doña Micaela nicht mit warmer, weicher Zärtlichkeit, wie sie das bei anderen Menschen tun; sie hafteten einfach kalt an ihr, sichtlich angewidert von der engen Berührung. Diese Kleider bedeckten nicht elastisches Fleisch, das nachgibt und sich seiner Umgebung anpaßt, sie schienen einen steifen Rahmen zu bedecken, und das so unwillig wie jemand, der sich einer abstoßenden Pflicht beugt. Wenn man Doña Micaela ansah, wurde einem klar, daß Kleider manchmal Gefühle haben.

Neben ihrer Kirchgeherei hatte Doña Micaela noch ein anderes Hobby, und das waren Beerdigungen. Sie liebte sie über alles und war bei jeder Beerdigung anwesend, zu der sie Zutritt bekommen konnte. Und man wußte, daß sie durch ganz Madrid jagte und in Fenster und Türen sah, da ihre Bekannten sie nicht mit ausreichendem Material versorgen konnten, um ihre Gier zu befriedigen; und wo immer sie das geringste Zeichen des Todes entdeckte, eilte sie hinein und drängte sich unter irgendeinem Vorwand der trauervollen Versammlung auf, oft, indem sie behauptete, sie hätte den Verstorbenen einmal gekannt. Sie machte unfeine und taktlose Bemerkungen und weidete sich an den abstoßendsten Einzelheiten.

So sagte sie etwa, die Leiche mit den Augen verschlingend:

«Wie dünn er aussieht! Er muß sehr gelitten haben.»

«Ach nein, Doña Micaela, er hatte zum Glück einen sehr leichten Tod, ganz als wäre er eingeschlafen.»

«Hmmm... ich finde seine Züge verzerrt. Sein Todeskampf muß lang gewesen sein... Hmmm... ja, das ist schrecklich. Ich erinnere mich noch an meinen armen Joaquín... ja. Es war ein Schlaganfall, und er war ganz schwarz im Gesicht... Hmm... Es war furchtbar... Ich war wie verrückt und wollte nicht, daß man ihn fortbringt... Hmm... bis sich die Nachbarn über den Geruch beschwert haben... Hmm... Es war großartig... Hmm... Ich meine schrecklich.»

Doña Micaela warf noch einen langen, letzten Blick auf die Leiche und streichelte sie sogar, wenn niemand hinsah, eilte dann zu einer anderen Beerdigung und überließ die Familie ungetrösteter als zuvor sich selbst.

Mit Trauermiene betrat sie die nächste Wohnung.

«Hmm... wir haben heute eine Tote, stelle ich fest. Ich bin Doña Micaela Valverde, zu Ihren Diensten. Hmm... Sie haben mich nicht kennengelernt, aber ich war eine gute Freundin von ihr... Ja, das ist schrecklich.»

«Es ist sehr freundlich von Ihnen, Señora Valverde, daß Sie ihr diese letzte Aufmerksamkeit erweisen...»

«Tttt, mein Kind, das ist mir ein Vergnügen... Hmm... Ich versichere Ihnen, es ist mir ein Vergnügen.»

Doña Micaela ging kritisch mehrere Male um das Bett oder den Sarg herum, je nachdem, und beäugte, beschnüffelte und, wenn möglich, berührte die Tote.

«Haben Sie auch alle ihre Öffnungen sorgfältig verstopft, mein Kind? Hmm... Lassen Sie mich das Tuch um ihr Kinn festziehen, es ist locker und ihr Mund ist nicht ganz geschlossen... Hmm... Sie sieht aus wie jemand, der Zahnschmerzen hat und nicht wie eine normale Leiche.» Und Doña Micaela machte sich mit flinken, blassen Händen, die zu der Leiche paßten, daran, das Tuch zu befestigen. Sie dehnte die Operation aus, berührte den Körper soweit wie möglich und sprach dabei die ganze Zeit:

«Ich erinnere mich noch, wie mein armer Nicolás starb... Ich vergaß, ihm den Mund zu schließen, und als sie ihn wegtrugen, stand er weit offen... als ob er noch immer über die Schmerzen schreie, die er hatte, bevor er starb... Hmm... diese Dinge sind furchtbar... Ich werde die Augenblicke auf dem Friedhof nie vergessen, als man meine beiden armen Männer begraben hat... Hmm... Ich kann noch das Geräusch der ersten Schaufel Erde auf dem Sarg hören.»

Und dann eilte Doña Micaela davon.

«Auf Wiedersehen, mein Kind, und vergessen Sie nicht, mich das nächste Mal zu rufen.»

Wenn Doña Micaela zu Hause ankam, war sie ganz atemlos.

«Jacinta», sagte sie zu ihrer alten Dienerin, «fünf Beerdigungen heute. Hmm... ein sehr guter Tag... ja. Ich habe meine Zeit nicht vertan.»

Jacinta schüttelte den Kopf und ging schweigend wieder in die Küche.

Abends besuchte Doña Micaela häufig die *tertulia* eines Leichenbestatters in ihrer Straße, und dort sprach sie nach

Herzenslust über den Tod und stritt lange mit ihrem Gastgeber. Sie konnte ihn nicht dazu bringen, die Dinge auf ihre Weise zu sehen. Der Leichenbestatter liebte den Tod auf philosophische Weise. Für ihn war er eine Geschäftsangelegenheit, während Doña Micaela ihn von einem rein ästhetischen Gesichtspunkt aus betrachtete. Sie liebte den Tod um seiner selbst willen. Doch beide stimmten in einer Sache überein: es gab nicht so viele Tote, wie sie sich gewünscht hätten, und sie führten oft Gespräche wie dieses:

«Ich weiß nicht, was in diesem Winter los ist. Es scheint nicht kalt genug zu werden.»

«Genau. Ich habe noch von keinem Fall von Lungenentzündung gehört, nicht einmal von einer Erkältung.»

«Ja... es ist schrecklich. Man redet so viel über den berühmten Wind vom Guadarrama... Hmm... Ich habe bisher nicht gesehen, daß er irgendeinen Schaden angerichtet hätte.»

«Und das bei so vielen alten Menschen in Madrid! Alles, was sie brauchen, ist ein bißchen kalter Wind und...»

«Ja... Hmmm, sehr entmutigend... Ich meine... Hmm... ja.»

Doña Micaela und der Leichenbestatter waren gute Freunde. Sie half ihm bei seinem Geschäft, und er half ihr bei ihrem Hobby. Sie war ein ausgezeichneter Spürhund für den Tod geworden. Sie roch ihn auf eine Meile Entfernung. Sie sagte häufig, sie könne in den Gesichtern der Menschen sehen, ob sie bald sterben würden, und diesen Verdacht teilte sie dann ihrem Freund, dem Leichenbestatter, mit, und er traf seine Vorkehrungen.

Er erlaubte ihr seinerseits, mit seinen Bestattungsutensilien herumzuwerkeln, und bei mehreren Gelegenheiten hatte sie ihm sogar bei der Arbeit zugesehen. Natürlich gaben sie ihre gemeinsame Schwäche nicht offen zu, doch sie wußten, daß sie mit der Sympathie des anderen rechnen konnten. Sie sprachen über ihr Lieblingsthema mit salbungsvoller Stimme, die an Obszönität grenzte.

«Kennen Sie García, den Dichter, der mir gegenüber wohnt? Also, ich weiß, daß er bald sterben wird. Ich habe ihn nie gemocht... jedem spricht er ewig seine abgeschriebenen Gedichte über das Leben und über die Natur vor... Hmm... Er ist bereits blind, und ich weiß, daß er sterben wird... Hmm... Ich konnte schon das Zeichen des Todes in seinem Gesicht erkennen. Und dieses Mädchen, Lunarito, ist es, die mit ihm zusammenlebt... Hmm... ja, die bringt ihn um... sie ist ein Biest... Hmm... und diese beiden großen, düsteren Hunde, die er da hat, wie die Verkörperungen von Seelen im Fegefeuer... Hmm... ja. Sie haben nachts geheult... Hmm...»

Doña Micaela liebte den Tod. Es war eine Besessenheit und hatte anstößige Formen angenommen. Sie sprach von nichts anderem, sie dachte an nichts anderes, und die Leute begannen, dies unbewußt zu ahnen. Wie durch ein Wunder war sie immer zur Stelle, und man fürchtete ihre Gegenwart bereits. Es war diese Wachsfiguraura um sie, diese Wolke des Grauens, die über ihr zu hängen schien. Es war dieser forschende Blick ihrer Augen, der in jedem, dem sie begegnete, nach dem Leichnam zu suchen schien, diese Suche nach dem Tod, der in jedem Lebewesen ruht. Ihr bohrender Blick, der durch die Haut drang und das Skelett streichelte, dieser stechende Blick, der jeden, den sie ansah, an die Tatsache erinnerte, daß seine Tage gezählt waren. Dieser Blick, der einen wie ein Leichentuch umfing.

Sie hatte auch so einen ruckartigen Gang, als wäre sie eine steife, mechanische Kleiderpuppe. Selbst auf den Tapfersten muß sie in ihren schwarzen Kleidern nachts in einer einsamen, dunklen Straße mehr als erschreckend gewirkt haben, und die Straßen im Barrio de Salamanca waren damals einsam und dunkel.

Und dann erfuhr ich noch etwas Wichtiges über Doña Micaela Valverde.

Sie litt an einer seltsamen Krankheit. Einmal im Jahr und für den Zeitraum von zwei bis drei Monaten trat sie in ein Stadium von Bewußtlosigkeit ein, das alle Zeichen des Todes trug. Tranceähnlich, jedoch bedenklicher. Sie wurde kalt und steif, und alle Bemühungen, sie ins Bewußtsein zurückzurufen, waren vergeblich.

Anfangs waren diese Anfälle nicht so stark, und sie konnte hören und fühlen, obwohl sie sich weder bewegen noch sprechen konnte. Doch mit der Zeit wurde es schlimmer, und sie lag genauso da, als wäre sie tot. Ihre Züge wurden schärfer und bekamen einen leichenhaften Ausdruck, und wenn sie wieder aufwachte, konnte sie sich an nichts erinnern.

Nach und nach vermochte sie zu erkennen, wenn sich ein Anfall ankündigte, und dann verabschiedete sie sich von den wenigen Bekannten, die sie noch hatte, als ginge sie auf einen Urlaub in die andere Welt. Nach und nach wurden diese Gänge zu ihren Freunden zu einem Ritual, das sich jedes Jahr zur gleichen Zeit, nämlich im Frühling, wiederholte. Und dann zog sie sich in ihr Zimmer zurück, ihr Haus wurde verriegelt, und für die Welt war sie tot.

Dr. José de los Ríos, der sie mehr oder weniger behandelte, sagte eines Tages zu mir:

«Ihr Fall interessiert mich, und ich wüßte gern mehr darüber, aber sie erzählt mir nichts. Ich glaube, sie genießt ihren Zustand. Sie liebt es, in regelmäßigen Abständen zu sterben, und ich glaube, sie will gar nicht wirklich, daß ich sie heile. Sie glaubt ganz naiv, wir Ärzte seien Feinde des

Todes. Ich weiß, daß sie mich überhaupt nicht mag, aber es macht mir Vergnügen, sie zu behandeln und ihr mit dem Leben zu drohen. Es ist erstaunlich, wie sehr sie das Leben haßt. Sie hat denselben Widerwillen gegen das Leben wie die meisten Menschen gegen den Tod. Ich meine einen Widerwillen gegen seine offenkundigen Äußerungen, der nicht frei ist von einer gewissen Neugier. In Gegenwart einer gesund aussehenden Person fühlt sie sich so angewidert wie ein normales Wesen von einer verwesenden Leiche. Sie haßt das Leben.»

Doña Micaela Valverde erzählte Dr. de los Ríos wenig über sich. Doch sie sagte ihm, daß sie das Nahen ihrer Anfälle an den langen Phasen von Melancholie erkennen könne, die ihnen vorausgingen. Ungefähr einen Monat vor einem solchen Anfall überkommt sie eine Traurigkeit, die Ausmaße annimmt, die zum Verrücktwerden sind und an Wahnsinn grenzen. Dann, je näher sie dem Anfall ist, laufen in regelmäßigen Abständen Krämpfe über ihren Körper, und sie weiß, daß es nun Zeit ist, ihre Vorbereitungen zu treffen. Wie ich schon sagte, diese Anfälle waren anfangs schwächer; sie lag regungslos da, doch ihre Augenlider flatterten, und manchmal rollten ihr Tränen aus den Augen. Sie konnte sehen, hören und riechen und manchmal sogar fühlen. Doch mit der Zeit wurden die Anfälle schwerer. Sie verlor das Bewußtsein, war von totaler Totenstarre befallen, ihre Temperatur sank, bis sie kalt war, und das empfindlichste Stethoskop konnte keinen Herzschlag mehr wahrnehmen. So lag sie zwei oder drei Monate in ihrem Bett in einem Zimmer, dessen Vorhänge zugezogen waren; ihrer alten Magd hatte sie zuvor gesagt, daß sie sich nicht um sie kümmern solle.

Die arme Magd ging mit äußerster Gleichgültigkeit im Haus umher. Sie hatte sich offensichtlich an diese Dinge gewöhnt. Sie machte sich zu schaffen, hielt alles in Ordnung, ohne auch nur in das Zimmer ihrer Herrin zu sehen, und so verging die Zeit, bis Doña Micaela eines Tages wieder aufwachte, aus dem Bett taumelte und kaum in der Lage war zu gehen. Dann sah die Magd, wie die Tür des Zimmers ihrer Herrin aufging, und Doña Micaela kam wie eine wandelnde Leiche den Korridor entlang gewankt und murmelte mit hohler Stimme:

«Ich bin tot gewesen... Ich bin tot gewesen...»

Die Magd schüttelte traurig den Kopf und ging ihrer Arbeit nach.

Dr. José de los Ríos hatte Doña Micaela während einer ihrer Anfälle untersucht und berichtete mir:

«Ich habe alle Tests gemacht, die die Wissenschaft für solche Fälle kennt, und ich sage Ihnen, sie ist wirklich tot. Sie stirbt für zwei oder drei Monate, und dann belebt sie sich wieder.»

«Aber das ist doch nicht möglich. Es muß ein akuter Fall von Muskelstarre oder etwas Ähnliches sein.»

«Ich habe alle Tests gemacht, und ich sage Ihnen, sie ist wirklich tot.»

Dr. de los Ríos blieb dabei, doch mich überzeugte das nicht. Bald entstand ein Aberglaube um Doña Micaela Valverde, und die Menschen nannten sie die tote Frau. Niemand wagte es, ihr nahe zu kommen. Alle Welt mied sie. Kinder rannten erschrocken vor ihr davon. Die einzigen Menschen, die sich noch ihrer annahmen, waren ihre alte Magd und der Leichenbestatter unten in ihrer Straße.

Doña Micaela hatte an die Gefahr gedacht, während einer ihrer Anfälle begraben zu werden, und ihre Magd angewiesen, dies nicht zuzulassen, bis es absolut notwendig wäre, und unter gar keinen Umständen sollte sie dem Leichenbestatter oder einem anderen, der sich als Verwandter ausgebe, erlauben, während ihres Anfalls das Haus zu betreten. Sie schien genauso viel über die Lebenden zu wissen wie über die Toten.

Und so lebte Doña Micaela einsam. Sie verließ ihr Haus bei Dunkelheit und wanderte, von unendlicher Traurigkeit und Melancholie befallen, in der Gegend umher, ging dann in eine Kirche und brachte dort lange Zeit betend in einem dunklen Winkel zu. Ihre Trauer nahm zu, und sie ging mit gesenktem Kopf umher. Sie weinte häufig und weinte noch mehr, wenn sie sah, wie die Menschen vor ihr zurückwichen.

Alle Welt hatte sie verlassen, alle Welt floh den dumpfen Hauch des Todes, der sie einhüllte, und als ich sie damals sah, meinte ich, daß ihre Züge in jenem Abschnitt ihres Lebens weicher geworden waren und ihr Gesicht einen menschlicheren Ausdruck zeigte.

Doch das wiederholte Aufsuchen des Todes hatte sie gezeichnet. Der Tod hatte ihr seinen unauslöschlichen Stempel aufgedrückt. Ihr Teint hatte eine grünliche Färbung angenommen, ihre Augen waren eingesunken und von tiefen Schatten umgeben, und wenn sie vorüberging, hinterließ sie die Spur jenes seltsamen Geruchs, der nicht unbedingt unangenehm war. Es war ein leicht ranziger Geruch, der stark an vertrocknete Orangenblüten erinnerte und einem dumpf in die Nase schlug.

Und dann war da der Blick ihrer großen, eingesunkenen Augen, dieser Blick, der in jedem, dem sie begegnete, den Tod suchte. Aber auch dieser Blick war jetzt weicher geworden, er hatte nicht mehr den früheren Funken von Schadenfreude, er war nur noch ein langer, trauriger, häufig von Tränen verschleierter Blick.

Ja. Es lag eine tiefe, verborgene Schönheit in Doña Micaela, und sie hätte eine äußerst attraktive Frau sein können. In der Tat ist sie dreimal verheiratet gewesen. Ihre ersten beiden Männer starben, und der dritte, er hieß Cendreras, verließ sie während einer ihrer Todesanfälle.

Dr. de los Ríos, der Cendreras kannte, erzählte mir, daß dieser ihm folgende Nachricht für sie hinterließ:

«Sagen Sie ihr, daß ich sie verlassen muß, weil ich den Wahnsinn in mir aufsteigen fühle.

Sagen Sie ihr, daß ich sie über alles in der Welt liebte, aber Liebe ist Leben, und bei ihr ist alles Tod.

Sagen Sie ihr, daß ich jedesmal, wenn ich sie durch den einsamen Korridor im Haus kommen sah, die kalte Angst in meinen Knochen aufsteigen fühlte.

Sagen Sie ihr, daß sie schön war, daß ich aber immer, wenn sie mich umarmte, das Gefühl hatte, mein Grab schlösse sich über mir.

Sagen Sie ihr, daß unsere Ehe nie vollzogen wurde, weil ich, immer wenn ich mich ihr nachts in den vertrautesten Augenblicken näherte, die eifersüchtigen Hände ihrer toten Ehemänner aus einem schwarzen Abgrund auftauchen sah, um sie vor mir zu schützen.

Sagen Sie ihr, daß ihre Augen in solchen Augenblicken das Schönste waren, was ich je gesehen habe, aber sie wiesen mich mit ihrem unirdischen Ausdruck ab. Ich wußte, daß meine Absichten frevelhaft waren... Es lag eine Mischung aus Spott und Trauer in diesen Augen...! Als wollten sie mich daran erinnern, daß sie nicht von dieser Welt war. Und vielleicht rettete mich das vor einer vollkommenen Vereinigung mit dem Tod.

Sagen Sie ihr, daß ich während ihres Totenbannes im Haus herumirrte wie ein Verrückter, daß ich wie mit einer Leiche lebte und daß sie mich jedesmal, wenn sie ins Leben zurückkehrte, und ich den Versuch machte, sie freudig zu begrüßen, weil sie sich wieder erholt hatte, mit diesem

Ausdruck von Spott und Trauer ansah, als wollte sie sagen: *Vergiß dich nicht, denn eines Tages wirst du steif und tot sein.*

Sagen Sie ihr, daß ich mich jedesmal, wenn sie mich ansah, in ihren Augen als tot erkannte.

Sagen Sie ihr, daß ich sie verließ, während sie tot war, weil sie mich andernfalls mit ihrer seltsamen Faszination zurückgehalten hätte.

Sagen Sie ihr, daß ich aus dem Haus des Todes geflohen bin und nie wieder zurückkehre, daß ich aber niemals eine andere lieben werde. Daß sie in mir den Samen des Todes geweckt hat, der in jedem Lebewesen ruht.

Und sagen Sie ihr, daß ich verfügen werde, daß meine Leiche zu ihr geschickt werden soll, wenn ich sterbe.»

Und dann sagte mir Dr. de los Ríos:

«Alles an dieser Frau ist tot, und jeder, der mit ihr zusammenlebt, würde bald sterben. Der Tod ist eine anstekkende Krankheit, die einen umbringt. Bei ihr ist er endemisch und periodisch geworden. Sie stirbt häufig, doch der Tod kann sie nicht ganz umbringen. Es gibt kein besseres Mittel gegen den Tod als den Tod selbst. Jeder um sie herum wäre gestorben.»

«Aber was ist mit der alten Magd? Sie lebt.»

«Sie ist zu alt, sie hat keine Gefühle mehr, sie ist über den gefährlichen Punkt hinaus. Ja, sie ist zu alt; der Tod hat sie übersehen. Wie die meisten alten Menschen wird sie nicht sterben, sie wird einfach vergehen.»

«Und trotzdem, Doktor, Doña Micaela hat dreimal geheiratet. Das ist doch wohl ein Zeichen von Leben. Die Ehe ist, soviel ich weiß, die Heiligung eines Aktes der Natur, des Lebens, der Liebe.»

«Da bin ich nicht so sicher. Die meisten Dinge sind geheiligt, wenn sie tot sind, und vielleicht fühlte sie das. Sie spürte, daß die Ehe eins der deutlichsten Symbole des Lebens tötet. Drei Männer verfielen ihrer Anziehungskraft, trotz dieses anderen, was alle Welt von ihr fernhält; und den dreien bot sie die gleichen Bedingungen der Ehe, die gleichen Bedingungen des Todes. Zwei bezahlten mit ihrem Leben, nur Cendreras verweigerte sich. Er ist bald darauf gestorben, er wurde das Opfer eines grausigen Mordes; aber sein Körper konnte nicht zu Doña Micaela geschickt werden, wie er versprochen hatte, weil nur ein Teil davon gefunden wurde und der in Raten, und außerdem waren die Behörden dagegen.»

«Aber, hat sie ihre Männer geliebt?»

«Ich glaube nicht. Was sie an ihnen liebte, war ihr Leichnam. Sie liebte den Tod, und ich glaube, sie opferte sie ihm als Huldigung. Wissen Sie? Ich glaube, sie hat keine ihrer Ehen vollzogen. Ich weiß das von ihrem dritten Mann. Sie ist dem Tod stets treu geblieben.»

Und eines Tages nahm Dr. José de los Ríos mich mit in das Haus von Doña Micaela Valverde, die in ihrem Totenbann lag. Als wir dort ankamen, empfing uns die Magd. Sie begrüßte Dr. de los Ríos freundlich und sagte:

«Sie ist in ihrem Zimmer, tot. Sie wissen ja, wo ihr Zimmer ist.»

Sie schien vollkommen ungerührt, und ihre Worte hallten in der gedrückten, trostlosen Stimmung des leeren Hauses wider.

Wir gingen durch einen Korridor, der an einem Ende durch ein Fenster beleuchtet wurde, das uns unsere Schatten vor die Füße warf. Wir gingen und schoben unsere Schatten vor uns her, bis sie auf die gegenüberliegende Wand stießen und nach oben krochen. Sie stiegen drohend vor uns in die Höhe, aber als wir näher kamen, schrumpften sie. Am Ende des Korridors lag das Schlafzimmer von Doña Micaela Valverde.

Der Raum war sehr dunkel. Auf dem Bett sah ich die schwachen Umrisse ihres Körpers. Dr. de los Ríos ging um sie herum und schob die Vorhänge zur Seite. Das gelbe Licht des Spätnachmittags erhellte das Zimmer. Es war ziemlich kahl, es gab kaum Möbel darin, und die waren mit Staub bedeckt. Die leeren Wände waren schmutzig und zeigten an verschiedenen Stellen Risse. Auch auf der Scheibe des geschlossenen Fensters lag eine dichte Staubschicht. Sie machte das gelbliche Licht schwächer und kälter.

Doña Micaela lag vollkommen zugedeckt, sogar ihr Kopf war verhüllt, in ihrem Bett. Dr. de los Ríos zog das Laken fort und enthüllte die tote Frau. Wir sahen sie beide lange an. Ihre Augen waren offen, und in ihnen war die Kälte des Todes sichtbar, aber sie besaßen noch die seltsame, tiefe Schönheit, die sie charakterisierte, und waren von dunklen Ringen umgeben, die zu ihren Schläfen führten, wo sie sich im Haar verloren, das trocken und aschfarben auf dem Kissen lag.

An der Wand, am Kopfende des Bettes, hing ein Gekreuzigter aus Elfenbein an einem schwarzen Kreuz und neigte sich voll unendlicher Güte über die tote Frau.

Dr. de los Ríos bemerkte:

«Ihre Dienerin hat dieses Mal vergessen, ihr die Augen zu schließen.»

«Sie sind schön», sagte ich.

Und Dr. de los Ríos wiederholte:

«Ja, sie sind schön.»

Ich schwieg und betrachtete ihren nackten Körper. Dann nahm Dr. de los Ríos wieder das Wort:

«Ich sage Ihnen, das ist der Tod und nichts anderes. Diese

Frau ist seit einem Monat tot und wird es wohl noch zwei Monate lang sein.»

Und er sah wehmütig auf die tote Frau hinunter und zitierte mit melancholischer Stimme:

«Ein gewaltiger Donner wird in der Ferne stürmen und doch ungehört im schwachen Beben ihres Trommelfells ersterben.

Die sengende Sonne wird in Schweigen den Meridian überwinden und nicht einen einzigen Schweißtropfen als Antwort erhalten, der auf den Gletschern ihrer Augen gefrieren würde.

Die flackernden Sterne der Nächte werden ausgehen, wenn sie wie Tropfen aus Licht in die vollkommene Leere fallen, die ihre Seele zurückließ.

Die blutrote Dämmerung der Tage wird verblassen und auf ihrem fahlen Leichnam vergehen.

Und die strahlende Kavalkade des Glücks wird still werden, wenn sie an ihr vorbeizieht und sich in schaler Vergeblichkeit unter dem großen, dichten Leichentuch ihrer Verneinung zerstreut.»

Und dann holte Dr. de los Ríos ein kleines Skalpell hervor und schnitt mit roher Entschlossenheit eine tiefe Wunde in ihren Schenkel.

«Sehen Sie her!» sagte er und zeigte mir die gefrorene Wunde ohne einen Tropfen Blut.

«Berühren Sie sie!» sagte er und drückte meine widerstrebende Hand auf das eiskalte Fleisch. Ich zog sie rasch zurück, während eine andere traurige Szene in meiner Erinnerung aufblitzte, und sah dann zu dem Gekreuzigten, dessen Kopf sich in anmutiger Ergebenheit neigte.

Dr. de los Ríos fuhr fort:

«Das sind keine absoluten Beweise, aber die eindrucksvollsten Nachweise für den Laien. Ich habe die wissenschaftlichen Tests gemacht, und ich sage Ihnen, sie ist tot. Wenn sie ins Leben zurückkehrt, wird sie sich an ihren Zustand nicht erinnern können, sie wird kein Gefühl für die Zeit haben. Sie wird glauben, sie habe sich nur einen Augenblick hingelegt, aber sie wird von dem, was stattgefunden hat, unbestimmte Gefühle haben, ein unmißverständliches Gefühl. Wie ein Echo wird sie die Hand des Todes auf ihrem ganzen Körper spüren. Sie ist eine Spezialistin, sie weiß es. Sie wird sagen, daß sie tot war, und sie hat recht.»

«Aber das ist doch absurd!» rief ich aus. «Wenn sie seit einem Monat tot ist, wieso hat die Verwesung nicht eingesetzt?»

Es war, als brauche mein Satz viel Zeit. Alles in dem Raum wirkte, als hätte das Leben ausgesetzt. Wir standen zu beiden Seiten des Bettes; Dr. de los Ríos stand mit dem Rücken zum Fenster, und ich konnte nur seine Umrisse gegen das schwache Licht sehen. Der Abend brach rasch herein, und das letzte Licht sammelte sich auf dem elfenbeinernen Gekreuzigten und dem toten Körper, der zwischen uns lag. Mein Satz hing immer noch in der Luft, als gelänge es ihm nicht, die Wand des Todes zu durchdringen, die uns trennte. Dr. de los Ríos richtete sich langsam auf, sein Umriß wuchs dabei und wurde so groß, daß er mich erschreckte. Das Skalpell blinkte in seiner Hand zwischen den sich verdichtenden Schatten wie das letzte Licht der Weisheit, das versucht, das Dunkel des Mysteriums zu durchdringen, um das Jenseits zu erreichen und zu sezieren. Und dann antwortete er:

«Weil Verwesung die Rückkehr ins Leben ist. Das Leben entreißt damit den Körper dem Tod und beansprucht ihn für sich. Diese Frau liebt den Tod zu sehr. Sie liebt den Tod um seiner selbst willen und hat ihn von allen geheimen

Bindungen zum Leben gelöst. Durch seinen Zerfall kehrt ein Körper ins Leben zurück, ohne seine Identität und ohne seine Persönlichkeit. Sie will sie selbst bleiben, so daß sie, wenn sie wieder lebendig wird, weiß, daß sie tot war. Sie will nur den dekorativen, vorübergehenden Teil des Todes. Sie betrachtet den Tod nur in seiner reinsten Form, getrennt von allen seinen gewöhnlichen und notwendigen Entwicklungen innerhalb der Natur. Darum setzt in ihr keine Verwesung ein. Sie wäre ein zu deutliches Zeichen von Leben, und sie haßt das Leben. Aber wie sie den Tod festhalten kann, wie ihre Willenskraft über die Grenzen ihres Lebens hinweg bestehenbleiben kann, das geht über mein Fassungsvermögen.»

Und Dr. José de los Ríos schien noch mehr zu wachsen, sein Arm streckte sich nach einer unsichtbaren, flüchtigen Wahrheit aus. Und dann erlosch das Licht auf dem Skalpell, und wir versanken in tiefen Schatten. Danach erinnere ich mich nur noch daran, daß Dr. de los Ríos mich am Arm nahm und daß wir durch die Dunkelheit aus dem Haus des Todes auf die Straße hinaus eilten.

Ich habe nie erfahren, ob meine Erlebnisse an jenem Tag Traum gewesen waren oder Wirklichkeit. Den ganzen Sommer über war ich beschäftigt und sah Dr. de los Ríos nicht vor dem Herbst wieder. Als ich ihn traf, kam ich auf die Sache zurück.

«Es ist mir schließlich gelungen, ihren Fall etwas deutlicher zu diagnostizieren», sagte er. «Wissen Sie, Doña Micaela Valverde liebte den Tod, wie ich gelegentlich bemerkt habe. Natürlich interessiert sich fast jeder für den Tod, so wie man sich für Sex interessiert. Es ist eine natürliche Neugier für den Anfang und das Ende der eigenen Existenz, die einen sehr direkt berührt. Doch dieses Interesse hat sich bei Doña Micaela zu einer Liebe, zu einer

Leidenschaft ausgewachsen. Sie sprach von nichts anderem und dachte an nichts anderes mehr.»

Und dann erfuhr ich von Dr. de los Ríos, daß sie oft ins Leichenschauhaus gegangen war und Stunden dort zugebracht hat und daß sie ausgedehnte Spaziergänge auf dem Friedhof unternahm.

Sie unterließ ihre Besuche im Leichenschauhaus schließlich, weil sie fürchtete, man würde ihre Neigung herausfinden. Außerdem zog sie Beerdigungen vor, bei denen der Tod seine dekorativen Aspekte zeigte. Das war eine echte Leidenschaft bei ihr. Sie liebte alles, was sie an den Tod erinnerte. Sie liebte Attrappen und sammelte Schaufenster- und alle möglichen anderen Puppen. Eigentlich alles, worin sie ein Symbol entdecken konnte. Doña Micaela war wahnsinnig verliebt in den Tod. Diese Todesanfälle, an denen sie litt, waren nach Dr. de los Ríos kleine Reisen, die sie unternahm, um sich mit dem Tod zu treffen und mit ihm Hochzeit zu feiern. Und Dr. de los Ríos sagte:

«Ich kam zu dem Ergebnis, daß Doña Micaela Valverde mit dem Tod schwanger ging und daß eine Abtreibung das einzige sei, was ihr Heilung bringen würde.»

Als Dr. de los Ríos zu diesem Schluß kam, war Doña Micaela bereits in einem sehr schlechten Zustand. Sie war gelähmt, und ihre Anfälle kamen häufiger. Sie war jetzt längere Zeit tot als lebendig, und der Tod hatte eine schreckliche Macht über sie.

Und Dr. de los Ríos sagte:

«Da rief die arme Doña Micaela mich zu einer Konsultation. Ich wußte bereits, welche Medizin sie brauchte. Sie wissen, wie sehr ich Selbstmord als universales Allheilmittel schätze. Also, man kann Selbstmord auch als eine Abtreibung des Todes sehen.»

Darum sagte er, nachdem sie Dr. de los Ríos von all ihren

Beschwerden erzählt hatte, daß er sie nicht heilen könne, daß ihr Fall hoffnungslos sei und daß es das beste wäre, sie würde Selbstmord begehen. Daß der Tod das beste Mittel gegen den Tod sei. Der Tod werde sie nicht suchen, sie müsse ihn schon selbst suchen. Ihre Reaktion war äußerst überraschend. Diese Frau, die so viele Male gestorben war, entwickelte plötzlich eine gewaltige Liebe zum Leben, und die Aussicht auf einen zeitweisen Tod, ganz zu schweigen von einem ewigen Tod, wie Dr. de los Ríos ihn vorschlug, machte sie richtig zornig. Sie beschimpfte ihn und sagte, er verstünde nichts von seinem Beruf, er könne sie nicht leiden und wolle sie nicht heilen.

Dr. de los Ríos blieb unnachgiebig. Er sprach von Selbstmord so beredt und überzeugend wie jemand, der ihn nicht ausübt, und als er ging, ließ er auf ihrem Kaminsims eine mit Platzpatronen geladene Pistole liegen.

«Und, hat es geklappt?» fragte ich Dr. de los Ríos.

«Perfekt», antwortete er.

Sie schien über das Nahen des Todes, den sie spüren konnte, so wütend zu sein, daß sie in einem Augenblick der Stärke beschloß, sich selbst zu töten. Als sie schoß, wurde sie ohnmächtig, doch unter der Wirkung eines Eimers Wasser, den ihr die Magd über den Kopf goß, erholte sie sich sehr gut. Sie stand auf aus dem Stuhl, an den sie gefesselt war, und konnte gehen, als wäre nichts geschehen.

Doña Micaela Valverde geht es jetzt sehr gut. Dr. de los Ríos hat ihre Sammlungen von Puppen, Attrappen und Schaufensterpuppen weggeworfen, hat ihr geraten, in ein fröhlicheres Haus umzuziehen und ihr verboten, jemals wieder eine Kirche zu betreten.

Dr. de los Ríos sagt:

«Wissen Sie, dieses religiöse Getue hat zu viel mit dem Jenseits zu tun und fördert eine Todesbesessenheit. Es gibt in Spanien viele Fälle wie den von Doña Micaela Valverde. Haben Sie einmal die Reihen von Fanatikern beobachtet, die in der Dämmerung in schwarzen Kleidern zur Vesper gehen und wie wandelnde Leichen aussehen? Also, jeder von denen hat eine mehr oder weniger ausgeprägte Neigung zur Nekrophilie. Natürlich war Doña Micaelas Fall besonders scharf ausgeprägt und grenzte an Obszönität. Sie war bereits vom Tod schwanger, aber es gibt viele andere, auch wenn sie nicht so weit gehen, die häufig mit dieser Idee spielen, und irgendwann erwischt es sie.»

«Das war wirklich ein außergewöhnlicher Fall.»

«Und er hatte auch etwas Romantisches. Doña Micaela war ihrer Leidenschaft wegen aus dem Leben fortgezogen, um sich mit ihrem Liebsten auf den einsamen Pfaden des Nichts zu vereinen. Man kann sagen, nicht alles an der Liebe ist obszön.»

«Und jetzt geht es ihr gut, sagen Sie?»

Eine Hunderomanze

I

Schüler

Nach dem Tod meines Freundes García brachte mir Dr. José de los Ríos, der ihm in seinen letzten Augenblicken beigestanden hatte, dieses Manuskript, das Teil einer Art Selbststudie ist, die García zeit seines Lebens betrieben hatte. Dr. de los Ríos sagte, er habe sich gedacht, das Manuskript würde mich interessieren, da es sich ausgerechnet mit jener Zeit beschäftige, in der García und ich zusammen zur Schule gegangen seien; er nennt darin auch meinen Namen.

Ich bin der Meinung, daß dieser Bericht über seine private Bedeutung hinaus, die er als Dokument meiner frühen Freundschaft mit García hat, und auch jenseits der lebhaften Erinnerungen, die er aus dieser Zeit unseres Lebens zurückruft, einen angemessenen Platz in diesem Buch verdient, darum nehme ich mir die Freiheit, ihn hier einzufügen.

Das Manuskript ist vielleicht etwas ungeordnet, dunkel oder sogar unzusammenhängend, aber seiner außerordentlichen Ehrlichkeit wegen ist es, glaube ich, eine nachsichtige Lektüre wert.

Kapitel

All meine Erinnerungen aus der Zeit, als ich ungefähr zehn Jahre alt war, sind in eine Wolke gehüllt, die den himmlischen Wolken auf den Heiligenbildern gleicht, die man mir damals schenkte und die ich immer mit einem trockenen und faden Pflichtgefühl beiseite legte. All diese Erinnerungen sind mit den auf jenen Bildern gezeigten sadistischen Szenen durchsetzt: eine Frau, deren Herz von vielen Pfeilen durchbohrt wird, ein Mann an einem Kreuz, der blutet und auf dem Kopf eine Krone aus Dornen trägt, und ein Zelluloidbild mit einem flammenden Herzen.

Es gibt noch viele andere Bilder, die ich nicht deutlich sehe, aber diese drei treten aus dem Nebel hervor, der meine Erinnerungen umgibt, sie treten so deutlich hervor wie ein Mann und eine Frau, an die ich mich ebenfalls aus jener Zeit erinnere, und ein zartes, romantisches Gefühl, das ihr Leben umhüllte, das entweder meine kindliche Intuition ans Licht brachte oder meine kindliche Einbildungskraft sich als aufs engste mit ihnen verbunden vorstellte.

Daß meine Erinnerungen aus jener Zeit so wirr sind, muß nicht gegen mein Gedächtnis sprechen. Ich schmeichle mir, ein gutes Erinnerungsvermögen entwikkelt zu haben, ich erinnere mich auch mit erstaunlicher Genauigkeit, wie man aus den frühen Teilen dieser Autobiographie ersehen wird, an Dinge, die sich lange vor denen ereigneten, die ich jetzt erzählen will. Aber wenn ich jetzt zurückblicke, weiß ich, daß ich zu der Zeit weder unter einem Anfall von Amnesie litt, noch unter Dummheit. Ich war ganz einfach verschlafen. Ja, im Alter von ungefähr zehn Jahren war ich entsetzlich müde. Ich erinnere mich an die Dinge, die damals geschahen, wie man sich an

Dinge erinnert, die man im Halbschlaf erlebt. Und tatsächlich war es während jener allgemeinen Verschlafenheit, daß viele Dinge in mir zu erwachen begannen, daß ich durch die wogenden Wellen gegensätzlicher Gefühlsströme und Gemütsbewegungen in noch größere Schläfrigkeit eingelullt wurde, daß ich in einen großen Wirrwarr von Dingen, die ich nicht verstand, jedoch erahnte, mit verschlafener Neugier und schläfriger Angst hineinging.

Als ich zehn oder zwölf Jahre alt war, ich weiß wirklich nicht genau wann, zog meine Familie nach Vizcaitia, einem Dorf in Nordspanien, wo sie gewöhnlich den Sommer verbrachte, und ich wurde Schüler des Colegio de los Padres Salesianos. Ich erinnere mich noch an den ersten Eindruck, als ich damals in Vizcaitia ankam. Selbst in diesem Alter wurde mir bewußt, daß das Dorf kleiner geworden war, seit ich es das letzte Mal gesehen hatte. Bald darauf begann für mich ein Leben voll Bedrängnis und Leid.

Obwohl ich als Kind nie besonders gern in Vizcaitia war, wo ich mich immer als Fremder fühlte und mit den anderen Kindern nie ganz warm werden konnte, die *vascuence* sprachen, einen Dialekt, den zu lernen ich stets abgeneigt war, habe ich dort doch immer ein Leben in Freiheit und ein gewisses Maß an Spiel und Trost genossen. Jetzt war ich nach Vizcaitia gekommen, um dort zu leben und zu lernen, mehr noch zu lernen, als zu leben.

Ich erinnere mich, daß die Zeit, die nun folgte, in eine Wolke von Verworrenheit und Schrecken gehüllt war, die bis zu diesem Tag in mir ein deutliches Gefühl von Haß gegen alles, was mit Schule oder Lernen zu tun hat, hinterließ, ich erinnere mich auch an viele andere Gefühle, die zu beschreiben hier nicht der Ort ist.

Ich war kein Interner. Ich wohnte bei meiner Familie,

und ich hatte zweimal am Tag einen gut zwei Kilometer langen Fußmarsch von meinem Haus zur Schule und umgekehrt zurückzulegen, um sieben Uhr morgens und um neun Uhr abends.

Die Zeit zwischen diesen beiden Märschen war mit Lernen, Aufsagen, geistiger Anspannung, Disziplin, Strafen, Angst ausgefüllt... Und dann am Abend der Weg nach Hause, mit einem schweren Herzen und einer achtzig Seiten langen Schulaufgabe in Geschichte für den nächsten Tag. Zu Hause lernen zu müssen, die wenigen Augenblicke der Freiheit aus dem Schulgefängnis, nach der ich mich den ganzen Tag gesehnt hatte, vergiften zu müssen, in der Wärme der Familie und der Duldsamkeit meiner Eltern, die so ganz anders war als die grausame Strenge jener Priester.

Und, als wäre dieser ganze Tag noch nicht genug gewesen, um meine Nerven zu erschüttern, war jener Marsch das letzte bittere und angstvolle Erlebnis des Tages. Um nach Hause zu kommen, mußte ich durch eine bestimmte Straße, und in jener engen, einsamen dunklen Straße war ein großer Hund, ein Hund, der es sich zur Pflicht gemacht hatte, mich zu erschrecken, zu bellen und mich anzugreifen. Und ich erinnere mich, daß ich lange Umwege machte, um dem Hund auszuweichen, oder müde und frierend im Regen stand und wartete, bis das scheußliche Tier sich davonmachte, und ich erinnere mich an die wirren Gedanken, die mir durch den Kopf schwirrten.

Ich hatte die Priester beständig wiederholen hören, daß es notwendig sei zu leiden, um Glückseligkeit zu erlangen, und auch, daß der Teufel uns gern leiden ließe, um unseren Glauben an die Vorsehung zu prüfen. Solche Dinge sagten die Priester in der Schule neben vielen anderen Dingen, die ich nicht richtig verstand. Doch selbst in diesem Alter war mir die Absurdität jener tragischen und selbstquälerischen Lebensauffassung vage bewußt. Doch da war dieser Hund. Dieser Hund stand zwischen mir, meinem Zuhause und meiner Familie, wo ich glücklich war, und während sein Schatten vor mir auftauchte und während ich dort stand oder weit um das Dorf herumging, kamen die Worte der Priester zu mir zurück. Die unangenehmen Erlebnisse und die ewigen Predigten verwirrten mich, und jener Hund wurde zum Symbol des Leidens, das der Glückseligkeit vorausging. Jener Hund war da, um mich zu prüfen oder mich zu versuchen. Ich wußte nicht was von beidem, und ich weiß bis heute nicht, ob ich den Hund für Gott hielt oder für den Teufel.

Aber ich weiß eins: Dieser Hund wurde für mich zum Alptraum, zum Feind. Er war ein Gegenstand ständiger Angst, und daraus, zusammen mit der Tatsache, daß meine Nerven aus Mangel an Schlaf und durch Überarbeitung geschwächt waren, erwuchs eine Zwangsvorstellung, die mich Tag und Nacht quälte. Ich verließ abends die Schule und kam spät nach Hause. Ich hatte keinen Appetit, mein Abendessen zu essen, und beeilte mich damit, um meine Hausaufgaben zu machen. Hausaufgaben nach vierzehn Stunden Schule. Jeden Abend, wenn meine Mutter mich drängte, etwas zu essen, und mich nach der Schule fragte, hatte ich denselben wilden Wunsch zu weinen und ihr zu sagen, sie solle mich von all dem fortholen, aber die Vorstellung von Pflicht, Lernen und Opfer hatte sich durch die ewigen Predigten und den immer mit religiösen und mystischen Dogmen vermischten Unterricht in mein junges Gehirn eingeprägt. Ich war zu jung, um die Dinge frei in meinem Gemüt abzuwägen. Ich war entsetzlich müde, und alles war verwirrend. Ich wußte nur, daß da die Pflicht war, daß ich lernen mußte, und schon in diesem Alter fühlte ich, daß man mich doch nicht verstünde, wenn ich etwas sagen würde, wie auch ich sie nicht verstand, wenn sie sprachen.

Ich sagte nicht, was ich sagen wollte, und das machte die Dinge noch schlimmer. Ich antwortete meiner Mutter, alles sei in Ordnung, und fing an zu lernen, mein müdes Gehirn machte eine sinnlose Anstrengung, sich Wort für Wort, Komma für Komma einzuprägen, wie man es uns aufgetragen hatte, Lektionen, die in einer für jedes Kind zu schwer verständlichen Sprache geschrieben waren, rhetorische und blumige, mit leeren Worten gefüllte Absätze, deren Bedeutung kein junger Mensch verstehen konnte. Und mit Furcht in meinem Herzen beschäftigte ich mich damit, bis ich um Mitternacht einschlief. Dann zog meine Mutter die Bücher und Papiere unter meinem Kopf hervor und sagte: *no estudies más*, doch ich konnte sie nicht hören. Das tat ich jede Nacht, und es war vergeblich.

Ich erinnere mich, wie an Wintermorgen, um fünf Uhr früh, wenn es noch dunkel war, die Magd mit noch halb geschlossenen Augen und einer Tasse schwarzem Kaffee in mein Zimmer kam:

«Señorito, señorito, despiértese.»

Und ich setzte mich auf, trank den Kaffee, und sie ging wieder schlafen. Ich nahm meine Bücher von meinem Bett (ich schlief sogar mit den Büchern) und fing wieder an zu lernen oder mir selbst vorzumachen, ich lernte, während ich verständnislos in die Bücher sah und die Seiten umblätterte. Pflicht war für mich zu einem Ablauf von sinnlosen und mechanischen Bewegungen geworden, und solange ich sie durchlief, fühlte sich mein Gewissen erleichtert, doch darunter lag Angst.

Dann anziehen und das verhaßte Frühstück hinunterwürgen und zur Schule eilen, um rechtzeitig zur Messe um sieben Uhr dreißig dort zu sein. Diese tägliche Messe, diese ewige Messe, diese unausbleibliche und unerbittliche Messe in einer dunklen Kapelle und in unverständlichem Latein. Ein so einschläferndes Ritual und eine so ermüdende Sprache, nach nur fünf Stunden Schlaf. Und dann ein neuer Tag. Das ist der Grund dafür, daß ich, als ich ungefähr zehn Jahre alt war, so schrecklich verschlafen war und alle meine Erinnerungen trüb wie im Halbdämmer zu verschwimmen scheinen. Eine Mischung aus Nebel und Furcht, aus Leiden und Mißverstehen.

Ich erinnere mich an nur wenige angenehme Dinge aus dieser Zeit, aber ich möchte sie erwähnen. Eins davon waren die sogenannten Los Madrileños. Eine Gruppe von wenigen Jungen in der Schule, die aus Madrid kamen.

Die baskischen Provinzen hegen aus irgendeinem Grund einen Groll gegen Madrid und alles, was von dort kommt. In den baskischen Provinzen, oder doch in Vizcaitia, nennt man die Leute aus Madrid *Maquetos*, ein Name, der, glaube ich, beleidigend ist, und der so etwas wie Bastard bedeutet. So nannten uns die anderen Jungen in der Schule: *El círculo de los maquetos* (Der Club der Bastarde), und diese allgemeine Animosität verband uns natürlich, und wir hielten getreulich zusammen. Nach dem Unterricht sprachen wir Spanisch und waren stolz darauf, während die anderen *vascuence* sprachen. Wir saßen auch im Arbeitssaal zusammen.

Los Madrileños waren eine sehr kleine Gruppe. Wir waren nur vier: Julio Cavañas (wir nannten ihn immer Cavañitas), Pepe Bejarano, Felipe Alfau und ich.

Noch etwas Angenehmes war Pater Inocencio. Obwohl er ein Baske war, in Bilbao geboren, hatte er lange in Madrid gelebt, wo er viele Freunde hatte, und er machte immer noch häufige, kurze Reisen dorthin. Wir merkten natürlich, daß er mit unserer Sache sympathisierte, und er gab uns moralischen Halt.

Wie ich schon sagte, ist alles aus jener Zeit recht vage in meinem Kopf, doch ich weiß, daß er eine bedeutende Stellung innehatte, er war Vorsteher, Kaplan oder so etwas im Kloster, das in derselben Straße, gleich neben unserer Schule lag. Wenn er in Vizcaitia war, verbrachte er einen Teil des Tages in unserer Schule, wo er Literatur unterrichtete, und einen Teil des Tages im Kloster, ich nehme an, um seine Pflichten dort zu erfüllen, welche das auch immer sein mochten. Um ehrlich zu sein, ich weiß nicht, ob es in Klostern Vorsteher oder Kaplane gibt, denn, wie ich vielleicht versäumt habe zu erwähnen, meine Unwissenheit, was alle Dinge angeht, die zu meinem Tagesablauf gehörten, ist beängstigend. Das ist leicht zu verstehen, wenn man meinen Gemütszustand zu jener Zeit berücksichtigt. Aber ich weiß genau, daß Pater Inocencio eine wichtige Stellung im Kloster innehatte.

Pater Inocencio war eine Art Ausnahme und ein Revolutionär im Dorf und unter den anderen Priestern. Er war ein guter Freund meiner Familie und ein ständiger Gast bei den Gesellschaften in unserem Hause, während wir in Vizcaitia wohnten.

Das alles gab mir das Gefühl, daß ich, während er in der Schule war, einen Freund und Beschützer hatte. Ich hatte Pater Inocencio gern, und auch meine Mutter mochte ihn sehr, was ihn in meinen Augen noch außergewöhnlicher machte, denn zu Hause war es kein Geheimnis, nicht einmal für mich damals, daß sie eine ausgeprägte Abneigung gegen alles hegte, was mit der Kiche zu tun hatte. Es gibt nur einen einzigen Grund, warum meine Mutter mich in eine Priesterschule gehen ließ: es war die einzige sogenannte gute Schule in Vizcaitia. In Spanien sind praktisch alle vertrauenswürdigen Schulen in den Händen von Priestern oder Nonnen, und man findet hier selten eine Schule, in der sich nicht in irgendeinem Winkel etwas verbirgt, was zur Kirche gehört. Vielleicht hatte auch Pater Inocencio seine Hand dabei im Spiel.

Aber wie ich schon sagte, meine Mutter mochte Pater Inocencio, und bei dem Versuch, seinen Charakter ein wenig zu beschreiben, zitiere ich sie.

Pater Inocencio war eine weltliche Person. Er liebte die Gesellschaft und die Künste. Er hatte sich in Landschaftsmalerei ausbilden lassen und war ein guter Dichter. Seine Allgemeinbildung und seine guten, eleganten Manieren hoben ihn weit über den gewöhnlichen Pöbel spanischer Priester hinaus, deren zügelloses und schäbiges Benehmen höchst anrüchig war und die sich buchstäblich in die Häuser und in die Taschen wirklich guter Menschen hineinstahlen, die sie schlau mit Aberglauben und Höllenangst zu bearbeiten wußten. Pater Inocencio gab sich nicht viel mit den anderen Priestern ab. Nachmittags, wenn die Straßen von Vizcaitia von Kuttenträgern aus den nahegelegenen Klöstern, die in ihren schwarzen Röcken wie ein Heer von Kellerasseln aussahen, nur so wimmelten, konnte man Pater Inocencio allein auf einem verborgenen Pfad wandeln sehen, in seinem Gebetbuch lesend, vielleicht träumend, sauber rasiert, gemessen, zurückhaltend, ein entschiedener Gegensatz zu den anderen Priestern.

Und doch, Pater Inocencio war kein geborener Asket. Das habe ich meine Mutter sagen hören. Und er hatte große Mühe, die weltlichen Gedanken fernzuhalten und das widerspenstige Fleisch zu besiegen. Pater Inocencio war ein geborener Romantiker, und er liebte die Welt zu sehr. Er hatte das Gelübde abgelegt, und wenn es auch über seine Kräfte ging, er unterdrückte lieber seine Gefühle, als daß er ein Versprechen brach, das er öffentlich abgegeben und freiwillig auf sich genommen hatte, und er war, wie meine Mutter zu sagen pflegte, ständig damit beschäftigt, sich aus den Fallstricken zu befreien, die die sieben Todsünden auf seinem Weg auslegten.

Pater Inocencio litt unter einem ständigen inneren Kampf. Er liebte die Frauen, wie auch die Frauen ihn liebten. Seine einnehmende Persönlichkeit hatte ihm die Gunst aller Damen in Vizcaitia gewonnen, und sie wollten niemandem außer ihm ihre Sünden beichten.

Aber sosehr Pater Inocencio auch versucht wurde, er gab nie nach, und ich habe meine Mutter sagen hören, daß er der einzige Priester sei, den sie in Spanien kenne, der ein keusches und asketisches Leben führe.

Nach bestem Wissen möchte ich ihn so beschreiben:

Pater Inocencio war ein außergewöhnlicher Priester.

Er stahl nicht.

Er verdrehte nie die Wahrheit.

Er vergewaltigte nie.

Er opferte sich stets auf.

Und eines Tages beging er Selbstmord.

Warum Pater Inocencio sich das Leben nahm, ist mehr oder weniger ein Rätsel für alle, die ihn kannten. Für mich ist es ein Verhängnis. Alles, was damals geschah, hat sich mir durch eine solche Wolke von Verworrenheit ins Gedächtnis geprägt, daß es wie ein Wirbelsturm unzusammenhängender Phänomene, ohne erkennbaren Sinn und Verstand, durch meine Erinnerung fegt.

Manche Leute sagen, unter anderem auch meine Mutter, daß das Gelübde eine zu schwere Bürde für ihn gewesen sei und daß er begriff, daß er das Leben eines Priesters nicht durchhalten konnte. Andere sagen, daß es eine unglückliche Liebesgeschichte gegeben habe, daß sein Gelübde sich zwischen ihn und seine Liebe stellte und daß er sich dafür entschieden habe, sich selbst zu zerstören, bevor er das Gelübde bräche. Beide Erklärungen scheinen mir auf das gleiche hinauszulaufen. Ich habe keine persönliche Meinung in dieser Angelegenheit. Ich will nur versuchen, die wenigen in meiner Erinnerung herausragenden Ereignisse, die diesem unglücklichen Ende vorausgingen, aus dem Nebel zu ziehen, der sie einhüllt.

Man sagte uns eines Tages, daß Pater Inocencio nach Madrid gehe und daß er, was noch schlimmer war, Pepe Bejarano zu seiner Familie zurückbringen werde, die ihn nach England auf die Schule schicken wollte.

Pater Inocencio setzte sich für uns ein, und wir, Los Madrileños, erhielten die Erlaubnis, die beiden zum Bahnhof zu begleiten.

Während der Fahrt sprach keiner von uns. Wir, die wir zurückbleiben mußten, empfanden eine Mischung aus Traurigkeit und Bewunderung für unseren glücklichen Kameraden.

Wir hatten aus irgendeinem Grund das Gefühl, daß wir uns zu viele Freiheiten mit einer bedeutenden Persönlichkeit herausnehmen würden, wenn wir in diesem Augenblick mit Pepe gesprochen hätten. Eine peinliche Schranke der Förmlichkeit hatte sich plötzlich zwischen uns, die immer so vertraut miteinander gewesen waren, aufgerichtet. Wir schwiegen alle, und selbst Pater Inocencio sagte nur einige notwendige Worte. Damals schmeichelte ich mir damit, daß er traurig gewesen sein muß, sich von uns zu trennen. Jetzt weiß ich, wie wenig wichtig wir mit unseren runtergerutschten Strümpfen, unseren schmutzigen Schuluniformen und unseren staubigen *boinas* für ihn gewesen sein müssen.

Als sie in den Zug stiegen, kam es zu einer gewissen

Überschwenglichkeit. Pepe fing damit an: er umarmte Cavañitas und dann jeden von uns. Pater Inocencio tätschelte uns die Wange und überreichte Alfau eine spitze Tüte mit Süßigkeiten.

«Für euch alle, und streitet euch nicht darum. Jetzt lauft zurück zur Schule und seid brave Jungen.»

Als der Zug abfuhr, rief Pepe aus dem Fenster:

«Sostened el nombre de los Madrileños.»

Wir wurden rot, kamen uns albern vor und antworteten im Chor, das würden wir, und blieben noch eine Weile stehen, um dem Zug nachzusehen.

Dann folgt ein neuer Nebel in meinem Gedächtnis, aus dem nur ein Ereignis wie ein farbenfrohes Bild auf schwarzem Hintergrund deutlich herausragt.

Ich erinnere mich nicht an die Umstände oder auch nur daran, wie es dazu kam. Ich weiß nur noch, daß ich mit meiner Mutter auf der Straße stand, die zur Schule führte, und daß sie mit einem Mann sprach, der ein Pferd am Zügel hielt. Dann half der Mann meiner Mutter auf das Pferd, und sie ritt fort bis zur Schule und kam dann in vollem Galopp zurück. Meine Mutter war sehr blond und trug irgendein grünes Kleid. Die Sonne schien hell, und das Pferd war groß und weiß. Ich erinnere mich, daß das Haar meiner Mutter sich löste und wie flüssiges Gold im Wind flammte und daß ich, als ich sie auf dem großen, weißen Pferd in vollem Galopp herankommen sah, instinktiv zurückwich und mich mit einer Mischung aus Angst und Bewunderung an den Rock des Mannes klammerte. Ich erinnere mich stets mit erstaunlicher Deutlichkeit an jene blendende Szene, als meine Mutter auf dem weißen Pferd bedrohlich herankam. Ich weiß nicht warum, doch von dem Tag an nahm ich sie nicht mehr als selbstverständlich hin.

Im Gegensatz zu jenem lebendigen Erlebnis erinnere ich mich nicht mehr, was danach geschah, doch ich wußte, daß mir eine Zeit des Lernens unter unerträglichen Umständen bevorstand, von denen ich bereits gesprochen habe. Von Pepe Bejarano habe ich nie wieder etwas gehört. Bald darauf war das Schuljahr zu Ende, und die Sommerferien begannen.

Aber bevor ich mit meinem Bericht fortfahre, muß ich von einer Begebenheit erzählen, die, wenn ich meiner verworrenen Erinnerung aus jener Zeit trauen kann, während Pater Inocencios Abwesenheit ihren Anfang nahm, sich weiterentwickelte und ihren Höhepunkt kurz nach dem unglücklichen Ereignis erreichte, das Pater Inocencios Leben ein Ende setzte.

Ich spreche jetzt von einem anderen Hund, so groß und wild wie der, von dem ich bereits gesprochen habe. Dieser Hund gehörte zur Schule, ein Wachhund.

Jeden Tag, wenn der Unterricht begann, wurde dieser Hund in dem Hof freigelassen, über den wir gehen mußten, wenn wir die Treppe, die zu den Klassenräumen führte, erreichen wollten. Ich nehme an, man wollte, daß uns der Hund angreifen und erschrecken sollte, wenn wir zu spät kamen. Ich erinnere mich, daß ich mich eines Tages verspätete und den Hund vorfand. Ich erinnere mich, wie mir das Herz in die Hose sank. Ich sah die Tür, die ins Treppenhaus führte, fern, klein und unerreichbar, am anderen Ende des riesigen Hofes.

Ich stand dort sehr lange, der Hund beobachtete mich. Ich dachte daran, um die Schule herumzugehen, gab den Gedanken jedoch auf, da ich wußte, daß es keinen anderen Weg gab, den Klassenraum zu erreichen, in den ich mußte.

Der Hund und ich standen lange da und beobachteten uns gegenseitig. Die Zeit verging, und meine Verspätung wurde immer größer. Und dann faßte ich einen Entschluß. Ich nahm irgend etwas, ich weiß nicht mehr was, und schleuderte es in den vom Treppenhaus am weitesten entfernten Winkel. Der Hund rannte hinterher, und gerade, als er dort ankam, als er am weitesten von dem Punkt entfernt war, den ich erreichen wollte, lief ich im rechten Winkel dazu los.

Das war ein wilder Lauf. Ich rannte nicht, ich flog, von unkontrollierbarer Panik erfaßt. Ich kann noch die Luft in meinen Ohren sausen hören, und der Hund, der sich umgedreht hatte, um hinter mir her zu jagen, war mir auf den Fersen. Mit einem letzten, verzweifelten Satz landete ich auf der vierten oder fünften Stufe der Treppe, hinter der Pforte, durch die, das wußte ich, der Hund nicht durfte, und dort blieb ich regungslos stehen, vor Angst gelähmt, von der Anstrengung und Nervenanspannung keuchend.

Ich kam sehr spät in meine Klasse, und die Strafe, die ich dafür erhielt, erscheint mir bis heute über alle Maßen ungerecht, brutal, jenseits aller Beschreibung grausam, und ich will darum auch nicht versuchen, sie zu beschreiben. Vielleicht werde ich von meinen eigenen Gefühlen mitgerissen, von Gefühlen, denen ich nicht traue, denn meine Gemütsverfassung in jenen Tagen war so, daß ich fürchte, manchmal ungerecht zu sein. Ich fürchte, daß meine Phantasie über meine Erlebnisse hinausgeht; daß alles schließlich doch nicht so schlimm war, die Menschen nicht so grausam oder gleichgültig, wie ich es mir vorstelle. Denn es erscheint unglaublich, daß ein Kind in diesem Alter so lange Zeit hindurch so viel durchmachen mußte und die Erwachsenen es nicht bemerkten; daß ein Kind bis zu einem solchen Maße leiden konnte und die Erwachsenen ihm nicht halfen. Ja, ohne Zweifel stelle ich mir die Dinge schlimmer vor, als sie wirklich waren.

Aber eins weiß ich genau, daß jene beiden Hunde, von denen ich gesprochen habe, eine große Rolle im Drama meines Lebens gespielt und viel dazu beigetragen haben, daß jene Tage zu den dunkelsten meines Lebens gehören. Sie haben eine unauslöschliche Spur hinterlassen, an der ich immer noch leide.

Diese beiden Hund säumten meinen Weg zwischen der Schule und dem Zuhause. Es gab einen Hund, der meinen Weg nach Hause versperrte, wohin ich gehen wollte, und einen Hund, der meinen Weg zur Schule versperrte, wohin ich gehen mußte. Diese beiden Tiere lauerten schicksalhaft in meiner Kindheit, umrahmten mein Leben und fesselten es mit Angst, einer Angst, die Gefühle weckte und an die Oberfläche brachte, die besser weiter geschlafen hätten, und die, zusammen mit anderen Dingen, meine Schulzeit eher leidvoll als nützlich gestaltet haben.

Und dann der Sommer... das Gefühl unermeßlicher Freiheit und unendlicher Erleichterung, zu Hause oder im Dorfpark, ohne Bücher, ohne Hunde, ohne Priester...! Aber auch meine Erinnerungen an die Ferientage sind verworren, vielleicht mehr noch als die anderen, denn es sind die schlimmen Dinge, die in selbstzerstörerischer Sehnsucht deutlicher in unserem Bewußtsein oder in unserem Fleisch zurückbleiben. Unser Gedächtnis scheint manchmal mit masochistischer Genauigkeit die unangenehmen Dinge aus unserer Vergangenheit hervorzuholen, und dieser Sommer zieht nun wie eine von der Sonne vergoldete Wolke vorbei, eine vergängliche Wolke, die von dem eiligen Wind der Zeit über den Horizont meiner Erinnerungen fortgetragen wird... und dann ist wieder Nacht. Ich kam ins dritte Jahr des *bachillerato*.

Die Dinge wurden komplizierter. Ich erinnere mich, daß ich durch dieses Schuljahr ging, ohne ein einziges Wort von dem, was ich lernte, zu verstehen. Wir hatten Lehrbücher, die in keinem Verhältnis zu unserem Alter standen. Eine rein theoretische Bildung, die über unser Fassungsvermögen ging. Priester, die zu übellaunig oder zu ungeduldig waren, um auch nur irgend etwas zu erklären, und uns zu Opfern ihrer persönlichen Launen machten. Ein Jahr lang vierzehn Stunden täglich lernen, und alles, ohne Ausnahme, umsonst. So ist die Schulbildung beschaffen, die die ungeheure Unwissenheit spanischer Schulabgänger begreiflich macht.

Aber zurück zum Ausgangsthema: Kurz nachdem die Schule wieder begonnen hatte, erfuhren wir, daß Pater Inocencio zurück war und eine junge Nonne aus Madrid in das Kloster neben unserer Schule gebracht hatte. Es gab viel Gerede und Klatsch über diese Angelegenheit in und außerhalb der Schule. Wir wagten nicht, Pater Inocencio zu fragen, und er schien keine Lust zu haben, etwas zu erklären. Doch das Gerede hielt an, und unsere Neugier wuchs.

Eines Tages kam Alfau zu mir:

«García, weißt du, wer die neue Nonne ist?»

«Nein.»

«Bejaranos Schwester. Du erinnerst dich an Pepe. Also, sie heißt Carmen Bejarano, man nennt sie Schwester Carmela.»

Mein Neugier kannte keine Grenzen. Wir stellten verschiedene Vermutungen an. Keiner von uns hatte sie gesehen. Alfau hatte die absurdesten Ideen über die Gründe, warum sie Nonne geworden war.

Und ich glaube, am gleichen Tag stiegen wir auf das Schuldach und sahen hinunter auf das Klostergelände.

«Siehst du die da?»

«Welche? Die da? Ach, die war schon letztes Jahr hier.»

«Nein, nicht die, die andere. Siehst du sie, neben dem Baum?»

Und dann sah ich sie bei einigen Bäumen stehen, und bis heute weiß ich nicht, was ich in jener fernen Gestalt sah, die etwas in mir weckte.

Während dieses Schuljahres waren wir etwas glücklicher. Wir wußten, daß Pater Inocencio das ganze Jahr über bleiben würde, und dann gab es noch einige neue Dinge. Ich habe zwar während des Unterrichts nichts gelernt, aber ich lernte eine ganze Reihe anderer Dinge. Unter anderem erfuhr ich von Cavañitas, daß man einige Priester unserer Schule beobachtet hatte, wie sie die Klostermauer hinauf- oder auch hinunterkletterten.

«Vielleicht, um Äpfel zu stehlen», warf ich ein und wurde wütend, weil wir für die gleiche Sünde bitter bestraft worden waren.

Aber Cavañitas zwinkerte Alfau auf eine Weise zu, die mir das Gefühl gab, er sei ein Mann von Welt, und er sagte, sie täten das nicht der Äpfel wegen. Und dann fügte er hinzu: «Du solltest dir wirklich mal einen Durchblick verschaffen, García. Wir sind Los Madrileños und dürfen diesen *comehostias* nicht erlauben, uns was vorzumachen.»

Diese sehr unehrerbietige Art, in der Cavañitas über die Priester sprach, schockierte mich ein wenig, aber ich hatte Angst, allzu unschuldig zu wirken.

Das war in der Mittagspause, und wir standen in einer Ecke des Schulhofs. Cavañitas zog uns näher heran, und nachdem er sich rasch umgesehen hatte, fing er an:

«Du kennst doch Pater Mora?»

«Natürlich, was ist mit ihm?» sagte ich. Alfau schien die Geschichte schon zu kennen.

«Also, weißt du noch neulich, als er zu mir sagte, ich solle nach der Französischstunde noch dableiben?»

«Bist du nach der Französischstunde noch dageblieben?»

«Du hast wahrscheinlich wieder mal halb geschlafen und nichts gemerkt», warf Alfau ein.

«Möglich, aber was war los?»

«Also, er setzte sich neben mich, legte mir den Arm um die Schultern und fing damit an, ich sei ungezogen und vorlaut, und dann...»

Pater Inocencio kam auf uns zu:

«Sieh an, Los Madrileños wie immer zusammen? Kommt mit mir hinüber ins Kloster. Ich will euch Schwester Carmela vorstellen. Sie ist ebenfalls aus Madrid, und sie ist Pepes Schwester. Er hat ihr von euch erzählt, und sie möchte nun wissen, ob ihr wirklich so schlimm seid.» Pater Inocencio lachte. Er schien bester Laune zu sein.

Es ist seltsam, ich erinnere mich so deutlich an die Szene, die nun folgte, als wäre es gestern gewesen.

Ich erinnere mich, daß wir Pater Inocencio ins Kloster folgten und daß wir über unsere Aufgaben sprachen, aber ich wußte, daß meine Freunde an dasselbe dachten, woran ich auch dachte, und daß sie von der gleichen Neugier besessen waren.

Ich erinnere mich, daß zwei Nonnen vor dem Klostergebäude standen und daß wir ihnen guten Tag sagten. Und dann betrat Pater Inocencio allein das Gebäude, und wir sollten draußen bleiben und warten.

Während wir warteten, wagte keiner, das Schweigen zu brechen. So groß war unsere Erwartung, daß wir Cavañitas' Geschichte von Pater Mora ganz vergaßen.

Ich erinnere mich, daß wir Pater Inocencio dann wieder auftauchen sahen, er war in Begleitung einer Nonne. Sie kamen langsam auf uns zu und unterhielten sich lebhaft. Sie redete und lachte fröhlich und bewegte dabei ihre

Hände, sie verhielt sich, wie wir es bei keiner der anderen Nonnen je gesehen hatten. Pater Inocencio ging neben ihr, eine Hand auf dem Rücken, die andere spielte mit dem Kruzifix, das auf seiner Brust hing, und er lächelte nachdenklich. Und ich wußte, daß sie nicht über uns sprachen, daß sie über etwas sehr viel Wichtigeres sprachen und nachdachten, als wir es waren. Sie sahen so weltlich aus zusammen, sie war so frisch, so anmutig und fröhlich. Pater Inocencio schlenderte so entspannt und elegant, mit so viel Aufmerksamkeit und Ritterlichkeit, daß meine Gedanken sofort zu einem jungen Mann und einer jungen Frau wanderten, die ich einmal in El Retiro in Madrid gesehen hatte, und die auf die gleiche Weise selbstvergessen spazierengingen.

Und ich wußte, daß sie nicht über uns sprachen, daß sie über etwas viel Wichtigeres sprachen und nachdachten, als wir es waren. Nur einmal, als sie näher kamen, sah sie auf, lächelte, zwinkerte und winkte uns zu. Und schon damals, in meiner erst beginnenden Männlichkeit, spürte ich, daß es ein weibliches Zugeständnis war, daß sie nicht wie die anderen Nonnen war. Als sie bei uns ankamen, schien Pater Inocencio aus einem Traum zu erwachen.

«Hier sind die Halunken.»

Und dann sahen wir diese – ja, diese Frau. Ihr Mund war frisch, ein ganz klein wenig aufgeworfen, ihre Augen waren etwas schräg nach oben gezogen, sehr schwarz und strahlend, und ihr Teint war olivfarben. Sie wirkte sehr jung für eine Nonne. Sie war so freundlich, ihr ganzer Körper strahlte eine solche Vertrautheit aus, so viel zwanglose Kameradschaft, daß ich dachte, in ihrem Fall wäre der Name Schwester vollkommen angebracht, denn die anderen Nonnen wirkten auf mich immer eher wie Schwiegermütter. Ich sagte ihr dies einmal später, und sie lachte, nickte zustimmend, nannte mich ungezogen und umarmte mich fest. Und dann fragte sie mich, was ich über Schwiegermütter wisse.

Cavañitas neigte sich, um den Saum ihres Gewands zu küssen, aber sie hielt ihn an den Schultern fest und küßte ihn direkt auf den Mund. Ich sah, wie er rot wurde und fühlte, wie mir das Herz rascher schlug. Dann tat sie das gleiche mit Alfau und mit mir, und dann wandte sie sich wieder an Pater Inocencio und sagte:

«Heute nichts für Sie.»

Pater Inocencio lachte erfreut. Wir folgten seinem Beispiel, da wir in unserer Verlegenheit nicht wußten, was wir tun sollten. Sie sprach schnell und von vielen Dingen: Sie sprach von ihrem Bruder, von dem, was Pepe ihr über uns erzählt hatte, und schließlich verflog unsere Verlegenheit. Wir wußten, wir hatten einen neuen Freund.

Ich erinnere mich an alles, als wäre es gestern gewesen. Ich bemerkte den angenehmen Duft von Sauberkeit, der von ihr ausging, ihre molligen Hände, ihre sorgfältig polierten Fingernägel. Sie war ganz und gar nicht wie andere Nonnen.

Ich erinnere mich noch, wie sie mir ihre Hand auf die Schulter legte, mich mit spöttischem Ernst ansah und sagte, ich sei ein bißchen blaß. Und dann sagte sie, sie werde uns Unterricht im Katechismus geben und daß sie uns jeden Donnerstag nach dem Mittagessen erwarten werde. Und nachdem sie alles geregelt hatte, bat sie Pater Inocencio um seine Erlaubnis.

Und selbstverständlich gab er seine Erlaubnis.

Als ich in meine Klasse zurückkehrte, wußte ich, daß ich einen neuen Freund hatte. Ja, neben Cavañitas und Alfau waren Pater Inocencio und Schwester Carmela meine beiden einzigen Freunde, das einzig Erfreuliche.

Und ich verband diesen Mann und diese Frau innig miteinander, zu innig. Sie waren außergewöhnlich in der Kirche. Obwohl Pater Inocencio viel älter war – er hatte schon graues Haar –, waren sie beide in jener Umgebung so ungewöhnlich, daß ich sie in meinen Gedanken miteinander gleichsetzte. Bis zum heutigen Tag kann ich nicht an den einen denken, ohne an den anderen zu denken. Aber jetzt weiß ich, daß sie verschieden waren. So grundsätzlich und so radikal verschieden wie ein Glas Wasser und ein Glas Wein.

Dieses zweite Jahr war vielleicht nicht so schlimm wie das erste, und Pater Inocencio und Schwester Carmela trugen nicht wenig dazu bei, es erträglicher zu machen. Der Unterricht bei ihr war eins der schönsten Dinge in diesem Jahr. Die ganze Woche hindurch freuten wir uns darauf. Ich erinnere mich an einige dieser Unterrichtsstunden. Ich erinnere mich, wie wir die Zehn Gebote durchnahmen und die sieben Todsünden. Ich erinnere mich an jene Stunden und daran, daß wir uns fragten, warum sie so lange auf bestimmten Beschreibungen verweilte, die uns vor ihr peinlich waren. Ich erinnere mich, daß ein Funken Übermut in ihren schrägen Augen stand, während sie sich lange bei dem sechsten Gebot aufhielt und uns einem nach dem anderen spitzfindige Fragen stellte. Ich erinnere mich, wie sie sich bei jenen Beschreibungen aufhielt, und daß wir sie, obwohl wir es untereinander nicht zugaben, deswegen noch mehr liebten.

Ich erinnere mich, wie sie dem einen dicken Kuß versprach, der die Lektion am besten konnte, und jedesmal entschied sie, daß wir sie alle gleich gut gelernt hatten. Und ich erinnere mich an den Tag, an dem ich nach dem Unterricht noch blieb und sie sich neben mich setzte und mir ihren Arm um den Hals legte. Sie fragte mich, ob ich jemals an eine Liebste denke. Dann wollte sie mich noch etwas fragen, aber Pater Inocencio kam herein, und sie war plötzlich ganz anders: «Pater Inocencio, mein größtes Problem ist, daß ich Kinder zu gern habe.»

Ihre Stimme war ruhig und gelassen, nur ihre Brust hob und senkte sich ohne Zweifel rascher. Und heute frage ich mich: war das reiner Zynismus, oder meinte sie das in einem anderen Sinne?

Pater Inocencio sah sie voll tiefer Bewunderung an und sagte:

«Wenn das ein Problem ist, dann ist es auch mein Problem.»

Aber es hat für mich nie den geringsten Zweifel gegeben, was den Sinn seiner Worte betraf. Und an dem Tag boten diese Frau und dieser Mann mir zum ersten Mal zwei verschiedene Eindrücke.

Langsam bohrte sie sich tief in unsere Herzen. Sie weckte in uns Dinge, die neu waren, sie weckte neue Empfindungen in uns. Wie ein sanfter Wind blies sie in das Feuer unserer Phantasie, und die Gefühle, die wir für sie empfanden, waren der seltsamsten und verwirrendsten Natur. Sie erregte Eifersucht in uns, sie erweckte zu vieles.

Machte es ihr Spaß, mit Kindern zu spielen? Bereitete es ihr Vergnügen, unsere jungen Herzen zu erregen? War es Bosheit oder war es nur eine Schwäche? Schmeichelte es ihr, was sie in uns erriet? Die Leidenschaft eines Kindes muß sehr schmeichelhaft sein. Ich weiß, es muß das Schönste sein.

Aber war es wirklich so? Vielleicht haben wir es uns nur eingebildet. Ich habe meinen Zustand bereits beschrieben. Wir waren so überreizt, wir schliefen so wenig, wir arbeiteten so schwer, wir hatten so viel Angst, wir fühlten uns so drangsaliert. Unsere Gemüter arbeiteten nicht normal.

Ich glaube, wir alle in der Schule waren verrückt, neurotisch. Kurz gesagt, wir waren *die Schüler*, ein Haufen ausgemergelter Nervenwracks.

Bei der Beschreibung von Schwester Carmela ziehe ich es vor, die Erwachsenen, die sie kannten, nicht zu zitieren. Andere mag sie verletzt haben, doch zu mir und meinen Freunden war sie gut. Außerdem habe ich immer gespürt, daß sie in uns ein verschwiegenes Vertrauen setzte. Manchmal, wenn sie mit uns spazierenging, sprach sie von Dingen, die sie uns bat, niemals zu wiederholen. Ja, und sie liebte es, jedem das Gefühl zu geben, er sei der einzige, an den sie denke. Sie war nicht immer ehrlich, und ich weiß nicht... ich weiß nicht... Aber ich kann jedenfalls nur von dem sprechen, an das ich mich erinnere.

Nach bestem Wissen möchte ich sie so beschreiben:

Schwester Carmela war eine ungewöhnliche Nonne.

Sie war außerordentlich attraktiv.

Sie war immer freundlich und fröhlich.

Sie wollte stets jeden erregen.

Sie war ganz und gar zu menschlich.

Und eines Tages ging sie fort.

Obwohl viele Menschen sagten, sie hätten das erwartet, war es, glaube ich, für alle mehr oder weniger eine Überraschung. Für mich war es mehr als eine Überraschung, es war eine Offenbarung, die mir die Augen weiter öffnete und ein Gefühl der Leere in meiner Seele hinterließ.

Ich erinnere mich, daß es viel Klatsch und Durcheinander darüber gab. Ich sehe noch die Jungen in Gruppen im Schulhof zusammenstehen und die Priester, die ihr Bestes taten, um diese Gruppen aufzulösen. Ich erinnere mich, wie die jüngeren Schüler die älteren über die Angelegenheit ausfragten und sich nach deren komplizierten Erklärungen in noch größerem Dunkel gelassen fühlten. Und dann hörte ich meine Mutter mit ihren Freunden, die zu uns ins Haus kamen, darüber reden. Sie sagte etwas von einer Wolke der Schande, die über der Familie Bejarano hing. Ich erinnere mich, daß ich das Wort *Inzest* zum ersten Mal hörte, und ich hörte es in dieser Zeit noch oft.

Ich hörte jemanden sagen, daß es schlimm genug sei, wenn eine Nonne davonlaufe, aber auch noch mit ihrem eigenen Bruder... Und das ganze Dorf war aufgeregt, und es gab widersprechende Meinungen über die ganze Angelegenheit. Einige sagten, ihr älterer Bruder sei am Vortag gesehen worden, wie er im Dorf herumschlenderte – obwohl keiner wußte, wann oder wie er angekommen war –, daß er sogar zum Kloster gegangen sei und man gesehen habe, wie er mit ihr sprach, doch daß niemand etwas anderes vermutet hatte als einen brüderlichen Besuch. Andere sagten, daß er überhaupt nicht gesehen worden sei. Für mich war alles zu verworren. Priester und Nonnen hatten die Gewohnheit, jeden Bruder, Schwester, Mutter oder Vater zu nennen, und ich hatte das Gefühl für Familienbeziehungen weitgehend verloren. Ich erinnere mich, daß ich dachte, wahrscheinlich sprechen sie von ihrem Bruder, weil sie eine Schwester ist... Kurz gesagt, ich weiß nicht, was ich von alledem hielt.

Ich fragte jeden, den ich gut kannte. Ich fragte meine Freunde, aber zum ersten Mal gab es etwas, worüber Cavañitas und Alfau auch nicht besser Bescheid wußten als ich. Und dann sprach ich eines Tages mit meiner Mutter:

«Warum finden sie es so schlimm von einer Nonne, mit ihrem eigenen Bruder wegzufahren? Ich finde das ganz in Ordnung, du nicht?»

Meine Mutter sah mich sehr aufmerksam an und sagte langsam: «Ja, natürlich. Aber das ist es nicht. Es sind ein paar wertvolle Gegenstände aus der Klosterkapelle verschwunden, und es sieht so aus, als hätten sie sie genommen.»

«Nennt man das Inzest?»

Und meine Mutter sah mich noch aufmerksamer an und machte einen Schritt auf mich zu. Ich wich zurück, da mir die Szene, wie sie auf dem weißen Pferd herankam, durch den Kopf fuhr, und dann sagte sie:

«Nun ... nicht eigentlich», und die Spannung löste sich, und ich mochte nicht weiter fragen.

Und dann passierte das andere, das die Schule und das ganze Dorf in Bestürzung versetzte.

Drei Tage nach dem obigen Ereignis sprachen Cavañitas, Alfau und ich auf dem Schulgelände in der Nähe des Gebäudes miteinander. Wir sprachen über Schwester Carmela, und Cavañitas erzählte uns etwas, was er von irgendeinem Priester gehört hatte. Andere Priester und andere Jungen waren in der Nähe.

Plötzlich hörten wir einen Aufprall. Ich kann das Geräusch noch bis zu diesem Augenblick hören. Es war, wie wenn ein Wäschekorb auf hartes Pflaster fällt, und wir drehten uns um und blickten auf ein dunkles Bündel etwa fünf Meter von uns entfernt, aus dem rote Flüssigkeit herauslief.

Ich fühle noch das kalte Grausen dieses Augenblicks ... Ich weiß nicht mehr, wer zuerst schrie. Ich weiß, daß ich es nicht war. Ich war wie gelähmt. Aber ich hörte Stimmen, und dann kamen mehrere Priester und beugten sich über ihn. Die Jungen liefen ebenfalls hinzu, und der Name Pater Inocencio ... Pater Inocencio ... Pater Inocencio, der aus jedem Mund kam, erfüllte die Luft.

Und noch einmal sah ich in Gedanken meine Mutter im Rhythmus der Rufe verhängnisvoll auf dem weißen Pferd herankommen. Pater Inocencio, Pater Inocencio, Pater

Inocencio... Daß dies plötzlich, während wir über Schwester Carmela sprachen, passierte, schuf eine erschreckende Beziehung zwischen beiden. Ich spürte, daß eine innere Verbindung zwischen diesem plötzlichen Tod und ihrer Flucht bestand. Es war ein solcher Schock, daß ich einen Augenblick lang mit einzigartiger Klarheit dachte und fühlte.

Für eine Sekunde wußte ich, daß Schwester Carmelas Verhalten Pater Inocencio genauso sehr berührt hatte wie mich. Einen Augenblick lang wußte ich, was ich die ganze Zeit für diese außergewöhnliche Frau empfunden hatte, und was ich empfand, das ahnte ich, konnten auch andere empfinden, und ein Mann noch viel stärker. Warum mir diese Gedanken durch den Kopf gingen, weiß ich nicht. Und dann dachte ich, ich hätte den Schlüssel für das dramatische Geheimnis. Aber heute zweifle ich wieder daran. Vielleicht war es nur meine Phantasie, vielleicht hatten die anderen Jungen auch befremdliche Vorstellungen, genau so einleuchtend wie meine. Wir erlebten so viele Erschütterungen in jenen Schultagen, wir waren so schläfrig und erschöpft, wir unterlagen so vielen Sinnestäuschungen. Heute zweifle ich sogar an dem, was ich sah. Vielleicht war es halb Wirklichkeit und halb unsere Einbildung, vielleicht war es zur Hälfte ein Traum und zur Hälfte ein Alptraum. Wir waren pathologische Fälle, wir waren verrückt und von Sinnen; kurz gesagt, wir waren *die Schüler*, ein Haufen ausgelaugter Nervenwracks.

Das alles passierte gegen Ende des Schuljahrs. Am nächsten Tag blieb die Schule geschlossen, und man sagte uns, daß Pater Inocencio einen Unfall gehabt habe, daß er, als er sich aus einem Fenster lehnte, einen Schwächeanfall erlitten habe und hinuntergefallen sei. Doch diese Worte hatten kein Gewicht. Warum hatten sie kein

Gewicht? Warum wußten wir alle, daß es ein Selbstmord gewesen war? Warum sammelten wir die unzusammenhängenden Ereignisse und verwoben sie zu einem ganzen Drama? Vielleicht war es unsere kindliche Intuition, die von den vielen Leiden, der ständigen Überwachung, die einen schier verrückt werden ließ, der Morbidität, der wir nicht entfliehen konnten, überreizt war. Ja, wir waren *die Schüler*, aber die Probleme des Lebens, mit denen wir konfrontiert wurden, waren genauso rätselhaft und schwer verständlich wie die Probleme innerhalb des Unterrichts. Sie wurden uns aufgezwungen und waren zu viel für unsere jungen Herzen und Gemüter. Was wir vom Leben sahen, war so verwirrend wie das, was wir in den Büchern lasen, nur heftiger und rätselhafter und dramatischer. Ja, es hinterließ eine tiefere Spur in unseren Gemütern und in unserem Fleisch, und, auf diese Weise abgelenkt, blieb uns alles andere um so nebelhafter.

Unnötig zu beschreiben, wie ich mich fühlte, wie wir alle uns nach diesen Erfahrungen fühlten. Die Schule wurde immer unerträglicher, sofern das überhaupt möglich war. Ich erinnere mich an die Messen, die für Pater Inocencios Seele gelesen wurden, als an etwas schrecklich Einschläferndes, in denen ich unweigerlich einnickte. Ich erinnere mich, daß ich mich nicht in der Lage fühlte, dieses Leben durchzuhalten. Ich erinnere mich an die übermächtige Müdigkeit und an die Zwangsvorstellung von den beiden Hunden, die sich zu einer anhaltenden Panik auswuchs und mich verrückt machte, und ich fühlte in all meinen Sinnen, daß bald alles vorüber sein würde, daß es nicht weitergehen konnte, daß das Drama zu Ende ging.

Und dann erhielt Cavañitas eines Tages eine entsetzliche Strafe. Cavañitas, der sehr geschickt mit der Schleuder war, hatte den Schulhund durch einen Stein an den Kopf zur Strecke gebracht, und der Hund mußte erschossen werden.

Das war Schicksal und das erste Zeichen von Widerstand, das mich zum Handeln trieb. Als Cavañitas von der Bestrafung zurückkam, umarmte ich ihn und bat ihn, mir eine Schleuder zu geben.

Als ich an dem Abend nach Hause ging, hielt ich die Schleuder in meiner Hand und hatte meine *boina* voller Steine; frisch geschlagene Steine mit guten, scharfen Kanten, genau die richtige Größe. Und ich wußte, daß ich beinahe so gut mit der Schleuder umgehen konnte wie Cavañitas, daß ich selten das Ziel verfehlte, und ich wußte auch, daß eine richtig gehandhabte Schleuder einen Stein mit gewaltiger Kraft abschießen kann.

An dem Abend fühlte ich mich fiebrig, in meinem Herzen war eine Wut, wie ich sie später selten gefühlt habe. Als ich die Straße erreichte, blieb ich stehen und sah, wie sie sich vor mir erstreckte, eng und lang. Nur ein Laternenpfahl am anderen Ende. Ein Schatten löste sich von einer der Mauern und stand nun in der Mitte. Das war der Hund, und er fing an zu bellen.

Das wirkte auf mich wie ein Peitschenhieb. Ich erinnere mich, daß ich das Sausen der Schleuder hörte und ein langgezogenes Jaulen. Ich war wie besessen. Ich erinnere mich, daß der Hund zurückwich und ich ihm bösartig einen Stein nach dem anderen nachjagte, bis ich ihn nicht mehr sehen konnte.

Ich war von einer höllischen Wut besessen, ich spürte das Blut in meinen Schläfen hämmern, und dann öffnete sich ein Fenster, der Herr des Hundes erschien und sagte etwas über den Hund. Ich fluchte und benutzte die schmutzigsten Wörter, die ich kannte. Er versuchte, mich einzuschüchtern, und dann schleuderte ich einen Stein gegen sein Fenster und noch einen, und das Glas fiel klirrend heraus. Ich erinnere mich, daß ich sagte, ich würde seinen Hund umbringen und ihn auch. Und dann zog er sich zurück und sagte, ich sei wahnsinnig, verrückt, und damit hatte er wohl recht, und ich rannte nach Hause.

Als man mir die Tür öffnete, brach ich zusammen und weinte. Ich weiß nicht mehr, was ich sagte, außer, daß ich nicht mehr lernen wolle, oder daß ich, wenn ich wieder in die Schule müsse, einen Priester umbringen würde. Ich weinte und fluchte und wurde dieses eine Mal nicht dafür getadelt. Meine Mutter besänftigte mich und sagte, ich solle mich beruhigen und keine Angst haben, ich brauche nicht zu lernen, wenn ich nicht wolle, ich müsse nicht wieder in die Schule, ich könne machen, was mir gefalle, und ich dürfe so lange schlafen, wie ich wolle. Dann, erinnere ich mich, sagte sie etwas über Anämie, und sie war liebevoll, und ich empfand eine große Erleichterung, und während der folgenden Tage trank ich vor dem Essen etwas Bitteres.

Bald darauf verließen wir Vizcaitia und kehrten nach Madrid zurück.

Wie ich schon sagte, alles in jenen Tagen erscheint neblig, mein Gehirn war in Aufruhr. Ich war sehr müde und erschöpft und war überempfindlich geworden. Jetzt sehe ich nur ein großes Durcheinander und in jenem Mahlstrom von Gefühlen und Gedanken drei seltsame Bilder: eine Frau, deren Herz von vielen Pfeilen durchbohrt wird, einen Mann, der blutend und mit einer Krone aus Dornen an einem Kreuz hängt, und ein noch rätselhaftes Bild, auf dem nur ein flammendes Herz ist. Und entweder fand meine kindliche Intuition oder meine überanstrengte Einbildungskraft in jenen Tagen eine seltsame Verbindung zwischen diesen Bildern und einem Mann und einer Frau, deren Leben in meiner Erinnerung durch ein zartes, romantisches Gefühl verbunden ist... Alles verblaßt dann vor der blendenden Erscheinung einer Frau, die auf einem großen, weißen Pferd auf mich zukommt... dann wird alles schwarz, und dann sind da zwei Hunde, zwei riesengroße Hunde, die in der Dunkelheit bellen.

II
Frühling

I

Mein Wissen über die frühe Jugend meines Freundes García ist recht begrenzt. Ich weiß, daß er zu Beginn des Frühlings geboren wurde. Das ist jedoch etwas zu Beliebiges, als daß es irgendeine Bedeutung in seinem Fall haben könnte.

Man weiß allerdings, daß er als Kind Blumen liebte, und alles, was nach Frühling aussah, brachte ihn zu Regungen und Äußerungen, die eine tiefe innere Freude ausdrückten. Dann kam eine deutliche Veränderung. Ich erinnere mich an ihn als Jungen, als wir beide in das Colegio de los Padres Salesianos in Vizcaitia gingen. Er war blaß und dünn, mit pickliger Haut und einer starken Neigung zu Verträumtheit und Melancholie. Diese Eigenschaften schienen im Frühling stärker zu werden, was seinen Kameraden, von denen er sich dadurch unterschied, auffiel, da wir uns immer sehr glücklich fühlten, wenn sich die Sommerferien näherten. Während dieser Anfälle ging er allein herum und spielte nicht mit den anderen Jungen.

Anfangs schoben wir sein Verhalten auf die Sorgen wegen der bevorstehenden Prüfungen, aber ich merkte später, daß es einen anderen Grund haben mußte, da er während dieser Zeiträume weniger lernte, im Unterricht abwesend und abgelenkt wirkte und in seinen Noten stets zurückfiel. Dann verließ García Vizcaitia, und ich sah ihn erst wieder, als ich nach Madrid zurückkehrte, wo ich durch gemeinsame Bekannte mit ihm in Kontakt kam. Durch jene Bekannten erfuhr ich auch, daß er langes Haar trug, Gedichte schrieb und seine Freunde um Geld anbettelte. García arbeitete nicht und führte ein zielloses Leben, worum ihn die meisten seiner Freunde heimlich beneideten. Zumindest habe ich das ihren Kommentaren entnommen.

Ich erinnere mich an einen Tag in einem Café, als ein Freund ihn geradeheraus fragte:

«García, hast du nie das Bedürfnis gehabt zu arbeiten?»

García nippte an einem Glas Sherry. Er trank es langsam aus und antwortete:

«Doch, aber ich tue mein Bestes, es zu unterdrücken.»

An jenem Tag entstand meine Freundschaft mit García.

Und dann bekam ich eines Tages den ersten deutlichen Einblick in das, was ihm in seinem Leben am wichtigsten war.

Wir gingen im Retiro spazieren, und mir war gerade aufgefallen, daß García heruntergekommen und schäbig aussah und viel zu alt für seine Jahre. Sein Haar war lang und schon ganz grau. Das war im Mai.

García erzählte mir von einigen Gedichten, die er schrieb oder schreiben wollte.

Plötzlich ließ er mich stehen und ging voraus. Er taumelte vorwärts, den Kopf hoch erhoben, die Arme vor sich ausgestreckt, als würde er von einer Vision angezogen, und lehnte sich dann an einen großen Baum. Als ich ihn erreichte, lag ein seltsamer Glanz auf seinem Gesicht, ein Ausdruck unendlicher Freude und unendlichen Glücks, der mich überraschte, und er rief, als wolle er unser unterbrochenes Gespräch beenden:

«Das ist es... das ist es...» und er streichelte den Baum mit einer Geste, die die gesamte Szenerie einschloß. «Diese immer wiederkehrende Jahreszeit, die nie ausbleibt.»

Sein Gesicht widersprach seiner traurigen Gestalt. Der Tag war lau, die Luft sanft, und alles war still. Es herrschte ein Gefühl der Erwartung. García fuhr fort:

«Riechst du diese Blumen? Kannst du das Rascheln des Windes in den Blättern hören? Kannst du das Spitzenmuster aus Licht und Schatten sehen, das die Bäume über dem Boden weben?»

Mein Verstand sagte mir, daß das alles abgegriffene Literatur war, außerdem wußte ich, daß García sich immer gern auf eine lyrische Art und Weise ausdrückte. Aber ich konnte mich der Poesie des Augenblicks nicht entziehen, ich fühlte mich wie in einer Falle von Empfindsamkeit gefangen, und in Garcías Worten und in seinem Aussehen manifestierten sich Eingebungen. Er sprach wie verzückt:

«Das ist es, was das Leben lebenswert macht. Das Leben selbst...»

«Ja, El Retiro ist wunderschön, er ist einer der poetischsten Parks, die ich je gesehen habe.» Ich wollte auch etwas dazu sagen.

García wedelte mit seiner Hand in der Luft, als wolle er meine Worte von einer imaginären Tafel abwischen:

«Das ist es nicht... es ist die Jahreszeit, es ist die Jahreszeit, die nie ausbleibt. Es ist die große Entschädigung für alle unsere Plagen und Enttäuschungen... Ich verlasse mich inzwischen auf nichts anderes mehr.»

Es entstand eine Pause.

García fuhr fort: «Du weißt nicht, was sie für mich bedeutet. Sie versöhnt mich jedes Jahr wieder mit dem Leben. Sie bringt mir das größte Glücksgefühl, das ich kenne.

Sie ist das, worauf wir alle hoffen, bewußt oder unbewußt. Sie ist die Hoffnung der Menschheit. Frühling bedeutet für mich, was es für dich und für jeden bedeuten sollte, aber die Menschen scheinen ihren Geschäften nachzugehen, ohne Tage wie diesen zu bemerken. Sie gehen eitlen Dingen nach, und dann sind sie enttäuscht. Sie hoffen immer auf etwas, was sie niemals erreichen werden, und eigentlich hoffen sie auf den Frühling, der einzige, der nie ausbleibt, auf den wir alles setzen können, wofür wir ewig dankbar sein sollten. Sie bemerken nicht, daß er da ist, daß er ihnen jedes Jahr zu Hilfe kommt. Ein Mensch kann im Elend leben, er mag nichts zu essen haben und keinen Platz zum Schlafen. Im Winter ist das hart, und er wird sich fürchten, aber dann kommt der Frühling, und er fürchtet sich nicht mehr. Der Frühling bringt Wärme und Früchte und Blumen, er bringt einen Überfluß an Leben, er bringt uns Sicherheit... Aber die Menschen bemerken das nicht, und sie bleiben in ihrer billigen Hamstermentalität stekken, blind für diese große Sache, die hier vor sich geht, blind für alles, was wichtig ist. Mir kommt es so vor, als wäre ich der einzige Mensch, der den Frühling entdeckt hat.»

«Das klingt sehr hübsch, aber...» Ich mißverstand die Situation, leider oder glücklicherweise. Ich nahm, was mein Freund sagte, wörtlich, und García, noch immer an dem Baum lehnend, bedeutete mir zu schweigen.

«Ich kenne all deine Einwände, aber, Mann, sei nicht undankbar, es ist Frühling. Entweihe nicht den Augenblick. Mach dir nichts vor; dies ist das einzige, worauf man sich verlassen kann. Alles geht vorbei und verblaßt, aber der Frühling kommt immer wieder.»

Wir schwiegen eine Weile. Dann sagte García:

«Entschuldige», und er umarmte den Baum.

11

Als ich Madrid verließ, sollte García gerade eine Stellung antreten, die er durch einen guten Freund bekommen hatte. Ich war froh bei dem Gedanken, daß ich ihn mit etwas Sicherem zurückließ, daß er sich auf den Pfad eines normalen und ordentlichen Lebens begab, denn ich will nicht leugnen, daß ich in letzter Zeit vage Befürchtungen hinsichtlich seines Geisteszustands hegte. Ich sollte jedoch bald durch einen Brief, den ich von ihm erhielt, enttäuscht werden; es zeigte sich, daß ihn seine alten Vorstellungen nicht verlassen hatten:

«Es liegt eine verborgene Poesie in der Luft, von etwas Unbestimmtem und Fernen, das sich vorbereitet, das Saft und Kraft sammelt, um plötzlich aufzubrechen, und es ist Frühling, die Jahreszeit, die ich stets erwarte, denn sie bringt mir das Glück. Ich weiß nicht, was ich eigentlich vom Frühling erwarte und warum ich mich darauf verlasse, als wäre es eine große Quelle, die nie versiegt. Das geht mir schon lange so.

Neulich habe ich es Lunarito erklärt, dem Mädchen, das mein Zimmer in Ordnung bringt. Ich sagte ihr, daß man morgens beim Erwachen etwas wie ein fernes Brausen hören kann, das zunimmt wie eine Welle, die in der See bricht. Ich sagte ihr, daß man den Frühling kommen hört, und daß ich ihn immer gehört habe, daß er von weither kommt, nicht nur in der Zeit, auch im Raum. Ich glaube, Lunarito hat mich nicht verstanden.

Morgens kann man es deutlicher hören, weil der Verstand gerade erwacht und aufnahmebereiter ist. Die Sinne schlafen noch halb und sind darum eher bereit, sich diesem großen und kraftvollen Element zu überlassen.

Die Balkontür meines Zimmers steht offen, und ich kann alle Geräusche der Stadt deutlich hören. Aber alles hallt von dem, was kommt, wider, in allem schwingt der Frühling mit. Diese Jahreszeit hat eine seltsame Eigenschaft, die andere Jahreszeiten nicht haben. Sie kündigt sich vorher an, wir spüren sie schon aus der Ferne. Leuchtende und warme Tage sprießen mitten im Winter hervor und bringen uns Trost, Freude und Hoffnung, wie Boten des Frühlings.

Und immer um diese Zeit spüre ich den gleichen vagabundierenden und übermütigen Geist durch mein Bewußtsein und meine Sinne fegen, einen unwiderstehlichen Wunsch, alles zum Teufel zu schicken und draußen in den Feldern, in der Welt, auf Abenteuer zu gehen. Mich mit der Lawine des Frühlings zu vereinigen und mich von ihr treiben zu lassen... Oh, mein Gott! Ohne sich Gedanken über morgen zu machen, ohne unangenehme Erinnerungen an gestern, es sei denn, die notwendigen und ein wenig traurigen, damit das Glück jenen durchscheinenden Anstrich von Melancholie erhält, der es so veredelt, so vollkommen, so poetisch und so menschlich macht. Und herumspringen und im Gras herumtollen zu können und einen Überfluß an Essen und gutem Trinken zu entdecken, und überhaupt an allem, was ich liebe... Gott! Wenn es doch einmal so wäre, wie man es sich wünscht!

Ich würde den Rest des Jahres beinahe mit Vergnügen arbeiten, wenn ich mich im Frühling vollkommen gehenlassen könnte. Das würde mich für alles entschädigen. Natürlich wäre es sehr viel besser, das ganze Jahr über gar nicht zu arbeiten, nur zu tun, was man will, aber, nun ja... diese Jahreszeit krempelt mir den Kopf um. Sie macht mich wahnsinnig vor Lust. Meine natürliche Abneigung gegen alles, was heilig und unangenehm ist, wächst zu gewaltigen

Ausmaßen an. Ich höre den Frühling von weitem kommen, ich fühle ihn, ich rieche ihn, und ich bin verloren. Ich verabscheue alles, was nach Pflicht schmeckt, nach Arbeit, alles, was mich binden könnte... Alle Ketten und Zügel müßte man zerreißen und in vollem Lauf der Erde selbst voranstürmen, um jenen Platz der Träume und Wirklichkeiten zu erreichen, wo der ewige Frühling herrscht...!

Aber das ist unmöglich, ich muß mich mit dem begnügen, was ich habe, und all diese Gefühle finden ihren Ausdruck in Ausbrüchen wie diesem Brief. Ich muß ihnen ein Ventil geben. Aber wenigstens müssen wir alle, die wir Gefühle haben und eine ästhetische Haltung, alle, die wir den Frühling aus der Ferne nahen hören, die wir Auserwählte sind, jedes Jahr einen Gedanken darauf verwenden, eine Art Gebet, wie eine Gabe des Dankes. Wir müssen uns gegenseitig zu seiner Ankunft beglückwünschen, dazu, daß wir, trotz der großen Anhäufung von Leid, die das Leben für uns bereithält, immer auf diese Augenblicke des Glücks zählen können, die, selbst wenn wir sie der Umstände wegen nicht vollkommen auskosten können, doch wenigstens unsere Herzen im Leib springen lassen. Und das ist eine große Entschädigung, mit der wir immer rechnen können und die niemals ausbleibt. Schlimme und unangenehme Dinge geschehen und vergehen, aber der Frühling kommt immer wieder.

Ich schreibe Dir dies, weil ich es für meine Pflicht halte, mit verständnisvollen Wesen, die wir schätzen und lieben, diese Dinge zu teilen, die wir, dank unseres feinen Gespürs, als Quellen der Freude entdeckt haben. Zu versuchen, dies mit anderen zu teilen, würde gewiß zu einer Enttäuschung, aber Du verstehst mich...»

Ich gestehe, ich verstand García damals nicht, aber ich glaube, ich fange an, ihn zu verstehen.

III

In der Zeit, in der ich nicht in Madrid war, hörte ich nicht regelmäßig von García. Ich bekam hin und wieder einen Brief von ihm, der stets einen deutlichen Verfall seiner geistigen Fähigkeiten anzeigte. Dann hörte ich, daß er seine Stellung aufgegeben hatte. Bald darauf kehrte ich nach Madrid zurück. García lebte jetzt allein in einem kleinen Haus mit Garten im Barrio de Salamanca.

Ich erinnere mich, daß Lunarito, seine Magd, mir die Tür öffnete und sagte, sie freue sich, mich zu sehen. Ich fragte nach meinem Freund, und sie sagte, Señor García sei krank, sehr krank. Alle Leute fürchteten um seinen Verstand, sein Geist sei verwirrt, und er habe schon Schwierigkeiten, Menschen wiederzuerkennen.

Ich ging hinauf, García saß vor einem Balkonfenster und sah hinaus. Er schien mich sofort zu erkennen. Er stand auf, kam mit ausgestreckten Armen auf mich zu und umarmte mich herzlich.

Dann bemerkte ich, daß er erschreckend alt geworden war, seit ich ihn zuletzt gesehen hatte. Er war gebeugt. Das Haar trug er wie gewöhnlich lang, doch jetzt war es vollkommen weiß. García hatte schon immer einen unentschlossenen Gang, wie jemand, der sich verirrt hat, aber jetzt trat diese Eigenart stärker in Erscheinung. Er schleppte seine Füße über den Boden und schien zu wanken. Und damals konnte García nicht älter als dreißig Jahre gewesen sein.

Er sprach jedoch vernünftig und ruhig. Er erzählte mir, daß einer seiner Verwandten gestorben sei und ihm etwas Geld und dieses Haus hinterlassen habe, in dem er jetzt lebte.

«Ja», sagte er, «ich bin hier glücklich. Ich habe einen Garten und Blumen.» Er wies auf den Garten. «Genau der Platz, den ich mir immer gewünscht habe. Friedvoll wie ein Spiegel, der alle Jahreszeiten widerspiegelt... Ja, ich bin glücklich.»

Und ich wußte, daß er nicht glücklich war.

«Doch, ich bin glücklich», wiederholte er, als hätte er meine Gedanken gelesen. «Du solltest den Frühling hier erleben...»

In der Stille jenes Augenblicks überfiel mich sein letzter Satz wie ein kalter Schauer. Da war wieder seine Manie, da war es wieder, was sein ganzes Leben verdunkelt hatte. Der Frühling.

Und dann begann sein Geist sich zu verwirren. Er sprach unzusammenhängend und bruchstückhaft. Ich schlug vor, hinunter in den Garten zu gehen, und wir gingen hinunter. Es war Sommer. Wunderschöne Blumenbeete und Büsche, und der ganze Garten sah verwildert aus, was ihn ungemein poetisch machte.

Auf der gegenüberliegenden Straßenseite sah ich einen Mann die Blumen in seinem Garten gießen. Er bemerkte uns und winkte. Ich fragte García, wer der Herr sei, und García schüttelte den Kopf und seufzte:

«Der arme Kerl... Er ist Arzt; Dr. José de los Ríos.» García hatte nun einen seltsamen Gesichtsausdruck. «Er ist...»

García machte mit dem Finger eine bohrende Bewegung an seiner Schläfe. «Weißt du? Einer der seltsamsten Fälle, die ich je gesehen habe.»

Anfangs glaubte ich García und wußte nicht, was ich sagen sollte. Er sprach mit großem Ernst.

«Ein paar Mal habe ich ihn hinter der Gardine beobachtet. Er kommt in den Garten heraus und stellt seltsame Dinge an. Einmal habe ich ihn mit den Blumen sprechen sehen, und dann fing er an zu tanzen, und alle Blumen schlugen den Takt für ihn.»

Jetzt begriff ich und versuchte García zu beruhigen, doch er bestand darauf, über seinen Nachbarn zu sprechen.

«Er scheint eine unheimliche Macht über die Natur zu haben. Er hat einen kleinen Rohrstock, mit dem er alle seine Tricks vollführt, und einmal habe ich gesehen, wie er den Stock in die Erde steckte, und der Stock wuchs und gedieh wie ein Baum.»

Ich versuchte, García abzulenken, das Thema zu wechseln, aber mit jenem in solchen Fällen typischen Eifer bestand er darauf:

«Ja. Ein anderes Mal sah ich ihn in El Retiro. Er bemerkte mich nicht, und ich folgte ihm in gewissem Abstand. Und weißt du, was er machte? Er nahm seinen kleinen Rohrstock und schlug damit an die Bäume. Dann holte er ein Stethoskop hervor und legte es an einen Baum, als wolle er sein Herz abhorchen, und dann schüttelte er den Kopf und ging zu einem anderen Baum und wiederholte den gleichen Vorgang. Ich überholte ihn und kam gerade rechtzeitig an ihm vorbei, um zu hören, wie er sagte:

‹Dieses Jahr kommt der Frühling nicht. Ich kann ihn nicht hören.›

Also, dieser Mangel an Vertrauen machte mich zornig. Ich sprach ihn an, und er schien sehr verwirrt zu sein. Und dann sagte ich ihm, daß ich den Frühling immer und ohne die Hilfe solcher Instrumente höre, daß ich den Frühling in allen Dingen hören könne, ja, in allen Dingen... daß er ihn niemals durch diesen Apparat hören würde, und daß es eines Dichters und nicht eines Arztes bedürfe, um das Nahen des Frühlings zu spüren. Ich sagte ihm, er sei verrückt, wenn er an seinem Kommen zweifle, daß andere Dinge ausbleiben könnten, aber der Frühling... kommt... immer...»

Hier brach Garcías Stimme, und er ließ den Kopf hängen wie in tiefer Resignation vor der Schicksalhaftigkeit dieser letzten Behauptung, die grausam unheilvoll klang. Ich konnte das nicht viel länger aushalten. Ich unternahm eine letzte Anstrengung, unserem Gespräch eine andere Wendung zu geben.

«Beruhige dich, García; du bist ein glücklicher Mensch. Du hast es selbst gesagt. Ich habe gerade gedacht, wie glücklich du in diesem wunderschönen Garten sein mußt...»

Er sah mich an, als verstünde er nicht, was ich sagte, fast als wüßte er nicht, wer ich sei. Und dann drehte er sich um und entfernte sich von mir. Er stolperte vorwärts, seine Arme vor sich ausgestreckt wie von einer ewigen Vision angezogen.

Ich folgte ihm. Er blieb vor einem Busch stehen, der in voller Blüte stand, und streichelte die Blüten und die Blätter mit zitternden Händen, mit hungrigen, in Tränen zerfließenden Augen. Schließlich hielt er zwei Zweige und drückte sie fest. Er zitterte am ganzen Körper und sah mich mit einem tiefen Blick an, als suche er Verständnis und Mitgefühl. Ich trat zu ihm, doch er hielt mich mit einer Handbewegung auf Abstand.

«Das ist es... das ist es...»

Ich wußte, er versuchte die Worte zu finden, die seine Gefühle ausdrücken würden, aber ich wußte auch, daß es solche Worte nicht geben konnte, und ich nickte ihm mein Verständnis zu.

Ein dankbarer Blick trat in seine Augen, und wir schwiegen eine lange Zeit.

Dann sagte García:

«Entschuldige», und er weinte.

IV

Eines Tages wollte ich García besuchen und fand sein Haus verschlossen, und niemand antwortete auf die Glocke. Dr. José de los Ríos war auf der gegenüberliegenden Straßenseite in seinem Garten, und ich erkundigte mich bei ihm. Er kam herüber und berichtete mir von dem traurigen Ereignis, das sich während meiner Abwesenheit zugetragen hatte.

Es war gegen Ende des Winters. García war, wie es scheint, an den Tagen vor dem Zwischenfall bei geschlossenen Fenstern und Türen in seinem Zimmer geblieben. Das hatte Dr. de los Ríos den Erklärungen Lunaritos entnommen, der einzigen Person, die García während dieser Zeit gesehen hatte, wenn sie ihm etwas zu essen brachte.

Dann sah Dr. de los Ríos, der wie gewöhnlich in seinem Garten war, García eines Tages aus seiner Haustür eilen; er sah, wie er das Gartentor aufstieß und schreiend die Straße hinunterlief:

«Der Frühling kommt...! Der Frühling kommt...!»

Dr. de los Ríos folgte ihm und fand ihn weiter unten auf der Straße von Menschen umringt, die ihn zu beruhigen suchten, und von Kindern, die ihn verspotteten. Dr. de los Ríos brachte ihn nach Hause und verabreichte ihm ein Medikament, und der Doktor war es auch, der ihn später in die Irrenanstalt brachte.

Und ich dachte:

Es war also Dr. de los Ríos, der Mann, den García für wahnsinnig erklärt hatte, derselbe Mann, an dessen Verstand ich einen Augenblick gezweifelt hatte, der meinen Freund schließlich in die Anstalt gebracht hatte. Und ich dachte über die seltsame Ironie des Lebens nach, während Dr. José de los Ríos mir Garcías Krankheit erklärte.

Seiner Meinung nach war es ein Fall vorübergehenden Wahnsinns, und er zweifelte nicht daran, daß mein Freund bei richtiger Behandlung dauerhaft geheilt werden könne. Dr. de los Ríos sprach von nervösen Störungen, deren Ursachen und ihren Auswirkungen. Er erwähnte eine Erweichung des Rückgrats und sprach dann über schlechte Gewohnheiten. Er sprach darüber jedoch, ohne im geringsten zu moralisieren. Ich gewann den Eindruck, daß er García schon eine Weile beobachtet und daß García sich ihm anvertraut hatte. Ich gewann auch einen erfreulichen Eindruck von Dr. de los Ríos. Seine ganze Persönlichkeit wirkte sehr angenehm. Er war ein Mann, der den Eindruck erweckte, physisch und geistig gesund zu sein. Seine Augen waren blau, sein Haar und sein spitzer Bart sowie sein Schnurrbart waren blond, und sein Teint war hell. Er sprach ruhig, mit leiser Stimme und auch mit einer Präzision, die frei war von Pedanterie. Dr. José de los Ríos gefiel mir sehr, und ich würde ihm gern ein oder zwei Kapitel widmen, doch das hebe ich für eine bessere Gelegenheit auf.

Dr. de los Ríos hatte recht. García litt an vorübergehendem Wahnsinn. Er verbrachte nur ein Jahr in der Anstalt und wurde dann entlassen.

Als García in sein Haus zurückgekehrt war, besuchte ich ihn. Ich hatte nicht den Mut aufgebracht, ihn in der Anstalt zu besuchen. Ein neuer trauriger Schlag erwartete mich. Ich erinnere mich, daß Lunarito mich nach oben führte und daß ich García vor dem Balkon in seinem Zimmer sitzen sah, in genau der Haltung, in der ich ihn das letzte Mal gesehen hatte. Aber dieses Mal stand er nicht auf, um mir entgegenzugehen. Lunarito führte ihn an der Hand zu mir, und da merkte ich, daß er blind war.

Meine Gefühle kann man sich leicht vorstellen. Ich hatte García inzwischen so liebgewonnen ...! Wir umarmten uns lange und fest, und ich streichelte sein weißes Haupt, sagte aber nichts.

Und dann bemerkte ich noch etwas Neues: zwei große englische Bulldoggen, die leise in das Zimmer hereinkamen und zu beiden Seiten des Sessels stehenblieben, auf den sich García nach unserer Begrüßung setzte. Ich habe vergessen zu sagen, daß García sein Leben lang Hunden gegenüber eine Mischung aus Angst und Widerwillen hegte, das war einer der am stärksten hervortretenden Züge seines Charakters. Ich war daher überaus erstaunt über das Erscheinen dieser beeindruckenden Exemplare der Hundefamilie, die García mit besonderer Freundlichkeit zu behandeln schien.

Ich erinnere mich an den Bericht meines Freundes und kann noch immer seine schicksalsergebene Stimme hören:

«Jenes ganze Jahr der Dunkelheit... wie eine Leere in meinem Leben, aus der ich kaum etwas erinnere. Und dann meinen Verstand wieder zu gewinnen, nur um mir dieses neuen Unglücks noch mehr bewußt zu sein, dieser neuen Dunkelheit, aus der ich nie wieder auftauchen werde... Kannst du dir das vorstellen?»

Und ich dachte, ich könne es nicht.

García fuhr fort, die Stimme senkend, seine Gedanken wie ein Besessener zu verfolgen:

«Ja, jenes Jahr... das Jahr war nur das Ende eines sich hinziehenden Dramas, das mein gesamtes früheres Leben beherrschte... aber dieses Leben ist mir glücklicherweise... oder unglücklicherweise... vollkommen entrissen worden. Wenn ich jetzt zurückschaue, scheint es mir, daß mein ganzes Leben einem anderen Wesen gehörte, einem Wesen, dessen Leben ein immerwährender innerer Sturm und eine äußere Farce gewesen ist. Ja, ich habe das Gefühl, daß während jenes Jahres, in dem mein Verstand schlief, mein ganzes Wesen ausgetauscht worden ist. Ich habe keine bestimmten Erinnerungen, aber ich habe unbestimmte und starke unbewußte Empfindungen davon, daß schreckliche Dinge stattgefunden haben, Dinge, die kein lebendiger, geistig wacher Mensch mit ansehen, und weniger noch selbst erleben kann... Ja, mein ganzes früheres Leben ist mir entrissen worden. Ich bin noch einmal geboren worden, nichts davon ist geblieben, nichts außer einem, etwas Ewigem, etwas...»

Ich stand auf:

«Hör auf, García... sag es nicht. Ich weiß, was es ist.»

«Ja... nur das.»

Jetzt war die Stimme meines Freundes noch leiser und konzentriert in einem heiseren Flüstern. Die beiden Hunde rieben ihre Köpfe an seinen Seiten.

«Ich wünschte, ich hätte meinen Verstand nie wieder erlangt, denn es ist so schmerzvoll, auf das eigene Leben zurückzuschauen und es deutlich zu sehen. Seit meiner Kindheit diese Liebe zu meiner Mutter, die Ausmaße annahm, die mich später erschreckten... Ich versuchte, all ihren in mich gesetzten Hoffnungen gerecht zu werden, nur für sie zu leben... Verstehst du mich?...»

Ich war langsam vor García zurückgewichen, doch er hatte es nicht bemerkt, und seine Stimme wurde noch leiser, noch schwächer. Die Hunde waren unruhig und laut geworden, ich konnte für eine Weile nichts mehr verstehen. Als ich mich García wieder näherte, schloß er:

«... das jedes Jahr mit dem Frühling kam und mich nie

verließ, bis ich diese Jahreszeit zu fürchten begann, die mit meinem ganzen Leben zusammenfiel. Und der Gedanke machte mich wahnsinnig, daß ich seinen Schritt nicht hemmen konnte, daß er drohend auf mich zukam, um mich zu zerstören, daß er niemals ausbleibt, daß es keine Hoffnung gibt, daß der Frühling immer wieder kommt.»

Als ich García verließ, war es sehr dunkel, und als ich die Straße hinunterging, hörte ich noch lange die beiden Hunde bellen.

V

Eines Tages nahm ich García auf einen Spaziergang in den El Retiro mit. Es war wieder Mai. Wir schwiegen, García hielt meinen Arm und stützte sich auf einen Stock. Nach einer Weile sagte er:

«Laß uns hinsitzen und erzähl mir dann alles über den Tag. Du weißt ja, ich kann ihn nicht sehen.»

Wir setzten uns auf eine Bank, und ich wußte nicht, was ich sagen sollte.

«Es ist heute sehr strahlend, García... Der Himmel ist blau... du kennst den Himmel von Madrid...»

«Ja, ich erinnere mich daran. Ich kann ihn in mir sehen. Ja, wie blau er ist!»

«Ja, sehr blau, García, und die Sonne strahlt...»

«Natürlich, wenn der Himmel blau ist, ist die Sonne gewöhnlich strahlend.»

«El Retiro ist wie immer. Erinnerst du dich... Die gleichen Blumenbeete, die gleichen schattigen Pfade... Erinnerst du dich an El Retiro...»

García bedeutete mir zu schweigen:

«Ich kann alles fühlen, ich kann alles besser empfinden,

als du oder ein anderer es mir erzählen könnte. Hör auf. Der Tag selbst spricht zu mir. Ich kann die Sonne spüren, ich kann die Blumen riechen und den Wind in den Bäumen hören... Ich kann alles fühlen. Der Tag spricht zu den Blinden, und jetzt spricht er zu mir. Sei still, laß mich zuhören...»

Und ich schwieg, und García neigte den Kopf. Ich sah die Sonne auf seiner gebrochenen Gestalt, auf seinem weißen Haupt. Sein Gesicht war ganz Aufmerksamkeit, er rührte sich nicht, und er lauschte, lauschte...

Plötzlich stand er auf und ging. Er stolperte vorwärts, den Kopf erhoben, die Sonne auf seinen erloschenen Augen, die Arme vor sich ausgestreckt, wie von seiner ewigen Vision gezogen.

Ich folgte ihm und erinnerte mich an den ersten Tag, an dem ich ihn auf diese Weise gehen sah, als könne er nichts sehen als seine eigenen inneren Träume. Sein ganzes Verhalten in der Vergangenheit wies auf diese traurige Wirklichkeit hin, auf diesen Tag, an dem er die Dinge, die er so sehr geliebt hatte, den Tag, das Licht, den Frühling, nicht mehr sehen konnte.

García lehnte an einem großen Baum und spürte, daß ich in der Nähe war.

«Das ist es... das ist es...»

«Ich verstehe, García.»

Wir schwiegen eine Weile. Dann sagte er:

«Entschuldige», und weiter nichts.

VI

Eines Morgens im März kam Lunarito zu mir. Sie sagte, daß ihr Herr sehr krank sei und mich sehen wolle.

Als ich ankam, fand ich García im Bett. Er war außerordentlich dünn, er sah beinahe aus wie ein Leichnam. Seine Stimme klang schwach.

«Schlechter Freund», sagte er. «Ich hätte sterben können, ohne daß du es erfahren hättest. Ich bin den ganzen Winter über sehr krank gewesen, und du hast mich nicht einmal besucht.»

Ich entgegnete, meine Arbeit hätte mich ferngehalten, und ich hätte nicht gewußt, daß er krank sei.

«Ja. Ich bin sehr krank gewesen, und jetzt geht es mir noch schlechter. Ich weiß nicht, was mir fehlt. Vielleicht ist mit dem Herzen etwas nicht in Ordnung. Der Doktor sagt, so lange das kalte Wetter anhalte, würde es mir gutgehen, aber dann... bald wird es warm werden... Du weißt, er kommt immer... und ich fürchte mich davor.»

Ich blieb eine Weile bei García, redete ihm zu, daß er sich sicher erholen werde und versuchte, ihn aufzuheitern, aber als ich ihn verließ, stand Hoffnungslosigkeit in seinem Gesicht. Ich versprach, in der nächsten Woche wiederzukommen.

Ich kam am einundzwanzigsten März wieder und fand García in noch schlechterer Verfassung, sofern das überhaupt möglich war. Er lag in den Kissen, und seine blinden Augen starrten auf den Balkon. Die beiden Hunde standen neben dem Bett, als wollten sie ihren Herrn verteidigen.

Ich setzte mich zu ihm und hielt eine seiner Hände; sie war sehr kalt. Dann sagte er:

«Es ist die Angst vor dem Unausweichlichen... Der Frühling ist schon fast da, und ich weiß, daß ich sterben werde. Der Doktor hat es gesagt, ich habe es aus Lunarito herausgefragt... Zu wissen, daß ich sterben muß, daß ich diese Jahreszeit nicht aufhalten kann, daß sie herankommt, daß es keine Hoffnung gibt... Der Frühling und mein Leben sind auf seltsame Weise verschmolzen. Der Frühling ist für mich wie eine Geliebte gewesen. Ich habe mein Schicksal daran gebunden, er hat mir Seligkeit gebracht und Kummer, und jetzt bringt er mir den Tod... Sich vorzustellen, daß die Jahreszeit, die allen das Leben bringt, kommt, um mich zu töten, zu wissen, daß sie ewig ist, daß es immer so weitergehen wird und ich sie nicht wiedersehen werde. Ich liebte sie so sehr! Und jetzt fürchte ich sie wie damals in meiner Jugend... Wenn ich wenigstens sicher wäre, daß ich, wenn ich tot bin, aus dem Verhängnis eines Ablaufs befreit wäre, der immer stattfindet, der nie ausbleibt. Wenn ich der ewigen Ruhe sicher wäre, ungestört von diesem fernen Summen des nahenden Frühlings...»

Die beiden Hunde standen reglos neben dem Bett wie Statuen auf einer Grabstätte, der eine berührte fast meinen Ärmel. García sprach erregt. Ich versuchte, ihn zu besänftigen. Er fuhr fort:

«Aber vielleicht ruhen die Toten nicht, vielleicht erwachen sie, wenn eine Flut von Erde durch die zerbrochenen Bretter ihrer zerstörten Särge hereinbricht. Vielleicht sind sie unter der Erde noch enger mit dem Leben verschmolzen und fühlen seine Regungen viel unmittelbarer... Sie werden seltsame Wahnvorstellungen haben, sie werden unbestimmte Erinnerungen an ihr vergangenes Leben haben. Sie werden träumen, sie seien lebendig, sie werden von der Sonne an leuchtenden Tagen träumen... Unter der Erde, zwischen den Wurzeln der Bäume werden sie mehr denn je fühlen... sie werden das schicksalhafte Brausen hören, sie werden das gefürchtete Brausen hören... sie werden das anschwellende Brausen des nahenden Frühlings hören...»

Es war jetzt ziemlich dunkel, und die beiden Tiere waren ruhelos, sie hoben die Köpfe, spitzten die Ohren und schnüffelten.

«Vielleicht kommt es aus der Ferne, wie eine seismische Erschütterung, wie eine Wellenbewegung, die sie in Träumen schüttelt, die körperlicher und intensiver sind... Sie werden den Frühling in vollem Galopp herankommen hören, und dann werden sie erschauern, weil sie zum ersten Mal und deutlicher denn je die ewige Szene des ewigen Lebens mit all seinen Geheimnissen, in seinem ganzen Reiz und nackt mitansehen werden...»

García war wie jemand, der unter einer starken Halluzination stand. Er setzte sich im Bett auf, und seine blicklosen Augen schienen endlich die Vision festzuhalten, die ihn sein ganzes Leben lang angezogen hatte, die klare und blendende Vision eines Blinden.

Ich hätte versuchen sollen, ihn zu besänftigen, aber er hielt mich gebannt mit der Macht seiner seltsamen Eingebung. Ich saß zurückgelehnt in einer Mischung aus Furcht und großer Traurigkeit neben ihm, als er fortfuhr, fast wie in einem Anfall:

«Ja... in ihren Schatten... werden sie es wie ein Bild voller Licht und Farbe auf einem dunklen Spiegel dann sehen... in der Leere ihrer Schädel... in jener dunklen Kammer wird es sich widerspiegeln... und dann werden sie den Frühling auf einem weißen, ungezäumten Pferd reiten sehen, mit einem Helm aus Sonne, der in vollen Locken zerfließt über einem grünen Gewand, und in seiner unendlichen Schöpfungskraft. Sie werden das Leben sehen, das kommt, um sie zu wecken und fortzureißen, und sie werden hoffen... Ein Wesen wird sterben und dann noch eins, doch das ist nicht der Sieg des Todes... das Leben geht weiter... Der Frühling kommt... Der Frühling kommt immer wieder...!»

Die beiden Hunde schienen sich nicht länger zurückhalten zu können und fingen an zu jaulen. García fuhr fort: «In ihrer Erregung werden sie aufsteigen... Und während sie den Keim des Lebens spüren, werden sie auferstehen und erkennen, daß sie blind sind, sie werden erkennen, daß sie stumm sind, sie werden erkennen, daß sie taub sind, und sie werden erkennen, daß sie tot sind... Sie werden in vier Brettern wieder lebendig werden, ihre Sinne von Erde verstopft... und dann wird das letzte in ihnen tot sein... die Hoffnung wird dann tot sein... Sie werden sich auf eine abstoßende und schreckliche Weise ins Leben zurückkommen sehen, auf eine unpersönliche Art... Der Traum vom Leben ist zum letzten Mal durch sie hindurchgegangen und hat sie als hilflosen Haufen Würmer zurückgelassen...

Und sie werden den Frühling zurückweichen sehen und ihn in einem Baum wiederfinden oder in einer Blume oder in etwas anderem... Alles ist gleich, alles ist ewig... Mit dem gleichen unbewußten Optimismus geht das Leben weiter, der Frühling kommt... Der Frühling kommt immer wieder... Der Frühling... kommt... immer... wieder!»

García sank erschöpft in seine Kissen zurück. Der ganze Raum war nun in tiefen Schatten versunken, und zwei Hunde, zwei große Hunde heulten in der Dunkelheit.

VII

Ich kam eine Woche später wieder. Ich spürte, daß ich García das letzte Mal besuchte. Lunarito öffnete die Tür und schloß sie dann vorsichtig hinter mir. Das Haus war still. An der Tür des Schlafzimmers traf ich Dr. de los Ríos, der gerade herauskam.

«Er ist in einem sehr schlechten Zustand», sagte er. «Er

kann jetzt jeden Augenblick sterben. Ich glaube, er wird nicht einmal mehr bis zum Mittag am Leben sein.» Seine ruhige Stimme war verschleierter als gewöhnlich. Ich sagte nichts.

«Es besteht keine Hoffnung mehr... ein totaler Zusammenbruch.» Seine hellen Augen sahen mich forschend an. «Sie kennen doch seine Manie, nicht wahr?»

«Ja, ich kenne sie.»

Dr. de los Ríos sah zerstreut durch mich hindurch, über mich hinaus.

«Also...» sagte er. Er schüttelte mir die Hand und ging. Ich fand García in bemitleidenswertem Zustand. Er atmete mühsam. Sein Kopf war in die Kissen zurückgeworfen, und seine blinden Augen waren eingesunken.

Die Gardinen waren zugezogen, und der Raum lag im Dunkel. Ich sah mich um, entdeckte die Hunde aber nicht.

García erkannte meine Schritte. Sein Gespür schien durch die Nähe des Todes geschärft. Er wandte mir den Kopf zu, und ein gewisser Eifer sprach aus seinem Gesicht.

«Hast du die Tür zugemacht, als du hereingekommen bist?» Seine Stimme war kaum hörbar und von einem Pfeifen begleitet.

«Ja. Lunarito hat sie geschlossen.» Er schien erleichtert zu sein.

«Seit drei Tagen halte ich alle Fenster und Türen verschlossen... Ich halte den Feind fern... Der Frühling ist schon drei Tage hier... Er ist gekommen, um mich zu holen, aber ich lasse ihn nicht herein... Ich halte alle Fenster und Türen verschlossen... Es ist wie eine Belagerung... Seit drei Tagen treibt sich der Frühling hier herum... er streicht ums Haus, draußen vor den Balkonen, er versucht sich einen Weg herein zu bahnen... Da geht es wieder los... Kannst du es knacken hören? Kannst du ihn summen hören? Kannst du hören, wie seine Verstärkung anstürmt? Horch... horch...!»

Ich schwieg. Unwillkürlich lauschte ich. Und in dem Augenblick hörte ich in der Ferne das Geräusch von Pferdehufen auf dem Pflaster, es kam näher... und bald darauf fuhr eine Kutsche auf der Straße vorbei, und ich hörte junge, fröhliche Stimmen. Und dann das Geräusch der ganzen Stadt draußen, das Geräusch von Leben und Natur.

García ließ die Hand fallen, die er erhoben hatte. Eine große Entspannung war über ihn gekommen. Er sah unendlich müde aus und ergeben.

«Dies nun drei Tage... Es ist sinnlos. Man kann einem solchen Feind nicht standhalten... Das Leben ist stärker als der Mensch... Es hat keinen Sinn. Ich muß nachgeben.» Er machte eine letzte Anstrengung, sich aufzurichten und wandte sich mir zu. «Laß uns nun ein Ende machen... Ich ersticke... Geh, geh und öffne das Fenster...»

Mechanisch erhob ich mich, ich fühlte, daß jedes meiner Gliedmaßen unabhängig von meinem Willen agierte. Ich zog die Vorhänge auseinander, und ein Strom von Licht durchflutete den Raum... Dann schob ich den Riegel hoch und stieß das Fenster auf...

Der Frühling kam herein.

Nachwort

Vor zweiundfünfzig Jahren, am 27. Juni 1936, habe ich in *The Nation* ein Buch rezensiert. Sehr positiv. Der Autor, Felipe Alfau, schien ein junger Spanier zu sein, der auf Englisch schrieb. Spanien war damals republikanisch; der Franco-Aufstand, der zum Spanischen Bürgerkrieg führte, begann am 19. Juli, drei Wochen und einen Tag später. Der Zauber, den *Das Café der Verrückten* auf mich ausübte, hatte daher mit Politik sicher nichts zu tun. Und ich wußte weder etwas über Spanien noch konnte ich Spanisch. Es war eher Liebe. Ich war verliebt in das Buch und habe es nie vergessen, obwohl meine Erinnerungen daran, wie ich jetzt feststelle, da ich es wieder lese, etwas verzerrt sind, wie die an eine aufregende, junge Liebesaffäre. Alfau, oder sein Buch, war offensichtlich der Typ, auf den ich fliege, dem ich in Vladimir Nabokovs *Fahles Feuer* und mehr als einmal bei Italo Calvino wieder begegnen sollte. Aber *Das Café der Verrückten* war zuerst da. Und es sieht so aus, als ob dieses einzigartige Buch das einzige Buch des Autors geblieben ist. Ich habe nie wieder etwas von Alfau gehört, obwohl ich eine Zeitlang, wann immer ich einen Spanier traf, nach ihm fragte; nicht einer kannte seinen Namen. Vielleicht, weil er in den Vereinigten Staaten lebte, sofern das stimmte. Doch auch hier traf ich niemanden, der außer mir *Das Café der Verrückten* gelesen hatte. Jetzt wird das Buch wieder aufgelegt. Vor mehr als fünfzig Jahren von einem Farrar-und-Reinhard-Club der sogenannten «Entdecker» verlegt, ist es, auf welche Art weiß ich nicht, wiederentdeckt worden.

Es war etwas unheimlich, es nach so langer Zeit erneut zu lesen, jedenfalls im ersten Augenblick – es war eine Kreuzung zwischen Wiedererkennen und Nicht-Wiedererkennen. Was mir zum Beispiel im Gedächtnis geblieben war, ist ein weitschweifiger Bericht über eine Polizeitagung in Madrid, die fröhlich mit einer Welle von Verbrechen einherging. Das eine veranlaßte das andere: Gauner strömten in die Stadt und verrichteten unbehelligt ihre Arbeit, während die Polizei Tagungsdiskussionen und Vorlesungen über Kriminalität besuchte. Nun, man kann nicht gerade behaupten, das stünde nicht im *Café der Verrückten*; man findet es dort, aber in wenigen Sätzen und nur angedeutet.

Das fünfte Kapitel, «Die Brieftasche», beginnt: «Während der Polizeitagung 19– in Madrid gab es einen äußerst unglücklichen Zwischenfall. Das Stromnetz der Stadt brach zusammen, und die ganze Metropole lag völlig im Dunkeln.» Es ist der Stromausfall, der den versammelten Gaunern die Gelegenheit bietet. «Die Sache war äußerst peinlich, da sie die unerwünschte Invasion einer regelrechten Horde internationaler Gauner nach sich zog, die seit Beginn des Weltkriegs nach Spanien gekommen waren und nun überaus tatkräftig mit den einheimischen Betrügern zusammenarbeiteten. Als hätten all diese Leute auf jene seltene Gelegenheit gewartet, tauchten, als in Madrid die Lichter ausgingen, Diebe, Revolverschützen, Straßenräuber, Trickbetrüger, kurz, alle Varianten der Familie der Gesetzlosen, wie auf ein Zauberwort aus allen Ecken und

Winkeln auf.» Und dann: «...und so kam es, daß während der Polizeitagung 19– in Madrid auch das Verbrechen tagte. Natürlich verwandte die Polizei all ihre Anstrengungen und ihre Zeit darauf, über Themen wie Vorschriften und Disziplin und gelegentlich auch über die Verbesserung der Methoden bei der Jagd auf Verbrecher zu diskutieren... und natürlich (hatte man) nach den Sitzungen weder Kraft noch Zeit, sich um die Gewalttaten zu kümmern. Daher fühlten sich alle Gauner bei der Ausübung ihres Berufs in Madrid, wo die Spitzen der Polizei zusammengekommen waren, sicherer und freier als anderswo.»

Das ist alles, eine Einleitung. Im Hauptteil der Geschichte geht es um die gestohlene Brieftasche des Polizeipräfekten. Der Stromausfall, der eine realistische Erklärung liefert, war meinem Gedächtnis entfallen, mir war nur die amüsante Unlogik – oder Logik – der gleichzeitig stattfindenden Tagungen der Polizei und der Kriminellen in Erinnerung geblieben. Der reinste Alfau, ein Konzentrat.

«Die Brieftasche» ist wahrscheinlich das Kernstück des Buches, dessen Thema Spanien ist, Spanien als Absurdität gesehen, als ein Land von Bettlern, Zuhältern, Polizisten, Nonnen, Dieben, Priestern, Mördern, Trickbetrügern. «Das Café der Verrückten», der Titel des Buches, bezieht sich auf das Café de los Locos in Toledo, in welchem im ersten Kapitel praktisch alle Romanfiguren als Stammgäste vorgestellt werden, als *Charaktere*, die sich für zweitrangige Schriftsteller eignen, die, wie der Autor selbst, dort einkehren, um sie zu beobachten. Da ist Dr. de los Ríos, ärztlicher Beistand der meisten jener menschlichen Wracks, die an diese Tische gespült wurden: Gaston Bejarano, ein als El Cogote bekannter Zuhälter; Don Laureano

Baez, ein wohlhabender, professioneller Bettler; seine Magd/Tochter Lunarito, Schwester Carmela oder auch Carmen, eine entlaufene Nonne; García, ein Dichter, der Experte für Fingerabdrücke wird; Pater Inocencio, ein Salesianer-Mönch; Don Benito, der Polizeipräfekt; Felipe Alfau; Don Gil Bejarano, ein Trödler, der Onkel von El Cogote; Doña Micaela Valverde, eine dreifache Witwe und Nekrophile.

Es fehlt nur der äußerst bedeutsame Señor Olózaga, einst bekannt als Der Schwarze Mandarin, ein Riese, ehemaliger Galeerensklave, der von spanischen Mönchen in China getauft und aufgezogen wurde, ehemaliger Schmetterlingsbeschwörer in einem Zirkus, ehemaliger Potentat auf den spanischen Philippinen, der jetzt bizarre Agenturen unterhält – eine, die Schulden eintreibt und eine andere, die die Kleider von Toten kauft und verkauft. Er steht jedoch in Beziehung zu den anderen *Charakteren* im Café de los Locos, sowohl in eigener Person, als auch durch die Ehe mit Tía Mariquita, seiner fünften Frau, die in einem Haus lebt, das hustet – ihr Sekretär wird, weil man ihn mit ihrem Mann verwechselt, von Don Laureano Baez und seiner Tochter/Magd Lunarito umgebracht – eine von vielen Personenverwechslungen. Als Schwarzer Mandarin hatte er auf den Philippinen um die Hand der blauäugigen Tochter von Don Esteban Bejarano y Ulloa, einem spanischen Beamten, angehalten und wurde seiner Hautfarbe wegen abgewiesen. Dieser nun war der Vater von Don Gil Bejarano (siehe oben), dem Schwager des Polizeipräfekten und Erfinder der Theorie von den Fingerabdrücken, die in Kapitel vier auftaucht, wo wir zufällig auch Pater Inocencio antreffen, wie er mit den Bejaranos Karten spielt, während die junge Tochter, Carmen, es mit ihrem Bruder Gaston treibt.

Solche Untergrund- oder Unterweltverbindungen sind typisch und gehören zu der nahezu schwindelerregenden Wandlungsfähigkeit der Figuren. Lunarito ist Carmen, die zu Schwester Carmelita wird; an einer Stelle finden wir sie verheiratet mit El Cogote, niemand anderem als ihrem Bruder Gaston, der natürlich nicht ihr Bruder sein *kann*, wenn sie die Tochter des Bettlers Don Laureano Baez ist. Und doch ist Don Laureanos Frau, wenn er uns als Barmann des Café de los Locos vorgestellt wird, Felisa, und das ist der Name von Carmens Mutter, der Schwester von Don Benito, dem Polizeipräfekten… Im Prolog und gelegentlich danach betont der Autor die Unkontrollierbarkeit seiner Charaktere, aber dieser bekannte Einfall (wie in «Falstaff got away from Shakespeare») ist gar nicht so interessant. Das Wechseln und Verwechseln der Figuren, das changierender Seide ähnelt, bedarf dieses schrulligen Verlusts der Kontrolle durch den Autor nicht. Wenn irgend etwas an diesem Buch veraltet ist, dann diese Verschrobenheit.

Nicht nur die Personen im «Café der Verrückten» besitzen dieses sonderbare Schimmern oder Schillern. Ort und Zeit sind ihm ebenso unterworfen. Eine Sache ist mir 1936, glaube ich, entgangen: die Diskrepanz zwischen der Lage des Café de los Locos – Toledo –, wo die Charaktere zur Ansicht versammelt sind, und ihrem tatsächlichen Wohnsitz – Madrid. Was haben diese Madrileños in Toledo zu suchen? Ich vermute, daß es dabei um Toledos Ruf als verrückte, phantastische Stadt, als Mythos geht, als eine Stadt, die, wie Alfau sagte, «in der Renaissance starb»; er spricht von Toledo als einem «versteinerten Wald der Jahrhunderte über dem Hügel». Die Stadt, die in der Renaissance starb und versteinert weiterlebt, kann natürlich eine Metapher für Spanien sein. Ein weiteres Zitat könnte für das zugrundeliegende Thema der Entpersönlichung als nationaler Eigenheit von Bedeutung sein: «... da sich die Handlung dieses Buches vorwiegend in Spanien abspielt, einem Land, in dem weder der Gedanke noch das Wort, sondern die bedeutungsvolle Tat – die Geste – zur nationalen Spezialität geworden ist...»

Spanien und seine ehemaligen Besitzungen – Kuba und die Philippinen – bilden die Szenerie; die Gegenseite ist China, für einen Spanier das andere Ende der Welt, und demzufolge hier das Herkunftsland von Señor Olózaga, der von den bärtigen, Tabak rauchenden Mönchen aufgezogene und getaufte Juan Chinelato.

Etwas, was mir als junger Rezensentin natürlich entging, ist die verborgene Anwesenheit dieses Juan Chinelato im ersten Kapitel, das den Titel «Identität» trägt und im Café der Verrückten spielt. Er ist in Form einer kleinen chinesischen Porzellanfigur dort, die von Don Gil Bejarano in seiner Rolle als Trödler feilgeboten wird. «Don Gil trat zu uns», schreibt Alfau. «‹Das ist eine echte Gelegenheit›, sagte er und warf die Figur auf seiner Hand hin und her. ‹Das ist ein echtes altes Kunstwerk aus China. Was sagen Sie dazu?› Ich besah mir die Figur, die sehr schön gearbeitet war. Sie stellte einen herkulischen Krieger dar mit hängendem Schnurrbart und wildem Gesichtsausdruck. Auf seiner Schulter saß ein Schmetterling. Die Gesichtsfarbe war nicht gelb, sondern dunkler, mehr wie Bronze... ‹Vielleicht ist sie nicht aus China, sondern aus Indien.› Don Gil... sah leicht verärgert aus. ‹Nein, sie ist aus China›, sagte er.» Und dann fährt er fort, sie anzupreisen: «Doch, das ist ein echter chinesischer Mandarin oder Krieger, ich weiß nicht was von beiden, und es ist eine wirkliche Gelegenheit.» Eine Minute später, dank einer unerwarteten Bewegung, zerspringt die Figur auf der Marmorplatte des Kaffeehaustisches.

Dieses Buch ist wundervoll aufgebaut und voller Überraschungen. Noch ein Beispiel: In der ersten Geschichte bemerkt man die ungewöhnlich kleine Hand Don Gils nicht, die nur als Spur auf einer getünchten Wand zu sehen ist. Der leicht eingeworfene Hinweis wird in einer späteren Geschichte unaufdringlich wie eine aufgesammelte Münze wieder aufgenommen, als Don Gil auf den nur zögernd gegebenen Befehl seines Schwagers festgenommen wird, weil seine Fingerabdrücke überall am Ort eines Verbrechens gefunden werden: «Don Gil hatte sehr kleine Hände... und die Handschellen saßen nicht fest genug... ‹Wachtmeister, die Handschellen sind zu groß für mich. Sie sollten lieber ein Seil oder etwas ähnliches nehmen.›» In seinen Gesprächen mit dem Präfekten hatte er auf «dem Mann aus China» bestanden, das heißt, dem Mann, der das perfekte Alibi hat, aber der Abdrücke wegen, die seine Hände hinterlassen haben, von der Wissenschaft dingfest gemacht wird. Sein letzter Artikel, der am Tag seiner Festnahme in einer Madrider Zeitung erschien, trägt die Überschrift «Fingerabdrücke, ein sicheres Mittel gegen jedes Alibi», und seine letzten Worte sind «ich bin der Mann aus China... Fingerabdrücke lügen nie.»

Vielleicht ist die Arbeit der Polizei und die Kriminalität ebenso das Thema dieses Buches wie das verrückte, phantastische Spanien. Und dem Leser wird ein beachtlicher Spürsinn abverlangt, wofür ihn, wie bei der Jagd nach den «Gesuchten», den Gesetzesbrechern, eine hübsche Belohnung erwartet. Zum Beispiel gehört zu den Hinweisen auf die stumme Anwesenheit von Señor Olózaga im Café der Verrückten schlicht das Wort Schmetterling; ich habe das Zeichen erst beim dritten Durchlesen erfaßt. Und ich habe immer noch eine Menge Nachforschungen zu betreiben, was Carmen-Carmela-Lunarito angeht und den Schönheitsfleck auf Lunaritos Körper, den sie für ein Entgelt zeigt. Spanischkenntnisse könnten hilfreich sein. Im spanischen Licht wird jede Figur von einem Schatten wie von einem Spion oder einem Detektiv verfolgt, obwohl der lange Schatten manchmal vorwegläuft: «Sie stand am Ende ihres eigenen Schattens gegen das ferne, verwischte Licht der Straßenlaterne an der Ecke, und irgend etwas Bedeutungsvolles lag darin.» Vielleicht ist das die Verbindung zwischen dem Thema Spanien und dem Thema des Verbrechers und seines beigeordneten Polizisten. In einem gewissen Sinn könnte *Das Café der Verrückten* als «luministische» Fiktion eingeordnet werden. Aber ich muß dem Leser auch noch etwas Arbeit übriglassen (die ihm zum Vergnügen werden wird).

Wenn *Das Café der Verrückten* die Art von Buch ist, oder war, auf die ich fliege, habe ich mich, ohne es zu wissen, in den modernistischen Roman als Detektivgeschichte verliebt. Unbestritten liefert Nabokov dem Leser von *Fahles Feuer* Detektivarbeit. Ich erwähnte auch Calvino, aber es gibt noch ein jüngeres Beispiel, das ich fast übersehen hätte: *Der Name der Rose* natürlich. Das ist nicht nur eine Detektivgeschichte an sich, der Roman enthält auch eine Anspielung auf Sherlock Holmes und den *Hund von Baskerville*. Aber im *Café der Verrückten* ist Sherlock Holmes bereits anwesend: Pepe Bejarano behauptet, bei ihm gelernt zu haben, während er in England war, womit seine unheimliche Fähigkeit erklärt wird, die Brieftasche seines Onkels, des Polizeipräfekten, wiederzubekommen. Der dankbare Polizeipräfekt, der nicht weiß, ob Conan Doyles Schöpfung eine reale Person ist oder nicht, möchte seinen Dank ausdrücken. «Ja, Pepe, ja. Ich würde gern einen offiziellen Brief an jenen

Herrn schreiben, diesen großen Mann – Scherlomsky, war das sein Name?»

Ja, es besteht eine Familienähnlichkeit mit Nabokov, mit Calvino, mit Eco. Und vielleicht, obwohl ich das nicht bezeugen kann, auch mit Borges.

MARY McCARTHY

Erklärung spanischer Begriffe

Fulano = eigentlich: Herr Dingsda
Tanto gusto en conocerle = Es freut mich, Sie kennenzulernen.
chulo = Zuhälter
empresario = Unternehmer, Impresario
chinchón = billiger Fusel
lunarito = von lunar = Leberfleck, ito = Diminutiv
Una limosnita por amor de Dios = Eine milde Gabe, bitte.
Perdone, hermano = Verzeih mir, Bruder.
Qué desea, caballero = Sie wünschen, mein Herr?
Principal, derecha = Erste Etage rechts.
Si, señor, pase usted = Ja, mein Herr, kommen Sie herein.
garbanzos = Kichererbsen
camilla = Klapptisch, mit abnehmbarer Platte für ein Kohlebecken
puta = Hure
Hagan juego, señores... no va más = Machen Sie Ihr Spiel, meine Herren... Nichts geht mehr.
sinverguenza = unverschämter Kerl
pantalones = Hosen
Usted dispense = Sie entschuldigen
Igualmente = ebenso, gleichfalls
casa de huespedes = Pension
toro = Stier

El florero…! Clavelitos, quién me compra claveles…? = Der Blumenhändler…! Kleine Nelken, wer kauft Nelken…?
El afilador = der Scherenschleifer
Cerezas por hierro viejo = Kirschen für altes Eisen
pa servirle caballero = zu Ihren Diensten
como te llamas = wie heißt du
mantilla = Schultertuch
mantilla de madroños = Schultertuch mit Troddeln
blonda = Spitze
cordobéses = Cordobeser (Hut)
Alto, gordo y chato = groß, dick und plattnasig
tira los garbanzos y se come al gato = macht allen angst und frißt die Katze
Le gusta? = Gefällt sie Ihnen?
pay-pay = Palmfächer
tía = Tante
El bizcocho de la… = Der Keks von …
modistilla = Nähmädchen
piropo = Kompliment
vascuence = baskisch
no estudies más = hör auf zu lernen
Señorito, despiértese = Wachen Sie auf, junger Herr
Sostened el nombre de los Madrileños = Haltet den Namen… in Ehren
bachillerato = soviel wie unser Abitur
comehostias = Hostienfresser
boina = Baskenmütze

Antonio Muñoz Molina

Der Winter in Lissabon
Roman
Deutsch von Heidrun Adler
288 Seiten. Gebunden

Erzählt wird die Geschichte des Barpianisten Biralbo aus Madrid: ein Krimi, eine Liebesgeschichte, ein «film noir», eine Hommage an den Jazz. Für «Ein Winter in Lissabon» wurde der Autor mit dem Staatspreis für Literatur und dem spanischen Kritikerpreis ausgezeichnet.

Die anderen Leben
Erzählungen
Deutsch von Willi Zurbrüggen
130 Seiten. Broschiert

Vier Erzählungen, die um die Frage kreisen, wie Fiktionen zu Körpern und Geschichten werden.

Beatus ille oder Tod und Leben eines Dichters
Roman
Deutsch von Heidrun Adler
384 Seiten. Gebunden

«Wer diesen Roman liest, wird in der Zeit der Lektüre ein intensiveres Leben führen, das einem nur die Literatur bescheren kann, wenn auch selten – immer seltener.»
Nürnberger Nachrichten

José Saramago

«Ich spreche gern über mein Land. Ich spreche über die Geschichte meines Landes, über die Kultur, über die Sprache, ich lasse diese Sprache hören. Ich versuche sichtbar zu machen, das vor allem.»
José Saramago, Romancier und Essayist, gilt als einer der bedeutendsten Schriftsteller der zeitgenössischen portugiesischen Literatur.

«Saramago ist zweifellos ein geborener Erzähler.»
World Literature Today

Handbuch der Malerei und Kalligraphie
Roman
Deutsch von Eduarda Alvelos
304 Seiten. Gebunden

Das Memorial
Roman
Deutsch von Andreas Klotsch
464 Seiten. Gebunden

Das steinerne Floß
Roman
Deutsch von Andreas Klotsch
416 Seiten. Gebunden

Das Todesjahr des Ricardo Reis
Roman
Deutsch von Rainer Bettermann
496 Seiten. Gebunden

Hoffnung im Alentejo
Roman
Deutsch von Rainer und Rosi Bettermann
rororo Band 12157

Rowohlt

Literaturmagazin

Band 23

Auch Spanien ist Europa

Herausgegeben von Martin Lüdke, Delf Schmidt und Hans-Jürgen Schmitt
192 Seiten. Kartoniert

Ein Land, ein ganzes Land im Aufbruch. Unterwegs nach Europa, um Anschluß zu finden an die Entwicklungen, die Jahrzehnte lang an Spanien vorbeigelaufen sind. Unterwegs, weiter noch, zu (vielleicht) neuen Horizonten. Die versteinerten Verhältnisse der Franco-Diktatur sind aufgebrochen, in sehr kurzer Zeit nur, die Stagnation ist überwunden. Aber anders als nach den Revolutionen, die wir aus der Geschichte kennen, ist Spanien seinen eigenen, fast sanften Weg der Reformen gegangen. Und trotzdem ist etwas von der Euphorie entstanden, die einst die Revolutionen begleitet hat: das Bewußtsein, daß Veränderungen möglich sind.

Nach den Jahren der Abkapselung und Zensur hat sich die spanische Literatur geöffnet. Eine junge Generation setzt einer gezwungenermaßen dunklen Sprache offenere Formen entgegen. Unser Blick auf diese neue spanische Literatur blieb allerdings lange verstellt durch den ‹Boom›, den, nicht zu Unrecht, hier die lateinamerikanische erlebte.

Das ‹Literaturmagazin› fragt, wie die spanische Literatur heute aussieht. Essays und Dossiers zum Thema und eine Anthologie zeitgenössischer spanischer Lyrik und Prosa.

Mit der Luft von außen frischen wir unser Blut auf, nicht mit der, die wir ausatmen – das forderte, und zwar schon 1895 in seinem Essay über das Wesen Spaniens, der Dichter und Philosoph Miguel de Unamuno.

Rowohlt